明室
Lucida

照亮阅读的人

THE BEST SHORT FICTIONS OF FREDRIC BROWN

宇宙无事发生

弗雷德里克·布朗短篇杰作选

[美]弗雷德里克·布朗 著 姚人杰 译

译者前言
一位横跨科幻、推理领域的小小说大师

1906年10月29日，弗雷德里克·布朗（Fredric Brown）在辛辛那提呱呱落地，他是家中唯一的孩子，父亲是一名报人。布朗十四岁时母亲病逝；次年，父亲也撒手人寰，留下孑然一身的小布朗。他寄宿在朋友家中，一边读中学，一边在制鞋公司打工。直至1922年6月他完成了高中学业，才结束了寄人篱下的日子。

高中毕业后，布朗做过好几份不同的工作，并先后在印第安纳州的汉诺威学院和俄亥俄州的辛辛那提大学有过求学经历，但都因为经济原因没能继续读下去。在此期间，他与一个可能是远房亲戚的女孩海伦·露丝（Helen Ruth）通信，并在一番书信往来后在信笺中向她求婚。两人在1929年结婚，在1930年和1932年生下两子。那几年正好处于经济大萧条时期，布朗一家的生活十分艰难。为了生计，布朗什么工作都干，包括速记员、保险推销员、簿记员、仓库管理员、洗碗工、杂工、私家侦探等。据说，在最困顿的时候，他还像流浪汉一样偷扒上火车，跑到加利福尼亚州找工作，最后一无所获的他又身无分文地回到密尔沃基。

1936年，布朗开始在印刷公司和报社等地方当校对员。据

i

他后来回忆，那时因为从事校对工作，他读了许多纸浆杂志[1]，并觉得自己来写能写得更好。布朗在中学时就对文学充满兴趣，也一直没有中断创作，如今他终于找到了一个写作方向。

1938年，他在《侦探故事杂志》(Detective Story Magazine)上首次发表了短篇小说《五分钱看月亮》("The Moon for a Nickel")；1941年，他的第一篇科幻短篇《尚未结束》("Not Yet the End")问世。他在各种纸浆杂志上发表的作品种类繁多，包括侦探推理小说、科幻小说、西部小说等。随着发表数量的增多，他变得小有名气，日趋娴熟的写作也让他打算尝试创作长篇小说。他写出《绝妙夜总会》(The Fabulous Clipjoint)，投了十几家出版社却都被拒绝，书稿最终在1947年由达顿公司出版，并荣获1947年埃德加·爱伦·坡奖的最佳首作奖，这也成为弗雷德里克·布朗写作生涯的亮点之一。

布朗的事业获得了成功，但与妻子海伦的婚姻却走到了终点。布朗离婚后不久，在1948年的一场派对上邂逅了一个名叫伊丽莎白·沙利耶（Elizabeth Charlier）的女子，两人坠入爱河，同年10月11日在纽约结婚。

这一年里，布朗还闹出了一个大乌龙。出版商利奥·马吉利斯（Leo Margulies）邀请布朗去纽约当编辑，马吉利斯说薪水是"75"，布朗就误以为是指年薪7500美元，这在当时称得上丰厚。布朗便立刻应邀来到纽约，但他很快发现马吉利斯说的报酬实际是周薪75美元。无法接受的布朗辞去工作，决定索性在纽约当一名全职作家。

---

[1] 纸浆杂志（pulp magazine），盛行于19世纪末到20世纪50年代后期的廉价通俗小说杂志，因为印刷在廉价木浆纸上，才有此名。——本书脚注均为译者注

但布朗一直受到过敏症和哮喘的困扰，受不了纽约的气候，同时纽约也是一个物价高昂"居不易"的地方，布朗很快就带着新婚妻子搬到了新墨西哥州的陶斯，在那儿结识了科幻作家麦克·雷诺兹（Mack Reynolds），两人后来合写了不少小说。

50年代，布朗的小说被大量改编为广播和电视剧，布朗也尝试剧本写作，譬如参与电视剧《希区柯克剧场》（*Alfred Hitchcock Presents*）的编剧工作，也为法国导演罗杰·瓦迪姆（Roger Vadim）写过剧本，可惜最后成果不多。

1965年，布朗发表了最后一篇与他人合写的短篇小说，由于健康每况愈下，之后未再发表任何新作。1972年3月11日，他在位于图森的家中辞世，享年六十五岁，给家人留下遗言："别摆鲜花，别搞葬礼，别折腾。"

弗雷德里克·布朗过世后，由他的遗孀与友人整理出的作品陆续出版，这使得他的众多作品不至于蒙尘。

弗雷德里克·布朗毕生创作了二十多部长篇小说和三百多篇短篇小说，但坦白来说，无论在推理文坛还是科幻圈子内，他都不算主流。他不爱抛头露面，不爱交际。在小说家罗伯特·布洛克（Robert Bloch）的记忆中，弗雷德里克·布朗从未参加过科幻大会，许多读者和职业作家只听说过"弗雷德里克·布朗"这个名字，却没见过作家本人。

在布朗创作的小说中侦探小说的数量最多，但他更喜欢创作科幻小说，曾经表示："科幻小说是我写作的所有小说中最不令人痛苦的一种，当我在一篇科幻小说的最后一页打上'完'时，我会感到更大的满足，胜过创作其他任何一种小说。"布朗进一步揭示原因，指出科幻小说中解除了"规则和限制"，使得它"比其他任何小说更接近坦诚的写作"。科幻作家能够剪裁他想要写的故事的背景和宇宙,从而实现一种整合和完整性,而只有一个故事宇宙可供创作的作家就必须扭曲和修剪他的想象力的产物,以便能适应"事实"这个牢固不变的模子。

让后来的许多读者牢牢记住"弗雷德里克·布朗"的原因是他在20世纪50年代创作的一批小小说。侦探小说家比尔·普洛奇尼（Bill Pronzini）、学者道格拉斯·J.麦克雷诺兹（Douglas J. McReynolds）、法国作家罗贝尔·卢伊（Robert Louit）、美国学者杰克·沙利文（Jack Sullivan）都称赞布朗是小小说的写作大师。

弗雷德里克·布朗的小小说很难被归入某一类别，每一篇都充分体现了他讽刺、幽默的创作风格。大概是因为这个缘故，同样以超短篇小说闻名的日本科幻小说家星新一十分喜欢弗雷德里克·布朗，操刀翻译了布朗的三本短篇集，本选集中《电兽》（"The Waveries"）这个题目即取自星新一的译法。日本科幻作家筒井康隆也表示受到布朗作品的很大影响，并为布朗的科幻长篇小说《发狂的宇宙》（What Mad Universe）撰写解说。

在弗雷德里克·布朗过世后的几十年里，陆陆续续有各种选集出版。2001年，美国资深科幻迷本·亚洛（Ben Yalow）编辑出版了《来自这些灰烬：弗雷德里克·布朗科幻短篇全集》（From These Ashes: The Complete Short SF of Fredric Brown），共收入111篇小说。日本的东京创元社以该书为底本，翻译出版了《弗雷德里克·布朗SF短篇全集》，一共四卷，从2019年到2021年陆续出齐。

本选集主要从《来自这些灰烬》中精选出具有代表性的篇目，希望能让读者在最短的时间里领略弗雷德里克·布朗的精彩构思与黑色幽默。其中,《敲门声》("Knock")的开头"地球上的最后一个人独自坐在房内。门外响起敲门声……"被认为是全世界最短的小说之一;《电兽》被科幻大师菲利普·K. 迪克(Philip K. Dick)称赞为"也许是科幻类型里产出的最意味深长——令人惊讶,但确实如此——的小说";翁贝托·艾柯(Umberto Eco)在《丑的历史》(*Storia della bruttezza*)中引用了《前哨》("Sentry")来说明美与丑观念的相对性,认为它是"当代科幻小说的短篇杰作";《角斗场》("Arena")是美国科幻剧集《星际迷航:初代》第 1 季第 18 集的故事源头;《最后的火星人》("The Last Martian")则被改编拍摄为《希区柯克剧场》第 4 季第 32 集。

目　录

001　尚未结束

005　复仇舰队

009　波莱斯是个疯狂的地方

028　实验

030　前哨

032　回答

034　雏菊

036　模式

038　彬彬有礼

040　事出反常

042　和解

044　极刑

046　唯我论者

048　血

050　第一台时间机器

052　终点

053 千年

055 椰酥

057 本性使然

059 巫术

061 尤斯塔斯·韦弗短暂的快乐人生之一

063 尤斯塔斯·韦弗短暂的快乐人生之二

065 尤斯塔斯·韦弗短暂的快乐人生之三

068 电兽

098 角斗场

132 敲门声

145 遗失的大发现之一——隐身术

148 遗失的大发现之二——金刚不坏术

150 遗失的大发现之三——永生术

152 接触

155 火星远征队

158 外星人滚开

163 武器

167 帽子戏法

176 灰色噩梦

178 绿色噩梦

180 白色噩梦

182 蓝色噩梦

185 黄色噩梦

188 红色噩梦

190 死亡信函

192 致命的差错

194 第二次机会

197 奶奶的生日

201 危机，1999

222 这事没有发生

238 业余爱好者

241 寂静的尖叫

248 老鼠

261 最后的火星人

272 镜之厅

尚未结束

金属立方体飞船内的光线微微泛绿，令人毛骨悚然。这些光线使得坐在控制台后的生物的惨白肤色看起来有点发绿。

在生物脑袋正面的中心位置长有一只复眼，这只眼睛一眨也不眨，注视着七张刻度盘。自从他们离开赞多星，这只眼睛一次都没有看向刻度盘以外的地方。卡-338Y 所属的种族根本不知道睡眠这回事。他们也不知道仁慈为何物。只需看一眼这只生物复眼下方轮廓分明、残忍冷酷的面容，就会明白此言不虚。

第四张和第七张刻度盘上的指针停了下来。这意味着，立方体飞船本身已经在目标附近的空间停下。卡伸出右侧上臂，向上推动稳定器开关。接着，他站起身，拉伸了一下痉挛的肌肉。

卡转身朝向他在这艘立方体飞船内的同伴，一个和他一样的生物。"我们到了，"他说，"第一站 Z-5689 恒星。这儿有九颗行星，但仅有第三颗行星适宜生命栖息。希望我们能在这儿发现适合给赞多星当奴隶的生物。"

在旅程中一直僵硬地坐着的拉尔-16B 站起身，也伸了个懒腰。"是的，但愿如此。那么我们就能回到赞多星，收获荣誉，同时舰队会过来抓光他们。但先别抱太大希望，能在停留的第一站就取得成功，除非奇迹发生。我们大概得查看一千个地方才能有所收获。"

卡耸耸肩，说："那么我们就去查看一千个地方。洛纳克人相继死去，我们必须找到新的奴隶，不然我们的矿井就要关闭，而我们的种族也将覆灭。"

他在控制台后面再度坐下，向上推动一个开关，激活一块影像面板，面板上会显示出底下的景象。他说："我们位于第三颗行星黑夜侧的上空，下方有云团层。我会从这儿开始采用手动操作。"

他开始揿按钮。几分钟后，他说："拉尔，快看影像面板。灯光之间相隔一定距离——是一座城市！这颗行星上有生命居住。"

拉尔已经坐到另一个控制台——飞行控制台——旁的位子上。现在他也检查起刻度盘。"下面没有任何我们需要害怕的东西。城市周围甚至没有力场的痕迹。这个种族对科学的了解很粗糙。假如受到攻击，我们能用一次轰炸抹除整座城市。"

"很好，"卡说，"但我要提醒你一下，毁灭不是我们的目的——目前还不是。我们想要样本。假如测试证明他们令人满意，舰队会过来，按照我们的需要带走成千上万的奴隶，接下来，我们会毁灭整个行星，而不单单是一座城市。那样他们的文明就永远不会进步到能够发起报复性突袭的程度。"

拉尔调整了一个旋钮。"好的。我会开启梅格拉力场，我们会在他们眼中隐形，除非他们观察紫外线频段，而从他们恒星的光谱判断，我不相信他们有那种能力。"

随着立方体飞船的下降，内部的光线从绿色变成紫色和更深的颜色。飞船轻轻地降落。卡操纵起控制气闸舱的机关。

他走到飞船外面,拉尔跟在他身后。"瞧啊,"卡说,"有两只两足生物。两条胳膊,两只眼睛——与洛纳克人没什么不同,不过个头更小。好,这就是咱们的样本。"

他举起左侧下臂,手臂末端拥有三根手指的手里握着一根缠着导线的细棒。他先是把细棒指向一只生物,再指向另一只生物。细棒末端没有发射出任何可见的东西,但两只生物立刻僵住,变得像雕像一样纹丝不动。

"他们的个头不大,卡,"拉尔说,"我会扛一只回去,你扛另一只。等飞回太空后,我们在立方体飞船里面能够更好地研究他们。"

卡在昏暗的光线下看着四周。"好吧,两只足够了,一只看起来是雄性,另一只是雌性。咱们动手吧。"

一分钟后,立方体飞船不断上升,一等到他们离开大气层,卡就推上稳定器开关,到拉尔那边。在短暂的上升过程中,拉尔刚开始研究样本。

"属于胎生生物,"拉尔说,"手有五根手指,适合做相当精细的工作。但——咱们来试试最重要的测试,智商测试。"

卡拿来两对头套,把其中一对交给拉尔。拉尔将一只头套戴到自己的头上,另一只戴到一只样本的脑袋上。卡对另一只样本做了同样的事。

几分钟后,卡和拉尔阴郁地看着彼此。

"比最小值还少七个点,"卡说,"甚至没法训练他们做矿上最简单的体力活。他们理解不了最简单的命令。呃,咱们会带他们回去,送到赞多星博物馆。"

"我应不应该摧毁这颗行星?"

"不用。"卡说,"也许等过上一百万年——假如我们的种族能存在那么久——他们到时会进化到足以充当我们的奴隶的程度。咱们继续造访下一颗有行星的恒星吧。"

《密尔沃基星报》的拼版编辑在排字车间里监督本地新闻版面的排版。首席拼版排字工詹金斯正在塞入铅条，加固倒数第二栏。

"皮特，第八栏的空当能多塞下一篇报道。"他说，"大约三十六个派卡[1]的长度。超排的稿件里有两篇的篇幅都合适，我该用哪一篇？"

拼版编辑看了看版框旁排版台上的铅字盘里的铅字。长期的实践使得他能够一眼就读出颠倒的新闻标题。"啊哈，会议的报道和动物园的报道？老天，当然用会议的报道。就算动物园园长认为昨晚猴岛上有两只猴子不见了，又有谁会关心呢？"

---

[1] 拼版计量单位，1派卡为1/6英寸，约合4.2毫米。

复仇舰队

他们从黑漆漆的太空中袭来，来自无法想象的远方。他们围攻金星，对它狂轰滥炸。几分钟内，金星上的250万人类——来自地球的所有殖民者全部丧命，无一幸免。金星上的所有动植物也连带着毁于一旦。

他们的武器威力强大，突然遭受厄运的金星的大气熊熊燃烧，消散殆尽。金星毫无准备，毫无戒备，被打得措手不及。攻击如此迅速，造成的破坏如此巨大，以至于金星上的人类没有向敌人开过一枪。

他们转向后前往从太阳往外数的下一颗行星——地球。

但地球的情况就不一样了。地球做好了准备——当然，并不是因为侵略者一抵达太阳系，地球就在片刻内做好了准备，而是因为地球那时（2820年）正在与火星殖民地交战。火星的人口已经增长到地球的一半，正在为争取独立而战。敌人攻击金星之时，地球舰队和火星舰队正在月球附近机动作战。

但是，这场战斗结束得比史上任何一场都更突然。转眼间，地球和火星不再交战，地球人的战舰和火星人的战舰组成一支联合舰队，前往金星截击侵略者，在地球和金星之间遭遇了他们。

联合舰队的战舰数量占压倒性优势，侵略者的飞船被炸得七零八碎，最终被全部歼灭。

二十四小时之内，地球和火星在地球首都阿尔伯克基签署了和平协议，这一稳固持久的和平关系建立在承认火星独立地位和两颗星球之间永久结盟、对抗外星侵略的基础上。如今，地球和火星成为太阳系中仅有的两颗适合人类居住的行星。双方早已在制订方案，组建一支复仇舰队，寻找外星人的大本营，在对方能派出另一支舰队侵略自己之前先毁掉他们的老巢。

安装在地球和距离地表上空几千英里[1]处的巡逻飞船上的仪器早就探测到了外星人的到来——虽然依旧无法及时拯救金星——那些仪器的读数显示出外星人从哪个方向袭来，而且表明外星人来自一个遥远得几乎让人难以置信的地方，不过没有外星人到底赶了多远路的精确数据。

这个距离太远了。假若不是人类刚好发明出超光速驱动技术的话，人类本来是无法跨越的。而超光速驱动技术使得飞船能加速到光速的许多倍。它尚未被使用过，因为地球和火星之间的战争已经占用了两颗星球所有的资源。而超光速驱动在太阳系内并无优势——飞船若要加速到超光速，需要有极其长的加速距离。

然而，如今它有了十分明确的用途。地球和火星联手，结合双方的技术，打造出一支配备超光速驱动装置的舰队，只为派出这支舰队找到外星人的母星，将它彻底铲除。打造舰队花费了十年，舰队飞往目的地估计要再花掉十年时间。

复仇舰队在2830年离开火星太空港。舰队的战舰数量不多，

---

[1] 1英里等于5280英尺，约合1.6093公里。

但武器极其强大。

之后,再也没有收到这支舰队的消息。

直到将近一个世纪后,复仇舰队的命运才变得为人所知,而且全靠伟大的历史学家和数学家乔恩·斯潘塞4做出的演绎推理。

"我们现在知道,"斯潘塞写道,"而且已经知道有一段时间了,速度超过光速的物体会在时间流上逆向旅行。因此,根据我们的时间来看,复仇舰队在出发前就已经抵达它的目的地。

"我们到现在都还不知道我们生活的这个宇宙的大小。但根据复仇舰队的经历,我们现在能推断出来。宇宙至少在一个方向上有 C^c 英里那么远,或者是那么长——两者意味着同一件事。十年中,复仇舰队在空间上向前行进,在时间流上却是在逆行,应该行进了那么远的距离——186334^{186334} 英里。复仇舰队沿着直线飞行,结果环绕宇宙,在它出发前十年回到了出发地点。它摧毁了它见到的第一颗行星,当它飞向下一颗行星时,舰队司令一定是突然间意识到了真相——一定也认出了那支将要与它遭遇的舰队——在地球-火星联合舰队到达的那一刻下达了停火命令。

"复仇舰队的指挥官是巴尔洛司令,他也是地球与火星冲突时地球舰队的司令,正是在他的指挥下,地球舰队和火星舰队联手摧毁了他们以为的外星侵略者,那天的两支舰队中还有许多人后来成了复仇舰队的一分子。这点确实令人震惊——而且看起来像是悖论。

"假如巴尔洛司令在这段旅程的末尾及时认出金星,避免摧毁它的话,那么会发生什么事?这个问题推测起来很有趣。但这样的推测是白费工夫。他不可能那么做，因为他早已摧毁金星——否则他不会作为复仇舰队的司令出现在那儿。过去不可能被改变。"

波莱斯是个疯狂的地方

即使你已经适应了,它有时还是会让你感到沮丧。就像那天早上——假如能称之为早上的话。那时其实是黑漆漆的晚上。但我们在波莱斯星球上按照地球时间作息,因为波莱斯的时间像这颗愚蠢星球上的其他一切一样怪诞。我的意思是说,你会先迎来一个六小时的白天,接着是一个两小时的夜晚,随后是十五小时的白天和一小时的夜晚——总之,你在这颗星球上不可能掌握得了时间。因为它绕着两颗相异的恒星做"8"字形轨道运动,飞速地绕着它们转,在它们之间穿梭,而两颗恒星也绕着对方快速转动,相比较而言距离是那么近,以至于地球上的天文学家以为这儿仅有一颗恒星,直到二十年前布莱克斯利考察队在这儿着陆后,才改变了看法。

你瞧,波莱斯的自转周期甚至不是它的轨道周期的某个分数,在两颗恒星中间还存在一个布莱克斯利场——光线在场内放缓速度,变得像爬行一样慢,被抛在后面,然后——呃——

如果你尚未读过布莱克斯利的波莱斯星报告,那么趁我告诉你这些时,把它们牢牢记住:

波莱斯是已知的唯一一个能在同一时刻发生两场日食,每过四十个小时就迎头撞上自己,再把自己赶出视野的行星。

我不怪你。

我以前也不相信。当我第一次站在波莱斯星上,看到波莱斯朝我们迎头撞过来时,我被吓得魂飞魄散。不过,我早已读过布莱克斯利报告,知道其实发生了什么事,也明白原因。这就像那些早期电影,摄影机被架设在一列火车前面,观众看见火车头朝他们驶来,尽管知道火车头其实不存在,却还是会产生逃跑的冲动。

但我还是言归正传吧,就像那天早上,我正坐在桌前,桌面覆盖着青草。我的双脚正——或者说看起来正——搁在一层泛起涟漪的水上。但一点也不湿。

桌面草坪之上放着一只粉红色的花盆,有一只亮绿色的土星蜥蜴头朝下插在里面。那是——理性,而非我的视觉告诉我——我的墨水瓶和钢笔。还有一块刺绣样品,上面用十字绣整齐地绣着"上帝佑护我们的家园"。这实际上是一条电传机刚刚收到的、来自地球中心的讯息。我不知道讯息说了什么,因为我在布氏场效应开始后才进入办公室。我没有因为它看起来如此,就真的认为它说的是"上帝佑护我们的家园"。就在那一刻,我发狂了,我受够了,我才不关心它实际说了些什么。

你瞧——也许我最好解释一下——布氏场,也就是布莱克斯利场效应出现在波莱斯处在阿盖尔Ⅰ和阿盖尔Ⅱ之间的中点时,而阿盖尔Ⅰ和阿盖尔Ⅱ就是波莱斯绕着做"8"字形轨道运动的两颗恒星。此效应有一个科学解释,但必须用公式来表达,用文字可表达不清。简而言之就是,阿盖尔Ⅰ由物质构成,而阿盖尔Ⅱ由反物质构成。在两者的中间——一片相当大的区域内——存在一个布氏场,光线在里面会大大减慢速度,以大约等于音速的速度移动。结果是,假如有什么东西移动得快过音速——比如波莱斯星球本身——在它经过你之后,你依然能看到它朝你而来。波莱斯的视觉影像穿过布氏场要耗费二十六个小时。等到那时,波莱斯已经绕过一颗恒星,在回来的路线上与它自身的影像相遇。在中间的布氏场内,有一个影像过来,一个影像离开,在同一时间遮蔽两个太阳,造成两场日食。星球再行进一段距离后,就会撞上从另一个方向过来的自身的影像——假如你在看的话,即便你知道所见非真,也能把你吓个半死。

让我在你晕头转向之前先来解释一下。比如有一辆老式火车朝你驶来,只是它的速度比音速快得多。还有一英里远的时候,火车头鸣响汽笛。火车从你身旁驶过,之后你才听见从一英里外传来的汽笛声,而火车头已经不在鸣响汽笛的那个地方。这就是一个行进速度超出音速的物体带来的听觉效应;而我前面描述的是一个物体的行进速度——以"8"字形轨道运动——超出它自身视觉影像时带来的视觉效应。

那不是最糟糕的部分。你可以待在室内,避开日食和迎头相撞的幻象,但你避不开布莱克斯利场的生理-心理效应。

生理-心理效应又是另一回事。布氏场对视神经中枢,或视神经连接的大脑区域产生影响,类似于某些药物产生的影响。你会出现幻觉——但准确地说不能算是幻觉,因为你一般不会看见压根儿不存在的东西,只会看见实际存在的东西的虚幻画面。

我清楚地知道,我坐在一张桌子后面,桌面上铺着玻璃,而不是草坪;我脚下的地板是普通的塑胶地板,而不是一层泛起涟漪的水;桌上的物体不是立着一只土星蜥蜴的粉红色花盆,而是古老的20世纪的墨水瓶和钢笔——而那块"上帝佑护我们的家园"的刺绣样品是一条印在普通纸张上的电传机讯息。我通过自己的触觉能验证以上的任何一样东西,布莱克斯利场影响不了触觉。

当然,你可以闭上双眼,但你不会那么做——因为即便在效应最强的时候,你的视觉也能让你知道物品的相对大小与距离,假如你待在熟悉的地方,你的记忆和理性会告诉你,它们其实是什么东西。

于是,当房门开启,一只双头怪物走进来时,我立刻知道那是里根。里根不是双头怪物,我能听出他的脚步声。

我招呼道:"咋了,里根?"

双头怪物说:"头儿,机械车间在摇晃。我们也许不得不打破不在布氏场内干活的规矩。"

"鸟群干的?"我问。

双头怪物的两只头都点了点。"鸟群穿过了墙壁,那些墙壁的地下部分一定像筛子一样满是洞眼了。我们最好快点倒入混凝土。你觉得,方舟号即将送来的那些新型合金钢筋能拦得下鸟群吗?"

"当然行。"我撒了个谎。我把布氏场抛在脑后,转身去看时钟,但墙壁上本应挂着时钟的地方挂着一只用白百合花编成的葬礼花圈。你用葬礼花圈可没法判断时间。我说:"我希望,在我们拿到钢筋,把它们插入墙体之前,我们不必加固那几面墙。方舟号即将抵达。它们眼下大概正在外面盘旋,等待我们从布氏场里出来。你认为我们能等到——"

一阵轰响。

"是的,我们可以等一下,"里根说,"机械车间倒塌了,也就根本不用急了。"

"里面没人?"

"没有,但我会去确认一下。"他跑了出去。

波莱斯星上的生活就是这样。我已经受够了,我经受得太多了。里根离开后,我打定了主意。

里根返回时,模样变成了一具亮蓝色的骷髅。

里根说:"好了,头儿。里面没人。"

"有机器被严重损坏吗?"

他笑着说:"你能看着一匹带紫色圆点的橡胶马,判断出它是一台完好无损的,还是一台坏掉的车床?嘿,头儿,你知道你现在是啥模样吗?"

我说:"如果你胆敢说出来,你就被炒了。"

我不知道自己是不是在开玩笑,我烦躁极了。我拉开桌子抽屉,放进那块"上帝佑护我们的家园"的刺绣样品,关上抽屉。我受够了。波莱斯是个疯狂的地方,假如你待得够久,你就会发疯。地球中心的雇员,有十分之一在波莱斯待上一年或两年后,就不得不返回地球接受精神治疗。我已经在波莱斯上待了将近三年。我的合同快到期了。我也打定了主意。

"里根。"我说。

他正走向房门,听到后转过身。"什么事,头儿?"

我说:"我想要你在电传机上发条讯息给地球中心。措辞直接点,就写:我不干了。"

"行,头儿。"他走出去,关上门。

我向后靠,闭上双眼思考起来。我现在算是辞职了。除非我追上里根,让他别发出讯息,不然这事就算是板上钉钉,不可撤回了。地球中心在这点上很奇怪:董事会在某些方面相当宽厚;但一旦你辞职了,他们就绝不允许你改变心意。这是一条不容变更的规矩,绝大多数时候都很合理。在行星际和星系际项目中,人必须对工作抱着百分百的热情才能干好,一旦心生反感,就失去了开拓进取的锐气。

我知道，处在布氏场内的中间期快要结束了，但我依然坐在位子上，闭着双眼。在我能看见时钟原形——而不是见鬼的不知是什么玩意儿——之前，我都不想睁开眼看时钟。我坐在位子上思考着。

对于里根随随便便就接受了这条讯息，我感到有点受伤。我和他是十年的好朋友。他至少可以说，他很遗憾我将会离去。当然，他很有可能因此获得提拔，但就算在考虑升职，他还是能处理得更圆融一点。至少，他可以——

哦，别再为自己感到可怜了，我告诉自己。你和波莱斯的缘分了结了，你和地球中心的关系结束了，你将在不久后返回地球，等到他们派人来接替你就行，你可以在地球上找到另一份工作，大概还是教书。

但该死的里根，我又埋怨起他。他是我在地球城理工学院教书时的学生，我给他弄到了这份波莱斯的工作，对于他这年纪的年轻人来说，这是一份好工作，担任一颗有将近一千人居住的行星的助管。说到这一点，我的工作对我这年纪的人来说也是一份好工作——我也仅有三十一岁。这是一份绝佳的工作，除了没法建起一座不会轻易倒塌的建筑物，而且——别再发牢骚了，我告诉自己，现在这一切都结束了。回到地球，再找一份教书的工作。忘掉这儿吧。

我累了。我把手臂放在桌面上，脑袋搁在手臂上，我一定是不知不觉睡过去了一会儿。

听到穿门而入的脚步声后，我抬起头。那不是里根的脚步声。我看见，现在幻象变得清楚起来。对方是——或者说看起来是——一个美艳的红发女子。当然，这不可能是真的。波莱斯上有一些女性，大多是技术人员的妻子，但——

女子说："你不记得我了，兰德先生？"确实是个女性，她的声音是女性的曼妙嗓音，听起来也有点耳熟。

"别犯傻了。"我说，"我怎么能在中间期内识别出你——"我的目光掠过女子的肩膀，突然瞥见墙上的时钟，它显现为时钟，而不是葬礼花圈或杜鹃鸟巢的模样，我忽然意识到，房间里的其他一切都恢复了正常。那意味着中间期结束了，我看到的不是幻象。

我的目光回到红发美女身上。我意识到她一定是真实的存在。我也忽然记起了她的身份，虽然她有许多变化。所有的变化都增添着她的美貌，不过四年——不，五年前，在我于地球城理工学院教授的"地外植物学Ⅲ"课上，米海莉娜·甘勒已经是一个十分漂亮的女生。

她那时就很漂亮，如今则美艳动人、魅力十足。电视脱口秀节目怎么错过了她？还是说并没错过？她在这儿做什么？她一定是刚下方舟号，但——我意识到我仍在呆呆地望着她。我赶紧站起身，动作太快，差点倒在桌子上。

"我当然记得你，甘勒小姐。"我结巴起来，"你不坐下吗？你怎么到这儿来了？他们放松了严禁访客的规定吗？"

她面带微笑地摇摇头。"我不是访客，兰德先生。地球中心登广告为你招聘一名技术员兼秘书，我尝试应征，获得了这份工作，当然，这还取决于你是否同意。我的试用期是一个月。"

"好极了。"我说。这是一个克制的说法。我准备要详细说明一下："了不起的——"

这时响起某人清嗓子的声音。我环顾房间，发现里根站在门口。这次没有显现为蓝色骷髅或双头怪物，就是里根平常的模样。

他说:"电传机刚刚收到答复。"他走过来,把纸丢到我的桌上。我看了一眼,上面写着"可以,8月19日"。有一刹那我希望上头不会接受我的辞职,现在这不着边际的希望落空了。上头和我发出讯息时一样言简意赅。

8月19日——也就是方舟号下次抵达的日子。他们一定不会浪费半点时间——无论是我的时间还是他们的时间。还剩下四天!

里根说:"我以为你想要立刻知道答复。菲尔。"

"是的。"我告诉他,瞪眼看着他,"谢谢。"我带着一点怨恨——也许不止一点——心里想着,呃,小伙子,你没得到这份工作,不然那条讯息就会那么说了。他们会让下一班方舟号送来一名替代者。

但我没有讲出来,文明的虚饰太重了。我说:"甘勒小姐,我想为你介绍——"他们看着对方,笑了出来,我当即记起了——当然,里根和米海莉娜都上过我的生物课,还有米海莉娜的双胞胎弟弟沃博德。只是,当然没人会称呼这对红发双胞胎为米海莉娜和沃博德。一旦你认识他俩后,称呼就成了米儿和沃布。

里根说:"我遇见从方舟号上下来的米儿。我告诉她怎么找到你的办公室,因为你没有在飞船降落处尽地主之谊。"

"谢谢。"我说,"钢筋运来了吗?"

"我想运来了吧。从船上卸下了一些货箱。飞船急急忙忙地要离开,现在已经走了。"

我咕哝了一声。

里根说:"好吧,我会查下货物。我过来是为了把电传机收到的答复交给你,我以为你会想要立刻听到好消息。"

他离开后,我怒视着他的背影。这个讨厌鬼,这个——

米海莉娜说:"我要立刻开始工作吗,兰德先生?"

我恢复正常面容,挤出一丝微笑。"当然不用,"我告诉她,"你首先会想要参观下这个地方。看看风景,适应下新环境。想一起散步到村里喝杯东西吗?"

"当然。"

我俩沿着小径,走向一小片簇集的建筑物,全都是方方正正的小平房。

她说:"这儿真不错。我感觉像是行走在空气上,脚步如此轻盈。这儿的重力确切来说是多少?"

"地球重力的 0.74 倍。"我说,"假如你在地球上的体重是 120 磅[1],那么在这儿大约是 89 磅。这体重放你身上很不错。"

她哈哈笑道:"谢谢你,教授——哦,对了,你现在不是教授。你如今是我的老板,我必须叫你兰德先生。"

"除非你愿意改叫我菲尔,米海莉娜?"

"要是你叫我米儿,我就叫你菲尔。我讨厌米海莉娜这个名字,几乎就像沃布憎恶沃博德这个名字一样。"

"沃布过得怎么样?"

"挺好。他在理工学院有一份学生教员的工作,但他不大喜欢。"她望着前方的村子,"为什么建造这么多小房子,而不建造一些更大的房子呢?"

"因为在波莱斯星上,任何种类的建筑物的平均寿命大约为三周。你永远不知道建筑物何时会倒塌——而且里面还有人。这是我们面临的最大难题。我们所能做的,就是让房子除了地基部分外既小又轻,地基则建得尽可能牢固。由于这个原因,至今没

---

[1] 1 磅等于 16 盎司,约合 0.4536 千克。

人在建筑物倒塌中受重伤。但是——你感觉到了吗?"

"震动?是什么,地震吗?"

"不是,"我说,"是一群鸟。"

"什么?"

看到她脸上的表情,我禁不住笑了,解释道:"波莱斯是个疯狂的地方。一分钟前,你说过你感觉仿佛行走在空气上。呃,某种意义上,你确实行走在空气上。波莱斯在宇宙中实属罕见,它由普通物质和重物质构成。重物质有着坍缩的分子结构,极其沉重,你甚至连一块卵石大小的重物质都拿不起来。波莱斯拥有重物质的内核,这也是为何这颗极小行星的表面积约为曼哈顿岛面积的两倍,重力却相当于地球重力的四分之三。星球内核上有生命居住,不是智慧生物,而是些动物。那儿也有鸟类,它们的分子结构类似于星球内核,十分致密,普通物质对它们来说很稀薄,就像空气于我们而言一样。那些鸟飞行时真的会穿过普通物质,就像地球上的鸟飞行时穿过空气一样。从它们的立场来看,我们是行走在波莱斯星球的大气层上方。"

"是它们在星球表面下的飞行引起的震动使得房屋倒塌的?"

"是的,而且更糟糕——它们飞行时会穿过地基,无论我们用什么来建造地基都一样。我们能用的任何材料对于它们来说都像空气。它们飞行时轻松地穿过铁材或钢材,就像穿过沙子或土壤一样不费吹灰之力。我刚刚收到飞船从地球运来的某种特别牢固的材料——特种合金钢,你听见我向里根询问货物的事——但我对它们能否派上半点用场不抱多大希望。"

"但那些鸟不危险吗?我的意思是,除了让建筑物倒塌之外。难道不可能有一只鸟积累了足够的动量,使得它离开地表,往空气中冲一小段距离?它就不会径直穿过任何一个碰巧出现在那儿的人吗?"

"有可能,"我说,"但它们没那么做过。我的意思是说,那些鸟飞行时与地表的距离从未少于几英寸。它们靠近'大气层'的顶层时,它们的某种感官会告诉它们。类似于蝙蝠使用的超声波。你当然知道一只蝙蝠如何能够在绝对的黑暗中飞行而不会撞到东西。"

"是的,就像雷达。"

"是的,就像雷达,除了蝙蝠使用超声波而不是无线电波。这儿的威基鸟一定是运用了原理相同的技术,只是与蝙蝠相反,它们接近地表、相差几英寸时就会转向回头,对它们而言,地表之外就相当于真空。它们是由重物质构成的,在空气中无法存活或飞翔,就像地球上的鸟在真空中存活不了也飞不起来一样。"

我俩在村子里喝着鸡尾酒时,米海莉娜再次提到她的弟弟。她说:"沃布根本不喜欢教书,菲尔。你有没有可能在波莱斯上给他找份工作?"

我说:"我一直缠着地球中心,让他们再派一名助管人员。因为我们有更多的地表需要耕作,工作量增加了很多。里根真的需要帮手。我会——"

她的整张脸庞洋溢着渴望之情。我也记起来,我已经辞职,地球中心对于我的任何建议都会视若无睹,仿佛我是一只威基鸟。我没底气地说完这句话:"我会——我会看看对此我是否能做点什么。"

她说:"谢谢——菲尔。"我的手放在桌上的酒杯旁边,她有一刹那将她的手放在我的手上面。好吧,说感觉好像有高压电流穿过,这是一种陈词滥调的比喻,但感觉就是那样。而且它既是身体受到的冲击,也是心灵的震荡,因为在那时我意识到,我一头栽进了爱情。我栽倒得比波莱斯上的任何一座建筑物更猛。这一栽让我喘不过气来。我没有看米海莉娜的脸庞，但从她的手更用力地贴住了我的手，又仿佛被火焰烫到一般迅速缩回来看，她一定也已经感觉到了那股电流。

我略有摇晃地站起身，提议我们步行回到总部。眼下的情形完全不可能和她恋爱。现在地球中心已经接受我的辞职，我没有了可见或不可见的收入来源。我在精神错乱的时刻毁掉了自己的工作。我甚至吃不准我能否找到一份教书的工作。地球中心是宇宙中最有权势的组织，影响力遍及每个角落。假如他们把我加入黑名单——

回去的路上，我任由米海莉娜叽里呱啦地说着话，我要进行一些沉重的思考。我想要告诉她真相——可是又不想。

我间或用单音节的词做出回应，内心中与自己做着思想斗争。并且我最终输掉了，或者说是赢了。我不会告诉她——等到方舟号下次快要抵达时再说。在这几天里，我会假装一切都正常，给自己一个机会来看看米海莉娜是否会倾心于我。我会给自己这么一段时间。一个为期四天的机会。

到那时——呃，假如到那时她对我有着我对她那样的感觉，我会告诉她，我是一个怎样的傻瓜，我会告诉她我想要——不，我不会让她和我一起返回地球，即便她想也不行，除非我透过朦胧的未来看见前方的光明。我所能告诉她的是，假如日后我有机会再次步步高升，得到一份不错的工作——毕竟我今年只有三十一岁，也许能——

我会告诉她这类话。

里根在我的办公室等着我，气急败坏的样子像一只落水的大黄蜂。他说："地球中心货运部的那些笨蛋又搞错了。那些特种钢的货箱里装的并不是钢筋。"

"那装了什么？"

"什么都没装。是些空空如也的货箱。装货机器出了问题，他们从始至终都不知道。"

"你确定那些货箱本该装着合金钢吗？"

"当然确定。单子上的其他货物都送来了，还特别说明钢筋装在那些货箱里。"他的一只手抚过乱糟糟的头发。蓬乱的头发让他看起来比平日更加像条万能狸。

我朝他咧嘴笑道："也许是隐形钢筋。"

"隐形，无重量，还触摸不到。我能发条讯息给地球中心，告诉他们这件事吗？"

"你想要做什么就去做吧，"我告诉他，"不过在这儿等一下。我会带米儿看一下她的宿舍在哪里，然后想和你稍微聊一聊。"

我带着米儿去了总部附近现有的最好的一间睡眠舱。她再次感谢我尝试为沃布在这儿找份工作，当我回到办公室时，我的心情简直比威基鸟的坟墓更加低沉。

"什么事，头儿？"里根说。

"关于发往地球的那条讯息，"我告诉他，"我是指我今天上午发出的那条讯息。我希望你不要向米海莉娜透露半个字。"

他咯咯笑道："你想要亲自告诉她？行，我会守口如瓶的。"

我有点苦涩地说："也许我发出那条讯息是在犯傻。"

"啊哈？"里根说，"我倒是很高兴你选择那么做。很棒的主意。"

他走了出去，我努力克制才没有朝他丢东西。

次日是周二，不过那也无关紧要。我把它记作是我解决波莱斯两大难题之一的日子。这个时间点也许有点讽刺。

我那时在口述关于青麦耕种的一些要点——当然,波莱斯之所以对地球很重要,是因为这颗星球上的某些原生植物(迁移到其他任何地方都不会生长)的衍生物对于许多药物至关重要。我那会儿工作得很费劲,因为我一直直勾勾地看着米海莉娜做记录——她坚持在到达波莱斯的第二天就开始工作。

突然间,我发热昏沉的头脑里冷不丁地跳出一个主意。我停止口述,立刻打电话给里根。里根不一会儿就进来了。

"里根,"我说,"订购五千安瓿J-17调节剂。吩咐他们要快点送来。"

"头儿,你不记得了吗?我们试过那东西,以为它也许能让我们在中间期正常地看见东西,但它没有影响视神经。我们依然会看见怪诞的幻象。它能进行调节,让人类适应高温或低温,或者——"

"或者长短不一的清醒-睡眠周期。"我打断了他,"那才是我要讨论的事,里根。你瞧,波莱斯绕着两颗恒星转,拥有不规则且短促的昼夜周期,我们从来都没有严肃对待过这个问题。对吧?"

"当然,但是——"

"但是因为不存在我们能使用的、合乎逻辑的波莱斯日夜划分方案,于是我们让自己受到一颗我们看不见的遥远太阳的调控。我们使用二十四小时制,但每过二十个小时就会出现中间期。我们可以使用调节剂来让自己适应二十小时制——六小时睡眠,十二小时保持清醒——在眼睛玩把戏的期间,每个人都在呼呼大睡。就算你醒来了,你也是在一间黑漆漆的卧室里,于是就什么都看不见。日子变短了,每年的天数增加——然后没人出现精神错乱。请告诉我,这个主意有什么问题。"

里根的眼神变得黯淡和茫然,用手掌重重地打了下自己的额头,说:"它的问题就是太简单了。真是太简单了,只有一个天才才能想到。两年来我一直在慢慢变疯,答案这么简单,却没人能想到。我会立刻下订单。"

他走了,又转身回来。"现在我们要如何让建筑物不倒塌呢?快点,趁着你有魔力或什么神奇力量,快点想。"

我笑着说:"为何不试试空货箱里的那些隐形钢筋呢?"

他抛下一句"疯子"后,关上了门。

第二天是周三,我暂停工作,带着米海莉娜在波莱斯星上徒步旅行。仅仅一天的远足就能绕星球一圈。但是和米海莉娜·甘勒在一起,随便哪天的远足都很美妙。当然,除了我知道我只剩下一天能与她共处。美妙世界会在周五那天终止。

明天,方舟号就会离开地球,载着能解决波莱斯星一大难题的调节剂——船上还会有地球中心派来取代我的不知道什么人。飞船会靠曲速引擎穿越空间,抵达阿盖尔Ⅰ-阿盖尔Ⅱ星系之外安全距离内的某个地方,再靠火箭动力从那儿进入星系内。它到达时会是周五,我会乘坐它返回地球。但我努力不去想这件事。

我几乎都设法忘掉这件事了,直到我俩回到总部,里根咧嘴笑着迎上来,他的笑容几乎把他相貌平平的脸庞沿着水平线分成了两半。他说:"头儿,你干成了。"

"好极了,"我说,"我干成了什么?"

"你给了我用什么增强地基的答案。你解决了问题。"

"是吗?"我说。

"是的。不是吗,米儿?"

米海莉娜看起来和我一样一头雾水。她说:"他在开玩笑。他说用空货箱内的东西,对吧?"

里根再次咧嘴笑道："他认为自己在开玩笑。那就是我们从今往后将会使用的增强材料——虚无。你瞧，头儿，这就像调节剂——如此简单，我们却永远想不到。直到你告诉我，要使用空货箱内的东西，我才思考起来。"

我站在原地，思考了片刻，接着我做了里根前一天做过的动作——用手掌根重重地拍了拍额头。

米海莉娜依然一头雾水。

"空地基，"我告诉她，"威基鸟不会穿过去的一样东西是什么？空气。如今，我们可以根据需要建造尽可能大的建筑物。对于地基，我们插入一种在两面墙之间灌入空气的夹层墙。我们可以——"

我就此打住，因为以后不再有"我们"。在我回到地球寻找工作后，"他们"能做这件事。

周四过去后，周五到来了。

我一直工作到最后一分钟，因为这是最容易办到的事。在里根和米海莉娜的帮助下，我为新施工项目列出材料清单。首先，要建造一座大约有四十间房的三层建筑，作为总部大楼。

我们干得很快，因为马上就是中间期了，当你阅读不了东西，只能靠触摸来书写时，可干不了文书工作。

但我记挂着方舟号。我拿起电话，打到电传机室询问飞船的情况。

"刚收到飞船的呼叫，"操作员说，"他们进入星系了，但是赶不及在中间期之前着陆。他们会在中间期结束之后着陆。"

"行。"我说，不再期望他们会晚一天到达。

我起身走向窗户。我们正在靠近两颗恒星之间的中点位置。向北边的天空望去，我能看见波莱斯星正朝我们撞过来。

"米儿，"我说，"到这儿来。"

她也走到窗边,我俩并肩伫立,望着天空。我的手臂搂着她。我不记得何时把手臂放到了那儿,但我没有拿开,她也没有动。

里根在我俩身后清了清嗓子。他说:"我会将这份单子交给操作员。等到中间期一过,他就能把单子发出去。"他离开房间,在我们身后关上门。

米海莉娜似乎与我靠得更近了。我俩一起望着窗外朝我们冲来的波莱斯星。她说:"很美丽,对吧,菲尔?"

"是的。"我说。我转过了头,回答时凝视着她的面庞。接着——我本没有这个打算——我亲吻了她。

我回到办公桌后面坐下。她说:"菲尔,你在犹豫什么?你没有在哪儿藏着妻子和六个小孩之类的东西,对吧?当我在地球城理工学院暗恋你时,你是单身——我等待了五年,想要越过这道情关却过不去,最后争取到一份波莱斯上的工作,只为——我非得向你求婚才行吗?"

我呻吟起来,不敢正眼看她,说:"米儿,我爱你爱得发疯。但是——在你到来前,我给地球发了一份电传机讯息,上面写着'我不干了'。所以,我得坐今天抵达的方舟号离开波莱斯了,如今我已经让地球中心对我产生了厌恶,我也怀疑我能不能获得一份教书的工作——"

她一边说"但是,菲尔!",一边向我迈近一步。

敲门声响起,是里根在敲门。我这次很高兴被他打扰。我叫他进来,他打开了房门。

他说:"你告诉了米儿没有,头儿?"

我愁闷地点点头。

里根咧嘴一笑。"很好。"他说,"我一直都想告诉她。能再次见到沃布真棒。"

"什么？"我说，"哪个沃布？"

里根的笑容褪去了。他说："菲尔，你是忘记了，还是怎么了？你不记得四天前，叫我答复那份地球中心的电传讯息吗？就在米儿到这儿之前呀。"

我张大嘴，盯着他看。我甚至还没读过那份讯息，更不用说答复。到底是里根精神错乱，还是我出了问题？我记得我把讯息塞进了桌子抽屉。我一把拉开抽屉，掏出那份讯息。我一边读，手一边微微哆嗦：增派助手的请求已获准，你想要谁来干这份工作？

我再次抬头看着里根，说："你是想要告诉我，我对此发了条答复？"

他看上去和我一样惊愕。

"明明是你吩咐我发出答复的。"他说道。

"我让你答复什么？"

"沃布·甘勒[1]。"他直盯着我看，"头儿，你感觉还好吗？"

我感觉好极了，仿佛有什么东西在我的脑海里炸开了花。我站起身，走向米海莉娜。我说："米儿，你愿意嫁给我吗？"我伸出手臂环抱住她，刚好在中间期开始之前，于是我看不见她变成啥样，反过来她也看不见我变成啥样。但我的目光越过她的肩头，看见一个肯定就是里根的幻象。我说："你这只猿猴，快离开这儿。"我完全是在照直说，因为在我看来里根确实就是一只明黄色的猿猴。

我脚下的地板在摇晃，但因为同时遭遇了其他一些事，我没

---

[1] 主角打算辞职时让助理发出信息"I Quit"（我不干了），而助理错听成人名"Ike Witt"，因为"I Quit"的发音与之相近。翻译时，将人名处理为"沃布·甘勒"，同样是为了追求谐音效果。

有意识到摇晃意味着什么,直至那只猿猴转身叫喊道:"一群鸟从我们下方飞过,头儿!快点出去,抢在——"

但他刚说到这儿,房子就轰然倒塌,镀锡铁皮屋顶砸到我的脑袋,将我击晕了。波莱斯是个疯狂的地方。我喜欢这地方。

实验

"第一台时间机器，先生们，"约翰逊教授自豪地告诉他的两位同事，"确实，这是一台小尺寸的实验模型。它只会对重量小于 3 磅 5 盎司的物体生效，并且回到过去和进入未来的时间距离不能超过十二分钟。但它确实奏效。"

这台小尺寸模型的外形就像一台小型磅秤——一台邮政秤——只是称重平台下面有两个刻度盘。

约翰逊教授拿起一个金属的小方块。"我们的实验对象，"他说，"是一个黄铜立方体，重量为 1 磅 2.3 盎司。首先，我会把它传送到五分钟后。"

他身体前倾，设置好时间机器上的一张刻度盘。"看着你们的手表。"他说。

他们看着各自的手表。约翰逊教授将黄铜块轻轻放到机器的平台上。黄铜块随即消失不见。

精确到秒的五分钟过后，黄铜块重新出现。

约翰逊教授拿起黄铜块。"现在把它传送到五分钟之前。"他设置好另一张刻度盘，把黄铜块拿在手里，看着手表。"现在是三点还差六分钟。我会在刚好三点钟时激活传送机制，也就是将黄铜块放到平台上。因此,黄铜块应该在三点还差五分钟时从我手上消失,并出现在平台上,也就是在我将它放上平台的时间点的五分钟前。"

"那么,你怎么才能将它放到平台上?"他的一位同事问。

"随着我的手靠近,它会从平台上消失,出现在我的手里,好让我把它放到平台上。三点钟。请注意。"

黄铜块从他的手中消失。

它随即出现在时间机器的平台上。

"瞧见了吗? 在我把它放上平台的五分钟前,它就在那儿了!"

另一个同事朝着黄铜块皱眉。"但是,"他说,"既然它在你把它放上平台的五分钟前已经出现在那儿,假如你改变主意,在三点钟时不把它放到平台上,那么会怎样? 那样不就牵涉到了某种悖论?"

"有趣的想法,"约翰逊教授说,"我没想过这个问题,试一下会挺有趣的。很好,我将不会……"

根本没有产生悖论。黄铜块仍然存在。

但宇宙的其余部分——包括教授和所有人——全都消失了。

前哨

他满身泥泞,全身湿透,又冷又饿,距离家园足足有五万光年之远。

一轮古怪的蓝色恒星发出光亮,这儿的重力是他适应的重力的两倍,使得他的一举一动都变得困难。

但是,在数万年里,战争在这一点上从未改变。那些飞行员们潇洒地驾驶酷炫的太空飞船,操纵着高端武器。然而,到了关键时刻,仍然得由步兵们接手阵地,守住阵线。每一英尺[1]的阵地都是鲜血换来的。就像这颗该死的绕日行星,他从未听说过这地方,直到他们安排他在这儿着陆。如今,这儿成了圣地,因为外星人也在这里。这些外星人是银河系中除他们之外唯一的智慧种族……那些外星人残忍、丑陋,是令人恶心的怪物。

在缓慢而困难地殖民一万两千多个星球之后,他们在银河系中心附近与外星人发生了接触。双方一见面就起了战火。外星人甚至没有尝试谈判或讲和,立刻就动手开枪。

如今,在一个接一个环境严酷的星球上,战事仍在持续。

---

[1] 1英尺等于12英寸,合0.3048米。

他满身泥泞，全身湿透，又冷又饿。天气阴冷，大风刮得他眼睛痛。但外星人正企图潜入阵线，每一个前哨站都至关重要。

他警觉地待在岗位上，随时准备开枪。距离家园五万光年远，在一个全然陌生的世界打仗，他寻思自己能不能活着再看一眼家园。

就在那时，他见到一名外星人匍匐着爬向他。他瞄准好目标，开了火。外星人发出了他们种族都会发出的那种怪异而可怖的叫声，随后就一动不动地躺在地上。

他听到那声怪叫，见到躺在地上的外星人，不禁打了个寒战。都过了好一段日子了，按理说应该能看惯那些外星人，可他从始至终都无法适应。他们是多让人倒胃口的怪物啊，只有两条胳膊，两条腿，肤色苍白，身上也没长鳞片。

回答

德瓦·伊夫郑重其事地将最后的连接处用黄金焊接上。十二台电视摄像机的镜头对准他,亚以太[1]将十二幅画面传播到宇宙的各个角落,直播他正在做的事情。

他挺起腰杆,冲着德瓦·雷恩点点头,然后走到开关旁的位置。只要他推上开关,通路就会连通,宇宙中所有有人居住的行星——共有960亿颗星球——上的所有巨型计算机就会立刻被连接到超级电路内,成为一台超级计算机。这台依照控制论运行的机器会把所有星系的所有知识连成一体。

德瓦·雷恩向正在观看和聆听实况的数万亿民众做了简短的发言。沉默片刻后,他说:"就现在,德瓦·伊夫。"

德瓦·伊夫推上开关。现场发出嘈杂的嗡嗡声,来自960亿颗星球的能量激增。几英里长的面板上,指示灯时而亮起,时而熄灭。

---

[1] 亚以太(sub-ether),科幻小说用语,被形容为一种让超光速信号得以传播的介质。最早见于美国科幻小说家 E. E. 史密斯(E. E. Smith)于 1930 年发表的长篇小说《太空云雀三号》(*Skylark Three*)。

德瓦·伊夫后退一步,深吸一口气,说:"德瓦·雷恩,提第一个问题的荣幸归你所有。"

"谢谢,"德瓦·雷恩说,"这应该是一个单台控制论机器无法解答的问题。"

他转身面对机器:"上帝存不存在?"

机器毫无迟疑,以强有力的声音回答了问题,没有任何中继器的"咔嗒"声:"存在,现在有上帝了。"

突然间,德瓦·伊夫的脸上闪现恐惧的表情。他跳起身要抓住开关。

万里无云的天空中劈下一道闪电,将他击倒在地,并焊死了开关。

雏菊

迈克尔森博士正领着妻子——也就是迈克尔森太太——参观他的联合实验室与温室。这是迈克尔森太太好几个月里第一次来实验室，如今实验室里添置了好些新设备。

"约翰，你跟我说你在做与花交流的实验，"她最终还是问起丈夫，"你是认真的吗？我还以为你在开玩笑。"

"根本不是，"迈克尔森博士说，"与大众的认知相反，花确实拥有一丁点智能。"

"但它们一定说不了话！"

"无法像人类那样说话。但是与大众的认知相反，它们确实能交流。实际上是以心灵感应的方式，用的是思维图像，而不是言语。"

"或许它们之间能交流，但肯定——"

"亲爱的，与大众的认知相反，即便是人类与花之间的交流也是可行的，尽管迄今为止，我仅能够建立单向交流。也就是说，我能捕捉到花的思维，但无法从我的头脑发送讯息给它们。"

"但是——这是如何运作的，约翰？"

"与大众的认知相反，"她的丈夫说，"人类与花的思维都是电磁波,可以——稍等一下,亲爱的,展示给你看会更加方便。"

他向那位一直在房间远处的另一头工作的女助手喊道:"威尔逊小姐,你可否把交流器拿过来?"

威尔逊小姐拿来了交流器。交流器的外形酷似发箍,延伸出一根导线,导线的另一头连着一根有绝缘手柄的细棒。迈克尔森博士把"发箍"戴到妻子脑袋上,把细棒塞入她手中。

"使用方法相当简单,"他告诉妻子,"握住细棒靠近一株花,细棒充当天线,可以接收花的思维。你会发现,与大众的认知相反——"

但迈克尔森太太没有听她丈夫讲话。她握住细棒靠近窗台上的一盆雏菊。片刻后,她放下了细棒,从皮包里取出一把小型手枪。她先向丈夫开枪,接着向他的女助手威尔逊小姐开了枪。

与大众的认知相反,雏菊确实会告密。[1]

---

[1] 美国作曲家安妮塔·欧文(Anita Owen,1874—1932)创作的华尔兹歌曲《雏菊不会告密》("Daisies Won't Tell",1908)让这句表述在美国变得耳熟能详。

模式

梅茜小姐抽了下鼻子。"为什么大家都忧心忡忡的？外星人没有对我们干任何事，难道不是吗？"

城市里别的地方充斥着盲目的恐惧。然而，在梅茜小姐的花园里，没有丝毫恐惧的气氛。她镇定地抬起头，注视着侵略者巨大无比、足足有一英里高的身躯。

一周前，外星人在地球登陆，乘坐一艘有一百英里长的太空船，静静着陆在亚利桑那州的沙漠里。差不多有一千名外星人从那艘太空船里走出来，如今他们正在四处逛游。

不过，正如梅茜小姐指出的那样，外星人没有伤害任何人，也未造成任何破坏。他们的身体称不上是实体，影响不了人类。当外星人踩到你身上，或者踏到你所在的房屋时，你的视野会突然漆黑一片，在外星人移动脚继续往前走之前，你什么也看不到——就这样而已。

外星人毫不在意人类，所有与他们沟通的尝试都落空了，正如陆军与空军对他们发起的所有攻击均失败了一样。向他们发射的炮弹在他们体内爆炸，却伤不到他们半根毫毛。甚至当氢弹落到一名正在穿越沙漠的外星人身上，也没对他造成一丁点搅扰。

外星人压根儿不在意我们。

"而这,"梅茜小姐对她妹妹——她的妹妹也叫梅茜小姐,因为姊妹俩都未婚——说,"不正是外星人不想伤害我们的证明吗?"

"希望如此,阿曼达。"梅茜小姐的妹妹说,"但看看他们现在在做些什么。"

这天晴空万里,或者说本来是晴空万里。天空原本是蔚蓝色的,足足有一英里高的外星巨人的脑袋与肩膀本来清晰可见。梅茜小姐顺着妹妹的目光,抬头仰望,看见天色此刻正变得雾蒙蒙的。视野里的两个外星巨人手里都拿着一件形似水箱的物体,从那些物体里飘出一团团雾气,徐徐落向地球。

梅茜小姐又抽了下鼻子。"在造云嘛。兴许外星人就是这样寻乐子的。云朵又伤不了我们。大家为何这么担忧?"

她继续去忙自己的活计。

"阿曼达,你在喷洒的是液体肥料吗?"她的妹妹问。

"不,"梅茜小姐说,"是杀虫剂。"

彬彬有礼

兰斯·亨德里克斯是第三支金星考察队的随队外星人心理学专家,此刻他正迈着沉重的步伐,精疲力竭地行走在金星滚烫的沙地上,想找到一名金星人,并设法与之交朋友。这已经是他的第五次尝试了。前四次失败的教训让他知道,这是一个令人灰心丧气的任务。前两支金星考察队里的专家也都以失败告终。

并不是说很难找到一名金星人,而是因为金星人显然毫不在意地球人,或是没有一丝友好待人的意向。实在太奇怪了,他们并非无法交谈,因为他们操着一口地球话。金星人的读心术本领让他们能理解地球人用任何一种地球语言说出的话,再用同样的语言回答——但口吻一点都不友善。

一个金星人扛着一把铲子走了过来。

"你好啊,金星人。"亨德里克斯愉快地招呼道。

"再见,地球人。"金星人说完话,从亨德里克斯身边走了过去。

亨德里克斯感觉既尴尬又气恼,快步跟在金星人身后。因为金星人迈的步子很大,他得要小跑才能跟上。"嘿,"他说,"你们为什么不和我们说说话?"

"我在和你说话,"金星人说,"尽管我不怎么喜欢说话。请你离开。"

金星人停下步子,开始为科尔维尔兽的蛋挖洞,不再关注地球人。

亨德里克斯受挫之后,怒视着金星人。总是同一种模式,无论他们找哪个金星人搭话,结果都是这样。外星人心理学教科书里的每一种方法都失败了。

他脚下的沙子被晒得滚烫,空气可供呼吸,却有一股甲醛的味道,正在侵害亨德里克斯的肺部。他放弃了与外星人的接触,大发脾气。

"操你自己——"[1] 亨德里克斯大声骂道。对地球人来说,"操你自己"当然属于生理上不可能办到的事。

然而,金星人是雌雄同体的。金星人又欣喜又惊奇地转过身,因为地球人头一次对他说出了唯一一句在金星上被认为不算非常粗鲁的问候语。

金星人用一个开怀的蓝色笑容回应地球人的赞美,丢下铲子,坐下来侃侃而谈。从此刻起,地球与金星之间的美妙友谊与相互理解终于开始了。

---

[1] 原文为"——yourself",即"go fuck yourself",是英语中的常用脏话。

事出反常

韦瑟瓦克斯先生仔细地往吐司面包上涂黄油。他的嗓音里透着坚定。"亲爱的,"他说,"我希望你真的明白,这套公寓里不该再有这样的垃圾读物。"

"是的,贾森。我之前不知道——"

"你当然不知道。但这是你的责任,你该知道我们的儿子在阅读什么东西。"

"贾森,我会盯得更紧的。他把杂志带进来时,我没看见。我不知道家里有那种杂志。"

"要不是昨晚进屋后我碰巧把沙发上的一只靠枕挪了下位置,我也不会知道。那本杂志被藏在靠枕下面,我便翻阅了一下。"

愤慨之下,韦瑟瓦克斯先生的胡子梢抖动了起来。"这些荒唐可笑的概念,这些荒诞无稽的构思。确实是'惊骇故事'!"

他呷了一口咖啡,让自己平静下来。

"这些愚蠢透顶、十足反常的垃圾小说,"他说,"通过空间翘曲之类的玩意儿到其他星系旅行。还有时间机器、瞬间移动和心灵传动。胡说八道,纯粹就是胡说八道。"

"亲爱的贾森。"他的妻子说,这次带着一丁点不耐烦,"我向你保证，从今往后，我会细心监督杰拉尔德的读物。我完全赞同你的想法。"

"谢谢你，亲爱的。"韦瑟瓦克斯先生更加和善地说，"年轻人的头脑不应该被这些不着边际的想象毒害。"

他看了眼手表，匆忙起身，在亲吻过妻子后离去。

他走出公寓房门，迈进反重力井，轻轻地飘下两百多层，抵达街面。他在那儿幸运地立刻就搭乘到一辆原子出租车。"去月球港。"他厉声对机器人司机说，然后向后靠，合上眼睛，收听起传心广播。他本来希望听到第四次火星战争的新闻快报，但结果只是永生中心的又一份例行报告，于是他露出一个苦笑。

和解

外面的夜空布满点点星辰，宁静安谧。屋内的起居室里，气氛剑拔弩张。站在那儿的一男一女相隔几英尺，憎恨地怒视对方。

男子攥紧双拳，仿佛是希望用上拳头一般；女子的手指张开，像利爪一样弯着。但无论是男子还是女子，他们的手臂都僵硬地贴住身侧。他们都彬彬有礼。

她的嗓音很低。"我恨你。"她说，"我逐渐开始痛恨关于你的一切。"

"你当然恨我，"他说，"既然你已经以你的奢侈消费花光我的钱，既然我再也买不起你自私的内心想要的每件愚蠢的玩意儿——"

"不是那样。你知道不是那样子。假如你仍然像以前那样对待我，你就知道金钱无关紧要。关键是——关键是那个女人。"

他叹了一口气，就像一个第一万次听到同一件事的人那般叹气。"你知道的，"他说，"她对我来说不算什么，什么都不算。是你逼着我……干出这事的。即便这没有任何意义，我也不遗憾。我会再干一次的。"

"你会再干一次，只要你有机会。但我不会在你身边，继续受到它的羞辱。在我的朋友面前受到羞辱——"

"朋友！那些坏心眼的婊子，对你来说，她们下作的看法比我的意见更重要——"

令人失明的闪光，仿佛烈火烧灼的热意。他们一下子就知道了是怎么回事，他们伸出手臂摸索，在看不见的情况下朝对方迈出一步。在他们仅剩下的一秒内，他们拼命地紧紧搂住彼此。现在，重要的只有这最后一秒了。"亲爱的，我爱——""约翰，约翰，我的甜——"

核爆炸的冲击波到来了。

室外本该宁静安谧的夜色中，一朵红色的花生长着，渴望着不复原样的天空。

极刑

查利·多尔顿是地球派出的一名宇航员,他踏上安塔尔恒星的第二颗行星的土地还未超过一小时,就犯下了一项极其严重的罪行。他杀死了一名安塔尔人。

在大多数星球上,谋杀都属于轻罪范畴;在一些星球上,谋杀是值得广为传颂的壮举。但在安塔尔Ⅱ行星上,谋杀是一项死罪。

"我判处你死刑。"一脸严肃的安塔尔法官宣判道,"明日拂晓时被爆能枪射死。"这项宣判还不得上诉。

查利被领到了死刑犯的套房中。

死刑犯套房原来是十八间金碧辉煌的大房间,每间房内都堆满各种各样的佳馔与美酒,还有松软的沙发,以及他想得到的所有东西,每张沙发上还躺着一位绝世美女。"真让人意想不到!"查利说。

安塔尔狱卒向他鞠躬行礼,说:"这是我们星球上的惯例。被判处拂晓时受死的死刑犯在最后一夜将享受这些安排。无论他希望得到什么,我们都会满足他。"

"真是太值了,"查利说,"我卷入斗殴时,才刚到这个星球上,还没查过行星指南。这儿的一个晚上有多久?这颗星球自转一圈需要多少个小时？"

"小时？"狱卒说，"那肯定是个地球人的词语。我会给皇家天文学家打个电话，问问你的星球和我们的星球上的时间该如何比较。"

他打了电话，提了问题，听天文学家说了一通，然后告诉查利·多尔顿："在安塔尔Ⅱ行星的一个黑夜里，你的星球——地球——会绕着太阳转九十三圈。我们的一个夜晚，等于地球上的九十三年。"

查利轻轻地自言自语起来，寻思他能不能活到九十三地球年之后。寿命超过两万地球年的安塔尔狱卒满怀着同情向查利一鞠躬，转身离开了。

查利·多尔顿开始吃吃喝喝，用这种方式来消磨九十三年的"长夜"，当然，他也并非吃了喝，喝了吃，因为躺在沙发上的姑娘都是倾国倾城的美人，而查利也已经在太空中待了好久。

唯我论者

沃尔特·B.耶和华——我不会为他的姓名而道歉,因为这真是他的姓名——一辈子都是个唯我论者。假使你碰巧不认识这个词的话,"唯我论者"是指某人相信他自己是真正存在的唯一实体,其他人和宇宙大体上只存在于他的想象中,假如他停止想象,那么他们就不复存在。

某天,沃尔特·B.耶和华成了一名付诸实践的唯我论者。在一周之内,他的妻子跟另一个男人跑了,他失去了运务员的工作,而且他在追赶一只挡路的黑猫时摔断了腿。

他躺在医院的病床上,决定要了结一切。

他望着窗外,凝视星辰,希望它们不复存在,然后星星再也没出现在天上。接着,他希望其他所有人都不复存在,然后医院便变得异常寂静。接下来是世界,他在许愿之后发觉自己悬在虚无中。他相当顺利地就摆脱掉了自己的肉身,接着迈出最后一步——希望自己不复存在。

什么事都没有发生。

他心想,真奇怪,难道是唯我论有限制?"是的。"一个声音说。

"你是谁？"沃尔特·B.耶和华问。

"我是创造出宇宙的人，你刚刚希望那个宇宙不复存在。既然你现在已经取代我的位置——"对方深深地叹气，"——我终于能终止我自身的存在，忘却一切，让你来接手了。"

"但——我如何才能终止存在？那是我试图完成的事，你该知道。"

"是的，我懂。"声音说，"你一定要照着我说的做。先创造一个宇宙，再等待宇宙中的某人真心相信你所相信的东西，希望宇宙不复存在。接着，你就能隐退了，让他来接手。现在,拜拜了。"

声音消失了。

沃尔特·B.耶和华孤身一人待在虚无中，他仅有一件事可做。他创造出天与地。

这花费了他七日时间。

血

吸血鬼种族的最后两名幸存者弗龙与德雷娜乘坐时间机器逃至未来,以逃避被消灭的命运。两个吸血鬼既惊恐又饥饿,手握着手安慰彼此。

人类在22世纪发现了吸血鬼的存在,原来吸血鬼秘密生活在人类之中压根儿不是传说,而是事实。随后出现了一场大屠杀,人类找出并杀死了每一个吸血鬼,只有这两名侥幸未死。弗龙与德雷娜早已在研制时间机器,并且及时研制完毕,乘坐时间机器逃出生天。他们要逃往未来,逃往十分遥远的未来,"吸血鬼"这个词在那时会被人遗忘,那样他们就能重新在不为人所知的境况下生活——让吸血鬼种族继续繁衍生息。

"我饿死了,弗龙。我非常非常饿。"

"我也是,亲爱的德雷娜。我们很快就会再次停下。"

他们早已停下过四次,每次都险些丧命。吸血鬼尚未被人忘记。最后一次停留是在五十万年前,那时的地球归狗所有:人类灭绝了,狗却开化了,像人一样。然而,他们的真实身份还是被认了出来。两个吸血鬼有过一次进食,吸光了一只幼弱的小母狗的鲜血,随后他们就被猎犬追赶,回到了时间机器里,再次逃往未来。

"感谢你能停下。"德雷娜说完就叹了口气。

"不用谢我,"弗龙冷酷地说,"这是旅途的终点了。我们的燃料没了,在这儿也没法找到燃料——到如今,所有的放射性燃料都已经变成了铅。我们要么生活在这儿……要么就……"

他们走出时间机器,侦察四周。"你瞧,"德雷娜兴奋地说,手指向某个走向他们的东西,"新生物!那些狗灭绝了,其他生命已经接管地球。我们肯定被他们忘记了。"

那个越走越近的生物拥有心灵感应能力。"我已经听见你俩的想法,"有个声音在两个吸血鬼的脑海里说话,"你俩想知道我们知不知道某些叫作'吸血鬼'的东西。我们不知道。"

德雷娜欣喜地抓住弗龙的手臂。"自由了!"她饥肠辘辘地嘟哝,"还有食物!"

"你俩也在寻思,"声音说,"我的起源与进化。如今所有的生命都是植物。我——"他躬身对两名吸血鬼说,"我,作为优势种族的一员,曾经是被你们称之为芜菁的蔬菜。"

第一台时间机器

格兰杰博士严肃地说："先生们,第一台时间机器。"

他的三个朋友注视着机器。

它就是一个方方正正、约六英寸[1]宽的盒子,上面有些刻度盘和一个开关。

"你只需要把它握在手里,"格兰杰博士说,"将刻度盘设定为你想要去的日期,再按下按键,然后你就穿越时空了。"

博士三个好友中的斯梅德利伸手摸向盒子,把它拿在手里端详起来。"它真的能用吗?"

"我进行过短暂的测试,"博士说,"我把日期设定为一天前,按下按键,然后看见我自己——一天前的我——走出房间。我受了点惊吓。"

"假如你冲到门口,踢你自己的屁股一脚,那么会发生什么事?"

格兰杰博士哈哈大笑。"也许我不可能那么做——因为那样就会改变过去。你们知道的,这就是老掉牙的时间旅行悖论。假

---

[1] 1英寸等于1英尺的1/12,合2.54厘米。

如某人回到过去,抢在他祖父认识他祖母之前杀死祖父,那么会发生什么?"

斯梅德利的手里依然拿着盒子,他突然向后退步,远离另外三人。他朝朋友们咧嘴笑道:"那正是我打算做的事。趁你们说话时,我把刻度盘上的日期设定为了六十年前。"

"斯梅德利!别那么干!"格兰杰博士开始往前移动。

"停下,博士。不然我现在就按下按键。你停下,我就会向你解释的。"格兰杰停顿了一下,"我也听说过那条悖论。它总是很吸引我,因为我知道,如果有机会的话,我会杀掉我的祖父。我痛恨他。他是个残酷无情的恶霸,让我的祖母和父母过得生不如死。所以,这是我一直在等待的机会。"

斯梅德利的手摸向按键,揿了下去。

突然一切都模糊起来……斯梅德利站在一片空地上。他很快就确定了方向。假如这儿是未来某一天会建起格兰杰博士的房子的地方,那么只消往南走一英里,应该就到了他曾祖父的农场。他开始步行,在途中找到了一根木头,它会是一根不错的棍子。

快到农场时,他看见一名红头发的小伙在用一根鞭子抽打一条狗。"住手!"斯梅德利一边喊,一边冲上前去。

"该死的,管好你自己的事。"小伙一边说,一边再次扬起鞭子。

斯梅德利挥动棍子。

六十年后,格兰杰博士严肃地说:"先生们,第一台时间机器。"

他的两个朋友注视着机器。

终点

琼斯教授多年来一直在研究时间理论。

"我已经发现关键的方程式，"有天，教授告诉女儿，"时间是个场。我制造的这台机器能够操纵，甚至逆转时间场。"

教授一边揿下按钮，一边说："这应该会让时间后退后间时让会该应这"：说边一，钮按下揿边一授教。

"场间时转逆至甚，纵操够能器机台这的造制我。场个是间时，"儿女诉告授教，天有，"式程方的键关现发经已我。"

论理间时究研在直一来年多授教斯琼。

千年

撒旦心想，冥界真是苦难之地，他因此才喜爱这个地方。他在微微反光的书桌上俯身，打开内部通话系统的开关。

"有何吩咐，陛下？"他的女秘书莉莉丝的声音传来。

"今天有多少个？"

"一共四个。我该叫一个进来吗？"

"好的——等等。他们中有谁看上去有可能是个无私之人吗？"

"我想，有一个看着像。但是那又怎样，陛下？他许下终极心愿的可能性只有万亿分之一。"

即便只听到那几个字，撒旦在炎热的环境下还是打起寒战。这是他最为恒久不变的担忧，几乎是他唯一的担忧——担心某天某人可能许下终极心愿，也就是终极的无私心愿。接着会发生这样的事：撒旦发觉自己要被囚禁一千年，在那之后的恒久岁月里都无法营业。

但莉莉丝是对的，他告诉自己。

在一千人之中，大约只有一个人会出卖灵魂来实现一个微小的无私心愿。也许要过上数百万年才会有人许下终极心愿，或者永远都不会有。迄今为止，甚至都没人许过接近终极心愿的愿望。

"行啦,莉莉,"他说,"还是照老样子,首先叫那人进来。我宁愿先解决掉麻烦人物。"他手指一按,关闭了内部通话系统。

穿过宽敞的门道进来的小个子男人看起来一点也不危险。他像是被吓坏了。

撒旦对他皱起眉头:"你知道条件吗?"

"知道。"小个子男人说,"至少我觉得我知道。你会满足我许下的任何一个心愿,作为交换,等我过世时你就拿走我的灵魂。对吧?"

"对的。你的心愿呢?"

"好吧,"小个子男人说,"我已经相当细致地思索过——"

"切入正题吧。我很忙的。你的心愿是?"

"呃……我希望,在我自身没有任何变化的情况下,让我变成地球上最邪恶、愚笨和卑鄙的人。"

撒旦尖叫起来。

椰酥

"沃尔特,椰酥是啥玩意儿啊?"罗尔斯顿太太隔着早餐桌,向丈夫罗尔斯顿医生抛出这个问题。

"为啥这么问——我想,'椰酥'大概是一种椰蓉做的酥饼吧。我不晓得现在市面上还买不买得到,为什么问我这个?"

"玛莎说,亨利昨天在念叨着'椰酥'之类的话,说什么五千万椰酥之类的。当玛莎问他是什么意思时,他还对她吐脏话。"玛莎就是格雷厄姆太太,而亨利是她丈夫——格雷厄姆医生。他们就住在罗尔斯顿家隔壁,两位大夫和他们的妻子是亲近的好朋友。

"五千万。"罗尔斯顿医生沉思道,"这是如今单孕子的数量。"

他早就该知道了。他和格雷厄姆医生一起创造出了单孕子,也就是通过孤雌生殖诞生的婴孩。二十年前,也就是1980年,他们合作设计了第一次人类孤雌生殖实验,在并未借助男性精子的情况下,让一名女性的卵子受孕。那次实验的产物被取名为约翰,今年二十岁,和格雷厄姆医生夫妇一起住在隔壁。多年前,他的生母死于一场车祸,之后他就被格雷厄姆夫妇收养了。

其他的单孕子都不到约翰一半的年纪。一直等到约翰长到十岁,成长为一个健康正常的孩子,有关部门才撤销禁令,允许想要孕育小孩的任何妇女进行孤雌生殖——无论是单身女性,还是嫁给不育丈夫的已婚妇女。由于在20世纪70年代那场灾难性的流行病中,全世界有将近三分之一的男性丧命,如今男人极为稀缺,有超过五千万名妇女申请了孤雌生殖,怀上自己的孩子。对于纠正男女比例失衡问题而言幸运的是,结果发现,所有孤雌受孕生育出来的婴儿都是男娃。

"玛莎认为,"罗尔斯顿太太说,"亨利在担心约翰,但她想不到原因。约翰是一个多好的孩子啊。"

格雷厄姆医生没顾上敲门,突然冲进屋。他的脸色煞白,双眼睁得老大,死盯着罗尔斯顿医生。"我是对的。"他说。

"关于什么?"

"约翰。我没告诉别人,但你知道昨晚的派对上酒喝光时,约翰做了什么?"

罗尔斯顿医生皱起了眉毛。"将水变成了葡萄酒?"

"变成了琴酒。我们当时在喝马天尼酒。就在刚才,他离家去外面滑水,可他没有带滑水橇,还十分肯定地告诉我,他不需要用滑水橇也能滑水。"

"哦,不。"罗尔斯顿医生呻吟道。他将脑袋埋进双手之间。

历史上曾经有过一次处女受孕。而如今有五千万由处女受孕生育出来的男孩在逐渐长大。再过十多年,世界上将会有五千万个——"椰酥"[1]。

"不,"罗尔斯顿医生悲号道,"不!"

---

[1] 此处英文原文为Jaycee,发音与Jesus(耶稣)相近,故处理为"椰酥"。

本性使然

亨利·布洛杰特看了眼手表，此刻已是凌晨两点。陷入绝望的亨利"啪"的一声合上他一直在钻研的教科书，两只手臂放在面前的书桌上，脑袋垂下靠在手臂上。他知道自己断无可能通过明天的考试。他越是学习几何学，就越是弄不明白。对他来说，大多数的数学内容一直都好难，此时此刻，他发觉几何学是他根本不可能学会的。

如果这次考试挂科，他的大学生涯就到了尽头。他在头两年里已经有另外三门课挂科，今年再有一次不及格的话，按照大学的规定，他会被自动开除学籍。

他非常想要大学学位，因为对于他所选择并为之努力奋斗的职业生涯来说，大学学位是不可或缺的。现在唯有奇迹才能拯救他。

他突然有了个主意，猛然坐起身。为何不试试魔法呢？秘术总是让他着迷。他有讲解秘术的书籍，时常阅读上面的简单指南，比如如何召唤魔鬼，让它依从自己的意愿。迄今为止，他一直觉得召唤魔鬼有点冒险，所以从未实际尝试过。但眼下是紧急情况，或许值得稍微冒点风险。唯有通过黑魔法，他才能在一夜之间精通一个对他来说一直很困难的科目。

他立马从书架上取出他手头最好的黑魔法著作，翻找到正确的那页，记住他要做的几件简单的事。

他充满干劲地把家具都推到墙边，腾出一块地方。他用粉笔在地毯上画出五芒星图案，踏入其中，接着念出咒语。

魔鬼长得比他预想的更加可怕。但他鼓起勇气，开始解释他所处的困境。"我在几何学方面一直很差劲。"他开始说起来……

"俺早知道了。"魔鬼快活地说道。

魔鬼微笑着喷出火舌，越过地毯上毫无用处的铅笔线条，向亨利猛扑过来。原来，亨利本该画出能保护他的五芒星图案，却错误地画了个六芒星。

巫术

德克尔先生的妻子刚从海地旅游回来。这次她独自去旅行,为的是在夫妇俩讨论离婚之前,给予双方一段冷静期。

这招一点用都没有。两个人没有冷静哪怕半分。事实上,现在他们发觉自己比以往更加憎恶对方。

"一半,"德克尔太太固执地说,"少于一半存款外加一半不动产的话,我都不会接受。"

"荒唐可笑!"德克尔先生说。

"可笑吗?你知道的,我本可以全部都拿走。而且相当容易办到。我在海地时学习了巫术。"

"胡说!"德克尔先生说。

"不是胡说。你应该庆幸我是个好女人,因为假使我愿意,我能轻而易举地杀掉你。我那时会拿到全部存款和全部不动产,不用担心任何后果。靠巫术实现的死亡与心脏衰竭引发的死亡根本无法区分。"

"胡说八道!"德克尔先生说。

"你这么认为?我有蜡和帽针。你想不想给我一点你的头发或一两片碎指甲——那是我需要的全部东西——让我给你露一手?"

"鬼话连篇！"德克尔先生说。

"那么你为何害怕让我试一试？既然我知道它有效，我给你一项提议：假如巫术没能杀死你，我会跟你离婚，什么都不要；假如它有效，我会自动获得所有财产。"

"成交！"德克尔先生说，"拿来你的蜡和帽针。"他看了眼指甲。"指甲太短。我会给你一点头发。"

等他带着放在一只阿司匹林药片铁盒盖里的几绺短发回来时，德克尔太太早已开始将蜡弄软。她把头发揉进蜡里，再把蜡大致捏成人形。

"你会后悔的。"她边说边把帽针戳进蜡人像的胸膛。

德克尔先生吃了一惊，然而他的喜悦超过后悔。他并不相信巫术，但身为一个处处谨慎的人，他从来不冒风险。

此外，他的妻子极少清洁她的发梳，这点总令他火冒三丈。

尤斯塔斯·韦弗短暂的快乐人生之一

尤斯塔斯·韦弗发明出时间机器时，他是个十分快乐的男子。他知道，只要他把自己的发明当作秘密保守住，他就抓住了一个不可错失的天大机会。他能变成全世界最富有的人，富裕的程度超出最贪婪的梦想。他只需要进行短程时间旅行，进入未来，获知哪些股票将会上涨，哪些马将会赢得比赛，再返回现在的时空，购买那些股票或押注那些赛马。

当然，首先要从赛马下手，因为他需要一大笔资金才能驰骋股市，然而在赛马场，他能够从押注两美元开始，通过累进押注，把钱迅速变成几千美元。但这首先要到达一家赛马场才行。无论找哪个签赌人，他们都会很快整得他破产，再说他也不认识任何签赌人。不幸的是，目前只有南加利福尼亚州和佛罗里达州还有运营的赛马场，他离这两个地方的距离差不多，坐飞机过去要花上大约一百美元。他现在连几十美元都掏不出，作为一名超市理货员，他需要花几周才能从薪水里攒下一百美元。即便他要发财致富了，不得不等待那么久也很让人讨厌。

他猛然记起他工作的那家超市里的保险箱——他上的是下午-晚班，从下午一点钟工作到晚上九点超市打烊。那只保险箱里至少有一千美元,而且装了一把时间锁。有什么东西比时间机器更适合攻破一把时间锁呢?

那天他去上班时,随身带上了时间机器。时间机器相当袖珍,他设计时就让机器能装进一只他早已拥有的相机包,那样他就能毫无困难地把它带进超市。当他把外套和帽子放进储物柜时,他顺便把时间机器也放了进去。

他照常上班,一直到距离打烊还差几分钟时,他躲藏到储藏室内的一堆纸板箱后面。他确信大家下班时不会发现他不见了,事实确实如此。他又在躲藏处等了大约一小时,确保其他员工全都离开了。接着他从躲藏处出来,从储物柜里拿出时间机器,走向保险箱。保险箱被设置为再过十一个小时就自动开锁。他设定好时间机器,准备前往十一个小时之后。

他牢牢握住保险箱的手柄——他早已通过一两个实验获知,他佩戴、携带和抓住的任何东西都会随着他一起进行时间旅行——然后按下按钮。

他没有感到时空变迁,但他突然听到保险箱的机械装置"咔嗒"一声开启了——但他同时听见身后倒抽气的声音和激动的嚷嚷。他转过身,突然明白了他犯下的差错:现在是次日上午九点钟,超市的员工——那些上早班的人——早已在店里,发觉保险箱不见了,就好奇地站在保险箱原先的地点,围成半圈,而偏偏在这时,保险箱和尤斯塔斯·韦弗突然出现。

幸运的是,他手里仍然抓着时间机器。他连忙转动刻度盘到零——他将零点校准为他当初完成时间机器的确切时刻——再按下按钮。

当然,他回到了他开始这一切之前,然后……

尤斯塔斯·韦弗短暂的快乐人生之二

当尤斯塔斯·韦弗发明出时间机器，他知道只要他把自己的发明当作秘密保守住，他就抓住了一个天大的机会。为了变富，他只需要进行短程时间旅行，进入未来，获知哪些马将会赢得比赛，哪些股票将会上涨，再返回现在的时空，押注那些赛马或购买那些股票。

首先考虑赛马，因为它们需要的资金更少——但他甚至没有两美元来押注，更别提飞往最近的赛马场的机票钱了。

他想到他作为理货员工作的那家超市里的保险箱。保险箱里至少有一千美元，而且装了一把时间锁。对于时间机器来说，破解一把时间锁应该易如反掌。

于是，他那天去上班时，随身带上装在相机包里的时间机器，将它留在储物柜里。晚上九点超市打烊后，他躲藏在储藏室里，等了一个小时，直到他确信其他员工全都离开了才出来。接着，他从储物柜里拿出时间机器，带着它奔向保险箱。

他设定时间机器，打算前往十一个小时之后——但随即改变了主意。那样他会被带到次日早上九点钟。那时保险箱会"咔嗒"一声打开，但超市也开张了，周围会有不少人。于是，他将机器设置为二十四小时之后,握住保险箱的手柄,再按下时间机器上的按钮。

一开始,他以为什么事都没有发生。然后,他发觉保险箱的手柄在他转动时松动了,他随即知道他已经穿越到了次日晚上。当然,保险箱的时间装置在时间旅行的过程中已经开锁。他打开保险箱,取出里面所有的钞票,塞进各个衣服口袋。

他走向通道门,打算出去,但在他即将伸手摸向插销——插销从内部将门锁住——时,他突然有了一个绝妙的主意。假如他不从房门离开,而是用时间机器离开,这样不仅会提升此事的神秘性(超市店铺的出入口都紧锁着,从而显得像密室盗窃案),而且自己会被带回到完成时间机器的那个时刻、那个地点,也就是盗窃案发生的一天半之前。

等到盗窃案发生,他能拥有无懈可击的不在场证明。他那时会待在佛罗里达或加利福尼亚的一家酒店里,无论哪个地方,离犯罪现场都超过一千英里。他之前没有想到时间机器可以用来制造不在场证明,但现在他发现它能完美地实现这一点。

他将时间机器的刻度盘调整为零,按下按钮。

尤斯塔斯·韦弗短暂的快乐人生之三

当尤斯塔斯·韦弗发明出时间机器，他知道只要他把自己的发明当作秘密保守住，他就抓住了一个天大的机会。通过赌马和在股票市场投机，他能让自己转眼就变得无比富裕。唯一的困难是他目前一贫如洗。

他突然记起他工作的那家超市和店内的保险箱，保险箱装有一把时间锁。对于一个拥有时间机器的人来说，应该不费吹灰之力就能解开时间锁。

他坐在床边思考起来。他把手伸进口袋掏烟，拿出一包烟，但连带着掏出一叠钞票，是一把十元美钞！他试了试其他口袋，发觉每只口袋里都有钱。他把钞票叠在身旁的床上，数了数大额钞票，又估算了一下小额钞票，发觉他有大约1400美元。

他猛然领悟到真相，大笑起来。他早已去过未来，清空了超市保险箱内的钞票，再利用时间机器返回到他发明出时间机器的时空点。因为在正常的时间中，盗窃案尚未发生，他现在只消离开小镇，等到盗窃案发生时，他就会在一个离犯罪现场有一千英里远的地方。

两小时后，他坐在一架飞往洛杉矶——还有圣阿尼塔赛马场——的客机上,在脑中沉思起来。他未曾料到一件事,一个明显的事实:当他穿越到未来再返回后,他对于尚未发生的事情毫无记忆。

但钞票跟他一起返回了。这么看来,他要给自己写些纸条,或者带回赛马消息或报纸的金融版面?那样会行得通。

他在洛杉矶打的去了市中心,入住一家高级酒店。那时已经是深夜时分,他短暂考虑穿越到次日,以便省下等待的时间,但他意识到自己十分倦怠,便径直上床,睡到次日将近中午。

他坐的计程车被困在交通堵塞的高速公路上,于是直到第一场赛事结束后他才到达圣阿尼塔赛马场,但他及时地在显示板上看到了获胜赛马的号码,并在赛马资料上做上记号。他又看了五场比赛,没有押注,而是给每场的获胜赛马做上记号,并决定不要费神在最后一场比赛了。他离开正面看台,绕到看台后面的下层,这位置很隐蔽,没人能看见他。他将时间机器的刻度盘设定到两小时前,按下按钮。

但什么事都没发生。他再次尝试,依然如此,接着身后响起一个声音:"它用不了了。你现在在一个失活场内。"

他转过身,发觉后面站着两名高高瘦瘦的年轻人,一名是金色头发,另一名是黑色头发,两人各有一只手插在口袋里,似乎手持武器。

"我们是时间警察。"金发男子说,"来自25世纪。我们过来是要惩罚你非法使用时间机器的行为。"

"但——但,"韦弗结结巴巴地说,"我——我怎么能知道赛马——"他的声音变高了一些,"此外,我尚未押注。"

"对的。"金发的年轻人说道,"当我们发现任何时间机器发明者利用机器在任何形式的赌博中赢钱,第一次时我们会给予警告。但我们已经追踪过你，发现你第一次使用时间机器是要从超市里偷钱。那在任何一个世纪都是犯罪。"他从口袋里掏出一把有点像手枪的武器。

尤斯塔斯·韦弗后退一步，"你——你们该不是打算——"

"我确实有此打算。"金发的年轻人说，随后扣动扳机。这次，时间机器失效了，尤斯塔斯·韦弗迎来了生命的终点。

电兽

来自《韦伯斯特-哈姆林词典》(学校节略本)1998年版的定义:

wavery(WA-vĕr-i)n. 电兽,即入侵者(俚语)
vader(VA-dĕr)n. 入侵者,无机生命纲中的无机生命
inorgan(in-ÔR-găn)n. 无机生命,无实体的存在者,入侵者
radio(RA-di-ō)n. 1. 无机生命纲;2. 光与电之间的以太频率;3.(废词)无线电,1957年后不再使用的一种通信方法

入侵最开始时的动静虽然被数百万人听见,但一点都不响。乔治·贝利是数百万人中的一员。我选择乔治·贝利,是因为在猜测它们是什么玩意儿这件事上,贝利是唯一一个接近真相的人,尽管他的猜测依然与真相隔着许多光年。

乔治·贝利那时醉醺醺的,在这种情况下,你可不能因此责怪他。他正在收听最令人作呕的电台广播广告。当然,这不是因

为他想要听那些广告,而是因为他受到老板——MID 广播网的 J. R. 麦吉——的吩咐。

乔治·贝利靠为广播电台写广告谋生。比广告更让他讨厌的唯一一样东西就是广播。现在,他在用自己的私人时间收听竞争对手的广播网上那令人作呕、让人恶心的广告。

"贝利,"J. R. 麦吉先前说,"你应该对于其他电台在做什么广告更加熟悉一些。特别是,你应该了解那些使用多个广播网打广告的客户。我强烈建议……"

人无法在反对雇主的强烈建议的同时,保住一份周薪两百美元的工作。

但人可以一边喝威士忌酸酒,一边听广播。乔治·贝利正是这么做的。

并且,在广告与广告之间的时刻,他和梅茜·赫特曼一起玩着金罗美纸牌游戏。梅茜是个可爱的红发打字员,来自播音室。这里是梅茜的公寓,用的是梅茜的收音机(乔治本人原则上既没有收音机也没有电视机),不过酒是乔治带来的。

"——只有最上乘的烟草,"广播里说,"能滴滴滴变成全国上下最喜爱的香烟——"

乔治看了眼收音机。"马可尼。"他说。

当然,他想说的是莫尔斯,但威士忌酸酒已经让他有点微醺,于是他的第一猜测比其他人的猜测更加接近正确答案。在某种程度上,以一种十分奇特的角度来看,答案就是马可尼。

"马可尼?"梅茜问。

乔治讨厌在广播声音的衬托下说话,倾身把收音机关掉了。

"我是想说莫尔斯,"他说,"莫尔斯电码,童子军或通信兵部队爱用的东西。我以前也曾是一名童子军。"

"你肯定是变了。"梅茜说。

乔治叹气道:"某人以那种波长来广播电码,一定会因此挨骂。"

"这是什么意思?"

"什么意思?哦,你是指电码是什么意思。呃——S,字母S。滴滴滴代表S。SOS是滴滴滴答答答滴滴滴。"

"O是答答答?"

乔治咧嘴一笑。"再说一遍,梅茜。我很喜欢。我想你也是答答答。"

"乔治,也许这真是求救的SOS讯息。重新把收音机打开。"

乔治打开收音机。香烟广告还在播送。"——品味最滴滴滴的绅士更偏好滴滴滴烟的上乘味道。新包装保持烟草滴滴滴极度新鲜——"

"这不是SOS讯息。只有S。"

"像茶壶在响,或者——乔治,也许这只是某种广告噱头。"

乔治摇摇头。"不,它都有可能挡掉产品名。稍等一下,等我——"

他伸出手,把收音机的旋钮稍稍转向右边,再稍稍转向左边,他的脸上露出怀疑的神情。他把旋钮转向最左。在这个波段上没有任何电台,甚至连载波的嗡嗡声都没有。

但是,收音机里传出了"滴滴滴,滴滴滴"的声音。

他把旋钮转到最右,收音机又传出"滴滴滴"。

乔治关掉收音机,注视着梅茜却又没有在看她——这点是很难做到的。

"有些不对劲,乔治?"

"但愿如此。"乔治·贝利说,"但愿真的如此。"

他开始伸手要拿另一杯酒,但中途改变了主意。他突然产生一种预感,一些大事正在发生,他想要清醒起来,以便察觉大事。

他那时压根儿不知道这件事有多严重。

"乔治,你是什么意思?"

"我不知道我是什么意思。但是,梅茜,咱们去一趟播音室,好吧?在那儿应该能找到一些刺激。"

1957年4月5日,那天夜里,电兽到来了。

那晚一开始像个平常的夜晚。现在看来,那晚一点也不平常。

乔治和梅茜等待着计程车,但一辆车也没出现,于是他们改为乘坐地铁。哦,是的,那时地铁仍然在运行。地铁将他们送到离MID广播网大楼不到一个街区远的地方。

大楼里一切都乱了套。乔治咧嘴笑着,漫步穿过大厅,而梅茜挽着他的手臂。两人搭乘电梯到了五楼,而他毫无理由地给了电梯操作员一美元小费。他以前从未给过电梯操作员小费。

操作员谢过他。"贝利先生,最好离大人物们远点。"他说,"无论是谁,甚至只要看他们一眼,他们就准备把对方的耳朵咬下来。"

"好极了。"乔治说。

他从电梯径直走向J. R. 麦吉本人的办公室。

玻璃门后面响起刺耳的声音。乔治伸手摸向门钮,梅茜试图阻止他。

"但乔治,"她小声说,"你会被炒鱿鱼的!"

"是时候这么做了,"乔治说,"亲爱的,退后,离玻璃门远点。"

他轻柔但坚定地把她挪到一个安全的位置。

"但是,乔治,你在——?"

"看着。"他说。

他把门打开一英尺的空隙,狂乱的说话声立刻停下。他伸进脑袋,绕过门道,窥望房内,所有眼睛齐刷刷地转向他。

"滴滴滴,"他说,"滴滴滴。"

一只镇纸和一只墨水瓶击穿房门的玻璃面板,他缩回脑袋,转向一边,刚好及时避开了飞出的玻璃碎片。

他抓住梅茜,冲向楼梯。

"现在我们去喝一杯。"他告诉梅茜。

广播网大楼对面的酒吧里人头攒动,然而大家古怪地保持着沉默。考虑到大多数顾客都是广播从业者,酒吧里没有电视机,但有一台大大的柜式收音机,大多数顾客都围在收音机四周。

"滴。"收音机传出声音,"滴答答答滴答滴答滴——"

"这不是很美妙吗?"乔治对梅茜耳语。

有人拨弄着旋钮。有人问:"那是什么波段?"有人说:"警用波段。"有人说:"试试外国波段。"有人照着建议做了。"这应该是布宜诺斯艾利斯的广播。"有人说。"滴答答滴——"收音机传出响声。

有人用手指捋过头发,说:"关掉这该死的玩意儿。"另外的人把收音机重新打开。

乔治咧嘴一笑,领着梅茜到里间的一个卡座,发现皮特·马尔瓦尼独自坐在卡座里,面前有一只酒瓶。他和梅茜坐到皮特的对面。

"你好。"乔治严肃地说。

"该死的。"皮特说,他是 MID 广播网技术研究人员的头头。

"这是一个美妙的夜晚,马尔瓦尼,"乔治说,"你没有看见月亮骑着羊绒一般的云团,像一艘金色大帆船被扔到有着银白浪尖的白浪上面,在一个风暴——"

"闭嘴吧。"皮特说,"我在思考。"

"威士忌酸酒。"乔治告诉服务员。他扭头重新看着桌子对面的男子:"大声说出你的内心想法,让我们能听一听。但是首先要问你一声,你是怎么逃出街对面的疯人院的?"

"我被踢走,解职,炒鱿鱼了。"

"先握下手。再解释一下。你是不是对他们说了滴滴滴?"

皮特突然钦佩地看着他。"你说了?"

"我有目击证人。你做了什么?"

"我告诉了他们我觉得它是什么东西,他们认为我疯了。"

"你疯了吗?"

"是的。"

"很好。"乔治说。"那么我们想要听——"他打了个响指,"电视是什么情况?"

"同样的情况。音频中传出一样的声音,画面闪烁,随着每一点或每一划而变暗。到现在只剩模糊的画面了。"

"好极了。现在告诉我出了什么事。我不在乎那是什么玩意儿,只要不是什么琐碎小事就行,但我想要知道真相。"

"我想问题出在太空。太空翘曲了。"

"美好的古老太空。"乔治·贝利说。

"乔治,"梅茜说,"请闭嘴。我想要听下去。"

"太空,"皮特说,"也是有限的。"他又给自己倒了一杯酒。"你沿着任何一个方向行进得足够远的话,就会回到你的起点。就像一只蚂蚁绕着一只苹果爬啊爬。"

"用橘子来打比方。"乔治说。

"好吧,一只橘子。现在假设发出的第一道无线电波刚刚已经在五十六年里完成了一圈的行程。"

073

"五十六年？但我记得无线电波的行进速度与光速相同。假如那是真的，那么在五十六年里，无线电波可能只跑了五十六光年的距离，那点距离不可能绕宇宙一圈，因为已知有些星系在数百万光年之外，也许是数十亿光年之外。我不记得具体数字，皮特，但单单我们的银河系就比五十六光年大得多。"

皮特·马尔瓦尼叹气道："这正是我说太空一定是翘曲了的原因。某处存在一条捷径。"

"那么短的捷径？不可能吧。"

"但是，乔治，听一下传来的那玩意儿。你会读电码吧？"

"不太行。反正读得没那么快。"

"呃，我会。"皮特说，"那是早期的美国业余无线电，暗语之类的东西。在正规的广播出现之前，美国的空气中充满了这类业余无线电信号。这玩意儿是装备了发电码的电键、马可尼检波器或费森登镇流电阻器的业余爱好者闲聊时使用的暗语、缩写和切口。——你很快就能听到小提琴独奏曲，我会告诉你那是什么。"

"什么？"

"亨德尔的《广板》。第一张上广播的黑胶唱片。在 1906 年由费森登从布兰特岩发送出信号。现在你很快就会听到他的 CQ-CQ 呼叫[1]。跟你赌一杯酒。"

"好吧，但开始的滴滴滴是什么意思？"

马尔瓦尼咧嘴一笑。"是马可尼，乔治。人类播送过的最强大的信号是什么？是谁在何时播送的？"

"马可尼？滴滴滴？五十六年前？"

---

[1] CQ–CQ 呼叫（CQ-CQ），最早出现于 19 世纪英国的《电报手册》(*Handbook of the Telegraph*)，当时的含义是呼叫所有电台，宣布预警信息。

"真是个好学生。第一次跨大西洋无线电信号传输是在 1901 年 12 月 12 日。在三小时里，马可尼通过位于波尔杜的大型发射站，以两百英尺高的天线杆发送出间歇的 S 信号，也就是滴滴滴，同时马可尼和两名助手在纽芬兰的圣约翰斯用风筝将一根天线送到四百英尺高的空中，最终接收到信号。乔治，信号横跨大西洋，电火花从位于波尔杜的大莱顿瓶中跃出，两万伏的电流再从巨大的天线跃下——"

"稍等一下，皮特，你搞错了。假如那发生在 1901 年，第一次广播大约发生在 1906 年，那么要再过上五年，费森登发出的信号才会沿着同样的路线到达这儿。就算存在一条跨越太空的五十六光年长的捷径，就算那些信号在途中没有变得微弱得让我们无法听见——这也太疯狂了。"

"我告诉过你，"皮特阴郁地说，"唉，那些信号在行进那么远后会变得微乎其微，实际上会不存在。此外，它们遍布微波往上的各个波段，而且在每一波段上的强度一致。正如你指出的，我们早已在两小时内听到了差不多时隔五年的不同信号，而这是不可能的。我告诉过你，这很疯狂。"

"但是——"

"嘘。听着。"皮特说。

收音机里传出一个模糊但绝不会弄错的人类声音，混杂着"噼啪"的电码声。接着响起音乐声，很轻，有点"沙沙"的杂音，但显然是小提琴的乐音。演奏的是亨德尔的《广板》。

只是突然间音调升高，就像是从一个调变至另一个调，最后声音尖利得可怕，刺得耳朵痛。音调不断升高，超出了听力范围的上限，直到他们再不能听见刺耳的尖声。

有人说："关掉那该死的收音机。"有人照吩咐做了，这次没有人把收音机重新打开。

皮特说:"我自己都不太相信。乔治,还有一个矛盾。那些信号也影响了电视,可那是无线电波的波长办不到的。"

他缓缓摇头。"乔治,一定有另一种解释。现在我越是思考这事,我就越是觉得我想错了。"

他是对的,他之前想错了。

"荒谬。"奥格尔维先生说。他摘下眼镜,用力皱眉,再重新戴上眼镜。他透过镜片看着手里的几张稿纸,轻蔑地丢到办公桌上。稿纸滑到了一张三角形名牌边上。名牌上有"B. R. 奥格尔维 主编"的字样。

"荒谬。"他再次说。

他手下最出色的记者凯西·布莱尔吹出一个烟圈,然后用食指戳过烟圈。"为什么?"他问。

"因为——唉,它就是十分荒谬。"

凯西·布莱尔说:"现在是凌晨三点钟。干扰已经持续五个小时,无论是电视还是广播电台,没有一个节目能播送出去。全世界所有主要的广播站和电视广播站都已经停播。

"这是出于两个原因。首先,继续播送也只是在浪费电流。其次,各地政府的通信部门要求他们停播,用测向仪器来协助他们的活动。从干扰开始到现在的五个小时里,他们一直在用手头的各种工具进行调查。他们已经查出了什么?"

"真荒谬!"主编说。

"确实,但这是真的。纽约时间晚上十一点时,格林尼治天文台——我将这些时间统统转换为纽约当地时间——定位到了信号,约莫是迈阿密方向。信号一路往北,到凌晨两点钟时,大概是弗吉尼亚州里士满方向；旧金山在晚上十一点得到了信号定位，约莫是丹佛方向；三小时后，信号向南移动到图森方向。在南半球，南非开普敦得到了信号定位，从布宜诺斯艾利斯方向转至往北一千英里的蒙得维的亚。

"纽约在晚上十一点时获得了微弱的仪器示值，指向马德里；但是到凌晨两点钟时，什么信号都定位不到了。"他又吹出一个烟圈，"也许是因为他们使用的环形天线仅仅在水平面上转动？"

"可笑。"

凯西说："我更喜欢'荒谬'，奥格尔维先生。它很荒谬，但并不可笑。我被吓坏了。假如你把它们当作与地球相切的直线，而不是环绕着地表的曲线，那些线条——以及我已经听说的所有其他定位方向——都朝着同一个方向。我用一个小地球仪和一张星图做了实验，那些线条收敛于狮子座。"他倾身向前，食指叩击他刚刚送交的报道的首页，"处在狮子座正下方的测向站完全没有得到信号定位，而相对于收敛点，地球周缘的测向站却得到了最强的信号定位。听着，在你刊登报道之前，假如你想的话，让一名天文学家核对那些数字，但是要快点干——除非你想先在其他报纸上读到这条报道。"

"但是，凯西，亥维赛层不是应该能阻止所有无线电波，并将它们反弹回来吗？"

"当然，是会那样。但也许有泄漏。或者，虽然信号无法从内侧跑到亥维赛层的外面，但也许它们能从外侧穿透亥维赛层。亥维赛层不是一堵坚固的墙壁。"

"但——"

"我知道，这挺荒谬。但情况就是这样。离截稿时间仅有一个小时。你最好快点把这篇报道发出去，让人排版，同时你请人检查一下我给出的细节和方向。另外，还有一些你会想要核查的东西。"

"是什么？"

"我没有核查行星位置所需的数据。狮子座位于黄道上，一颗行星可能位于地球到狮子座的直线上。也许是火星。"

奥格尔维先生的眼睛亮堂起来，然后又变得黯然。他说："如果你弄错了，我们会成为全世界的笑柄，布莱尔。"

"如果我是对的呢？"

主编拿起电话，厉声下令。

4月6日，纽约《晨间信使报》最终（早上六点）版本的头条新闻：

> 来自太空的无线电干扰，源头是狮子座
> 也许是太阳系外的生命在尝试通信

所有的电视和无线电广播都暂停了。

广播电台和电视的股价在开市时相较昨日下跌了若干点，接着便一落千丈，直至中午，稳健买入使得股价止跌回升，恢复了若干点。

公众的反应不一。没有收音机的民众一窝蜂地购买收音机，使得收音机销量激增，尤其是便携式和桌面式收音机。另一方面，电视机一台也卖不出去。电视广播暂停后，电视机荧屏上没有了画面，甚至连模糊的画面都没有。电视机打开后，音频电路和收音机一样只接收到相同的嘈杂声音。正如之前皮特·马尔瓦尼向乔治·贝利指出的，这是不可能发生的现象。无线电波无法激活电视机的音频电路，但这些信号办到了。假如它们真的是无线电波的话。

在收音机中，它们似乎就是无线电波，但非常刺耳。没人能长时间听下去。哦，还有闪现——在连续几秒内，能听出演员威尔·罗杰斯或杰拉尔丁·法勒的声音，或者隐约听到杰克·登普西与乔治·卡彭铁尔的拳击赛或珍珠港事件的惊人消息。（还记得珍珠港吗？）但是，就连稍有点收听价值的东西都少之又少。大多数时候，就是肥皂剧、广告和走调的音乐片段的毫无意义的杂糅。它完全不加选择，令人完全无法忍受，就算是听一会儿也不行。

但是，好奇是种强大的动机。之后几天里，收音机的销量出现了短暂的激增。

也有其他不太容易解释、不太容易分析的激增。霰弹枪和手枪的销量突然增加，这让人想起1938年，奥逊·威尔斯改编自H. G. 威尔斯原著的广播剧《世界大战》引起了人们对于火星人入侵的恐慌。《圣经》卖得像天文学书籍一样快，而天文学书籍卖得又快又多。一部分地区突然对避雷针表现出兴趣，建筑商收到大量订单，全都是要求立刻安装避雷针的。

由于某个未被查明的原因，亚拉巴马州莫比尔市的鱼钩销量大增，所有五金行和体育用品商店都在数小时内售罄了鱼钩。

公共图书馆和书店里，占星学和火星相关图书变成了抢手货。是的，尽管事实上火星那时位于太阳的另一边，每篇相关的报纸文章都强调眼下没有行星挡在地球和狮子座之间，但火星相关图书依然炙手可热。

一些怪事在发生——除了通过报纸，无从获得有关最新情况的新闻。民众成群结队地守在报社大楼外面，等待每份新版报纸的出炉。发行经理们一声不吭，忙疯了。

好奇的人们也一群群聚集在安静无声的播音室和广播站周围，用刺耳的嗓音讨论着，仿佛在守灵一般。MID广播网大楼的大门紧锁，然而有一个值班的看门人将技术人员放了进去，他们在尝试为眼下的问题寻找一个解答。一些昨日已经上班的技术人员到现在已经工作超过二十四个小时，不眠不休。

乔治·贝利在中午时醒来，只有轻微的头痛。他剃须沐浴，到外面吃了一顿清淡的早餐，重新精神抖擞起来。他买了下午报纸的早版，看了起来，咧嘴一笑。他的预感是对的——不管是什么麻烦，反正不是小事。

但是，是什么麻烦呢？

下午报纸的晚版[1]上印着这行标题：

科学家说，地球遭到入侵

三十六号字是他们拥有的最大字号，他们使用了它。那天晚上，没有一份家庭版报纸投递到户，踏上投递路线的报童们几乎被人群团团围住。他们不再投递报纸，转而贩卖起报纸——机灵的报童每售出一份报纸就能得到一美元。那些愚蠢和老实的报童不想贩卖报纸，因为他们觉得报纸应该送到投递路线上的订报客户手上，但他们依然失去了报纸——民众抢走了它们。

那日的终版报纸仅仅稍微变动了大字标题——从排印的角度

---

[1] 在欧美新闻业兴盛时，一些报纸不仅有早报、午报、晚报的区分，还会随着时间推移而增加最新报道，更换内容，再对外发售或配送，形成了早版、晚版、终版等划分。

来看,仅仅是稍微的变动。然而,它在意思上有了巨大的变化。那个标题是:

科学家们说,地球遭到入侵

有趣的是,将一个字母 S 从一个动词的末尾移动到一个名词的末尾,就能有这种巨大变化。[1]

那天晚上,卡内基音乐厅打破先例,在午夜时分进行了一次讲座。一次未曾事先安排、没有宣传的讲座。赫尔姆茨教授在夜里十一点半走下火车,一群记者早已在那儿等候着他。哈佛大学的赫尔姆茨正是做出第一个大字标题中的论断的那位科学家。

卡内基音乐厅董事会的主席哈维·安伯斯从那群记者中挤过去。他到赫尔姆茨教授面前时上气不接下气,眼镜和帽子不翼而飞,但他攥住赫尔姆茨的手臂不放,直到他能再次开口说话。"我们想要你在卡内基音乐厅里演讲,教授,"他冲着赫尔姆茨的耳朵喊道,"发表一场关于'入侵者'的讲座,就有五千美元的酬劳。"

"当然行。明天下午吗?"

"就现在!有一辆计程车正候着我们。赶紧。"

"但是——"

"我们会给你找来听众的。抓紧!"他转身对那群记者说:"让下路,让咱们走过去。你们无法在这儿听到教授的解答。到卡内基音乐厅来,他会对你们演讲。在你们赶去那儿的路上,请把消

---

[1] 在原文中,两个标题《科学家说,地球遭到入侵》(EARTH INVADED, SAYS SCIENTIST)和《科学家们说,地球遭到入侵》(EARTH INVADED, SAY SCIENTISTS)的差别只在于将一个字母 S 从一个动词(SAY)的末尾移动到一个名词(SCIENTIST)的末尾。

息散播出去。"

消息散播得十分迅猛,等到教授开始讲话时,卡内基音乐厅里挤满了听众。之后不久,音乐厅方面架起了一套扩音系统,让外面的民众也能听见。到凌晨一点时,周围街区的街道上人山人海。

地球上每个名下有一百万美元的赞助者都会乐意之至地掏出一百万美元,换取在电视或广播中赞助这个讲座的特殊待遇,但眼下既没有电视广播也没有电台广播。两种广播都被占线了。

"有人提问吗?"赫尔姆茨教授问。

前排的一位记者第一个举手。"教授,"他问,"地球上的所有测向站都证实了你今天下午告诉我们的结论吗?"

"是的,当然。大约中午时,所有测向示值都开始转弱。在北美东部时间下午2点45分时,示值完全消失。在那之前,从天空发出的无线电波不断改变它相对于地表的方向,然而相对于狮子座内某点的方向却始终不变。"

"狮子座中的哪颗恒星?"

"不是我们的星图上看得到的恒星。它们要么是来自太空中的某个点,要么是来自一颗过于暗淡、我们的望远镜看不见的恒星。

"但在今天下午2点45分——应该说是昨天下午,因为现在已经过了午夜——所有测向仪器都停止了工作。但信号依然持续着,如今平均地来自四面八方。入侵者已经全部抵达。

"这件事得不出其他结论。地球现在被无线电类型的波包围着,完全笼罩着。这些波没有源头,不停地绕着地球向各个方向传播,任意改变着形态——目前仍然在模仿源自地球的无线电信号。这些信号吸引了外星生命的注意,将他们引导到这儿。"

"你认为它是来自一颗我们看不见的恒星,还是真的可能只是太空中的某个点?"

"大概是来自太空中的某个点。为什么不是呢?它们不是物质生物。假如它们从一颗恒星来到地球,那一定是一颗十分暗淡的恒星,不然我们就能看见它了,因为它离我们比较近——只有二十八光年远,以星际距离来说,这相当近了。"

"你怎么能知道距离呢?"

"通过假定——这是相当合理的假定——它们第一次发现我们的无线电信号——五十六年前马可尼的 SSS 电码广播——后就开始朝着我们而来。因为 SSS 是第一批抵达的外星信号采取的形式,于是我们假定它们接触到那些信号后开始朝我们而来。马可尼的信号以光速行进,会在二十八年前到达一个离地球有二十八光年远的点。入侵者也以光速行进,同样需要二十八年抵达地球。

"可以预料到,仅有第一批入侵者采取莫尔斯电码的形式。后来的入侵者采取的是其他波的形式,它们在到地球的路上遇见了那些波,把它们传递出去——或者可能是吸收了它们。如今似乎有些几天前的广播节目片段在绕着地球游荡。那些无疑是最后播送的节目片段,但我们尚未完全识别。"

"教授,你能形容一下这些入侵者吗?"

"这就像让我形容无线电波一样,我也无法描述得更详细。实质上,入侵者就是无线电波,不过它们不是由哪个广播站发出的。它们是一种依赖于波的运动的生命形式,就像我们的生命形式依赖于物质的振动。"

"它们有不同的尺寸吗?"

"是的,从'尺寸'一词的两种含义来说都是如此。对无线电波的测量所测的是从一个波峰到下一个波峰的距离，这个测量值被称为波长。因为入侵者覆盖了收音机和电视机的整个接收范围，所以下面两种情况中显然有一种是正确的：要么是它们有各种波长尺寸，要么是它们中的每一个都能改变从波峰到波峰的测量值，从而让自己适应任何一个接收器的调谐范围。

"但那仅仅是从波峰到波峰的长度。在某种意义上，可以说一道无线电波拥有由持续时间决定的总长度。假如一家广播站播送一个持续一秒的节目，承载该节目的电波是一光秒的长度，约为187000英里。可以说，一个连续的半小时节目由一个长为0.5光时的连续电波承载，以此类推。

"考虑那种形式的长度的话，入侵者的长度千差万别，从几千英里（仅仅持续零点零几秒）到远远超过五十万英里长（持续时间为数秒）不等。观测到的来自所有节目中的最长连续片段大约为七秒。"

"可是，赫尔姆茨教授，你为何假定这些电波是活物，是一种生命形式呢？为何不仅仅是电波呢？"

"因为你所说的'仅仅是电波'的东西会遵循某些定律，正如无生命的物质遵循某些定律一样。譬如，一只动物能爬上山，而一块石头却无法滚上山，除非受到某个外力的推动。这些入侵者属于生命形式，因为它们表现出了意志，因为它们能改变行进方向，尤其是因为它们保有身份——两个信号绝不会在同一台收音机中起冲突。它们跟着彼此，但不会同时出现。它们不会彼此混合，相同波长的信号一般都会那样。所以，它们'不仅仅是电波'。"

"你认为它们是智慧生命吗？"

赫尔姆茨教授摘下眼镜，若有所思地擦拭起镜片。他说："我怀疑我们究竟能不能知道答案。这些生命假如有智慧，它们的智慧也会与我们的智慧处在截然不同的平面上,根本没有共同点,而我们要从共同点着手才能开始交流。我们是物质的,它们是非物质的。我们之间不存在共同基础。"

"但假如它们拥有智慧——"

"蚂蚁勉强算有智慧。假如你愿意,可以称之为本能,但本能是一种智慧形式。至少有一部分智慧能让蚂蚁完成的事情,本能也能让它们做到。然而,我们无法与蚂蚁建立联系,更不可能与这些入侵者建立联系。假如入侵者拥有智慧,在它们和我们的智慧类型的差别面前,蚂蚁和人类的智慧类型的差异会变得无足轻重。不,我怀疑我们究竟能不能沟通交流。"

教授说中了一部分。人类从未与入侵者建立起交流渠道。

第二天的股票交易所里,广播电台的股价稳定下来。但在次日,有人问了赫尔姆茨博士一个关键问题,报纸刊登了他的回答:

"继续广播?我不知道我们究竟该不该那么做。在入侵者离开前,我们肯定不能恢复广播,可它们为什么要离开呢?除非某个遥远的星球上的无线电通信得到完善,而那些外星生命被吸引去往那颗星球。

"但是,一等我们再次开始广播,至少一部分的外星生命会立刻赶回来。"

在一小时内,广播和电视的股价跌到几乎为零。然而,股票交易所里没有任何狂热的场景——没有疯狂的抛售,因为根本没人买入那些股票,无论是疯狂的购入还是不疯狂的购入都没有。广播电台的股票根本没有换手。

广播电台和电视台的员工和演艺人员开始寻觅其他工作。演艺人员毫无困难地找到了新工作。其他的娱乐形式突然间变得无比兴旺。

"两件事成了。"乔治·贝利说。

酒保问他是什么意思。

"我不晓得,汉克。这只是我冒出的一种预感。"

"什么样的预感?"

"就连这个我也不知道。给我再摇一杯鸡尾酒,然后我就回家。"

电动调酒器用不了,汉克不得不手摇鸡尾酒。

"不错的锻炼。那正是你所需要的,"乔治说,"这会让你减掉一些脂肪。"

汉克嘟哝着,当他倾斜摇酒壶倒出鸡尾酒时,冰块发出悦耳的叮当声。

乔治·贝利从容不迫地喝完酒,再踱步进入店外的四月雷阵雨中。他站在雨篷下面,等候计程车的出现。一位老人也站在雨篷下。

"这鬼天气。"乔治说。

老人朝他咧嘴一笑。"你注意到了,对吗?"

"哈?注意到什么?"

"先生,观察一会儿。观察一会儿就行。"

老人离开了。没有空计程车驶来,乔治在那儿站了好一会儿,终于明白过来。他震惊地张大嘴,接着又合上,回到小酒馆。他走进一间电话亭,打给皮特·马尔瓦尼。

打错三次号码后,他终于联系上了皮特。皮特的声音说:"哪位?"

"我是乔治·贝利,皮特。听着,你有没有注意到天气?"

"问对了。没有闪电,这样的雷阵雨应该伴随着闪电。"

"皮特,这有什么含义?入侵者搞的鬼?"

"肯定的。而且那只会是开始,假如——"电话里响起噼啪声,让他的嗓音模糊不清。

"嘿,皮特,你还在吗?"

响起小提琴声。皮特·马尔瓦尼可不拉小提琴。

"嘿,皮特,到底——?"

皮特的嗓音再次响起:"乔治,到我这儿来。电话撑不了太久。拿——"响起嗡嗡声,接着一个嗓音说:"——到卡内基音乐厅。所有——的最佳旋律——"

乔治"砰"的一声放下话筒。

他在雨中穿行,走向皮特的住处,在路上买了一瓶苏格兰威士忌。皮特刚才开口要他带上某样东西,也许这正是他说的东西。

确实是。

两人各倒了一杯酒,举起酒杯。灯光短暂地闪烁,熄灭又重新亮起,但变暗了不少。

"没有闪电,"乔治说,"没有闪电,很快会没有照明。它们在接管电话。它们对闪电做了什么?"

"吞噬,我猜的。它们一定以电为食物。"

"没有闪电,"乔治说,"该死的。没有电话,我能勉强忍受,用蜡烛和油灯来照明也不赖——但我会想念闪电的。我喜欢闪电。该死的。"

电灯彻底熄灭了。

皮特·马尔瓦尼在黑暗中啜饮酒水。他说:"电灯、电冰箱、烤面包机、真空吸尘器——"

"投币式自动唱机。"乔治说,"想到这,该死的,以后不再有自动唱机了。没有公共广播系统,没有——嘿,电影怎么样?"

"没有电影,连默片也没有。你可没法用油灯来让放映机运行。但是,听我说,乔治,汽车也不能幸免——汽油发动机无法在没有电力的情况下工作。"

"为什么不行?要是手动转动曲柄启动发动机,而不是用起动器呢?"

"电火花,乔治。你觉得电火花是怎么来的呢?"

"对哦。那么也没有飞机了。要不然,喷气式飞机呢?"

"呃——我想一些类型的喷气式飞机改装后无须用电,但你能用它们做的事也很有限。喷气式飞机比汽车有更多仪器,所有那些仪器都是用电的。而且,你无法光靠自己的判断来让一架喷气式飞机起飞或着陆。"

"没有雷达。但我们需要雷达来派什么用场?将来不再会有战争,很长一段时间里不会有。"

"好长好长的时间。"

乔治突然坐直身子。"嘿,皮特,核裂变如何呢?核能呢?它还能用吗?"

"我有点怀疑。亚原子现象基本也和电有关。跟你赌一毛钱,那些外星生命也会吞噬自由的中子。"(他那时已经赢了。美国政府尚未对外宣布,那天在内华达州进行的一次原子弹试验中,原子弹就像湿透的鞭炮,只发出嘶嘶的声音,而且核反应堆也停止了运行。)

乔治惊愕地缓缓摇头,说:"有轨电车、巴士、海上客轮——皮特,这意味着我们将回到'马力'这个词最初的来源,改成用马。假如你想要投资的话,快点买马。尤其是母马。一匹母种马将会比和它重量相当的白金值钱一千倍。"

"对的。但是不要忘了蒸汽。我们仍然有蒸汽机,固定式的或移动式的。"

"确实,对的。'铁马'[1]又要用于长途运输了。但短途就会用马匹。你会骑马吗,皮特?"

"过去会,但我想我年纪太大了。我骑自行车就行了。最好明天一早就去买一辆自行车,赶在购买自行车的热潮开始之前。我确信我会去买的。"

"好建议。我过去骑自行车可拿手了。骑自行车时周围没有汽车妨碍你,这可真棒。而且——"

"什么?"

"我还要去买只短号。我在小时候吹过短号,我可以恢复这个爱好。接下来,我也许会住到某个地方,写小说——对了,印刷业会如何呢?"

"乔治,在电力诞生前好久,人类就在印刷书籍了。印刷业会需要一段时间来重新调整,但未来一定会有书籍。谢天谢地。"

乔治·贝利咧嘴一笑,站起身。他走向窗边,远望窗外的夜色。雨已经停下,夜空清澈。

一辆有轨电车没有亮灯,停在街区的中央。一辆汽车突然停下,然后缓慢地起动,再次停下。车头大灯很快变得暗淡。

乔治抬头看着天空,啜饮了一口酒水。

"没有闪电,"他伤感地说,"我会想念闪电的。"

大转变进行得比任何人预想的更加顺利。

政府在紧急时期做出明智的决定,成立了一个拥有无限权力的部门,在它之下仅有三个次级部门。那个部门名叫经济再调整

---

[1] 铁马(iron horse),指火车头,这个用法大约出现在 1840 年前后。

局，只有七名成员，任务是协调三个次级部门的工作，在不得上诉的情况下迅速裁定三个次级部门之间的任何管辖权争议。

三个次级部门中的第一个是运输署。运输署立刻暂时地接管了铁路，下令柴油机车运行到侧线上，留在那儿，然后组织使用蒸汽火车，解决在缺少电报和电信号的情况下运营铁路的难题。接着它下令火车该运输哪些物资：首先是食品，其次是煤炭和燃油，接下来的基本工业品依照相对重要性来运输。一车接着一车的新收音机、电炉、电冰箱之类毫无用处的物品被随便丢弃在铁轨沿线，等待以后再回收其中的废旧金属。

政府宣布，所有马匹受到政府监管，根据能力优劣进行分级，被安排干活或当作种马，役马只承担最重要的运输工作。繁育项目受到最大的重视。运输署估计，马匹数量会在两年内翻倍，在三年内变成原先的四倍，在六七年内，美国的每一间车库里都会有一匹马。

农夫暂时丧失了马匹，而他们的拖拉机在田地里生锈。政府指导他们如何利用牛来犁地和做农场里的其他活计，其中包括较轻的运输工作。

第二个次级部门是人力再安置署。从它的名字就能推断出它负责哪些工作。它处理了数百万暂时没了工作的人的失业救济金，帮助重新安置这些劳动力。考虑到许多领域对于人力的需求有巨幅增加，这并非一个十分困难的任务。

1957年5月，3500万具备受雇条件的人失去了工作；当年10月，数字变成1500万；到1958年5月，变成500万。到1959年，情况完全被控制住了，竞争性需求早已开始使得薪水上涨。

第三个次级部门承担了三个部门中最困难的工作。它叫作工厂再调整署。它要应付的惊人任务是改造那些充满电动操作机械、主要制造其他电动操作机械的工厂,让它们在不用电的情况下生产必不可少的、无须用电的产品。

在最初的那些日子里,少数几台现成可用的固定式蒸汽机二十四小时连轴转,它们被给予的第一项工作是驱动车床、冲压机、刨床和铣床,努力生产出更多各个尺寸的固定式蒸汽机。这些新造出的固定式蒸汽机转而首先被安排制造出更多蒸汽机。蒸汽机的数量以二次方和三次方的指数迅速增加,就像用于配种的种马数量急速增加一样。背后的原理是一样的。有人可能把那些早期的蒸汽机称为"种马"。至少,不缺少制造蒸汽机的金属。工厂里到处是无法改造、等待熔化的旧机器。

只有当蒸汽机——新时代工厂经济的基础——被大规模生产后,它们才能被重新分配来驱动制造其他物品的机器。比如油灯、衣服、煤炉、燃油炉、浴缸和床架。

并非所有大型工厂都得到了改造。因为在转变进行的期间,个体手工业在数以千计的地方如雨后春笋般涌现。只有一两个人的小型作坊制造和修理家具、鞋履、蜡烛等各种无须复杂机器就能制造出来的产品。起初,这些小作坊赚到了小钱,因为没有来自重工业的竞争。后来,他们购买小型蒸汽机来驱动小型机器,在竞争中保持实力。它们趁着回归正常雇佣状态和正常购买力水平的繁荣期,逐步扩大规模,最终许多作坊在产量上能匹敌更大的工厂,并在质量上胜过它们。

在经济调整期也有苦痛,但比起三十年代初经济大萧条时期的苦痛就不算什么了。经济的恢复也快得多。

原因显而易见:在对抗经济大萧条时,立法者是在黑暗中摸索。他们不知道大萧条的原因——更确切地说,他们知道关于大萧条起因的一千种相互矛盾的理论——也不知道对策。大萧条是一时的,假如放手不管的话,情况会自行好转,他们被这种想法束缚了手脚。简单来说,坦白地讲,他们不知道大萧条是怎么回事,在他们做实验的时候,雪球越滚越大。

但是,1957年时,美国和所有其他国家所面临的情况十分明确,一眼就能看穿——未来不再有电力,要重新调整以利用蒸汽和马力。

就是这么简单明确,没有"假如""而且"或"但是"。所有人——除了照常会有的少量怪人——都支持大转变。

到1961年时——

四月里的一个雨天,乔治·贝利在康涅狄格州布莱克斯镇的小火车站的遮雨顶棚下等车,看看谁可能坐下午3点14分的火车到达小镇。

火车在3点25分时嘎嚓嘎嚓地驶进站,伴随着喷气声停了下来,共有三节客车和一节行李车。行李车的车门打开,一袋邮件被递出来,随后车门再次合拢。没有行李被送下车,那么大概也没有乘客会——

接着乔治·贝利见到一名肤色黝黑的高个男子从后面客车的台阶走下来,欣喜地大叫起来:"皮特!皮特·马尔瓦尼!怎么——"

"贝利,老天在上!你在这儿做什么?"

乔治用力握住皮特的手。"我?我住在这儿。到现在有两年了。我在1959年买下《布莱克斯镇周刊》,价格非常便宜,之后我开始经营,担当编辑、记者和管理员。请了一位印刷工来帮我做排版印刷的活儿,梅茜做社会新闻。她——"

"梅茜?梅茜·赫特曼?"

"现在是梅茜·贝利了。在我买下报社,搬到这儿的时候,我俩结了婚。你在这儿做什么,皮特?"

"为了公事。只在这儿睡一晚。来见一个名叫威尔科克斯的男人。"

"哦,威尔科克斯。我们本地的怪胎——但别理解错我的意思,他确实是个聪明人。呃,你明天能见到他。你现在跟我一起回家,吃顿晚餐,睡上一晚。梅茜会很高兴见到你。赶快,我的马车在这边。"

"好的。你在这儿要忙的事做完了?"

"是啊,只是过来采集新闻,看看谁坐火车到镇上。结果是你来了,那咱们走吧。"

两人上了马车,乔治抓起缰绳,对母马说:"贝茜,跑起来。"又问起皮特:"你如今在做什么,皮特?"

"为一家煤气公司做科研工作。我一直在研究一种更高效的灯罩,它会让煤气灯更亮,本身也更加不容易碎裂。这个叫威尔科克斯的男人写信给我们,说他有些相关的发明。公司派我过来调查一下。假如他宣称的属实,我会带他回纽约,让公司律师与他讨价还价一番。"

"其他方面呢,生意怎么样?"

"很好,乔治。煤气的前途一片光明。每套新建的房子都有煤气管道,许多老房子也弄了管道。你有吗?"

"我们有煤气管道。幸亏我们有一台老式的莱诺铸排机,用煤气喷嘴来加热坩埚熔化金属,所以早就接入了煤气管道。我们家就在办公室和印刷车间楼上,所以我们要做的就是把煤气管道通到楼上。煤气,很棒的玩意儿。纽约怎么样?"

"很好,乔治。最后剩下一百万人,那儿的人口稳定了下来。

城市不再拥挤，每个人都有充足的住房空间。空气——哎，没有汽油产生的烟雾，空气比大西洋城好得多。"

"有足够的马匹以供出行吗？"

"差不多。但自行车大流行，工厂无法生产出足够的自行车来满足需求。几乎每个街区都有骑行俱乐部，所有体格健全的人都骑车上下班。这对他们也有好处——再过几年，病人就该是医生的稀缺资源了。"

"你有自行车吗？"

"当然，一辆入侵者到来前制造的自行车。每天平均骑上五英里，而且我吃得像马一样多。"

乔治·贝利咯咯笑起来。"我会让梅茜在晚餐里加入一些干草。嘿，我们到了。停下，贝茜。"

二楼的一面窗户被拉了起来，梅茜伸出头往下看。她大喊道："嗨，皮特！"

"多一个人吃饭，梅茜。"乔治喊道，"我先把马安顿好，再带皮特参观下楼下，然后我们就上楼。"

他领着皮特从牲口棚出来，进入报纸印刷车间的后门。"我们的莱诺铸排机！"他骄傲地对皮特说，手指向机器。

"它是怎么运行的？你的蒸汽机在哪里？"

乔治咧嘴一笑。"还没运行过，我们依然手工排字。我只能弄到一台蒸汽机，得用它来印刷。但我已经为铸排机订购了一台蒸汽机，大概一个月后就会送来。等到手后，我请的印刷工詹金斯大爷会教我如何用机器，然后他就不干了。铸排机运行起来的话，我一个人就能应付所有差事。"

"大爷会不高兴吧？"

乔治摇摇头。"大爷就等着这一天呢。他六十九岁了，想要退休。他只是暂时留在这儿工作，一直到我没了他也能运营报社的那一天。这儿是印刷机，一台绝妙的小型米列印刷机，我们也用它接一些印刷生意。前面是办公室。乱糟糟的，但很有效率。"

马尔瓦尼环顾四周，咧嘴笑道："乔治，我相信你已经找到了自己的安乐窝。你天生就适合当一名小镇编辑。"

"天生适合？我狂热地迷恋上了这份工作。我比任何人都更乐在其中。不管你相不相信，我的工作十分辛苦，但我很喜欢。上楼来吧。"

到二楼后，皮特问："你那时要写的长篇小说呢？"

"写完了一半，质量还不赖。但它不是我那时要写的长篇小说，我那时是个玩世不恭的人。如今——"

"乔治，我想电兽是你最好的朋友。"

"电兽？"

"老天爷，一个俚语要过多久才会从纽约传到小镇上？这个词当然是指入侵者。某位专门研究它们的教授形容入侵者是一种以太中的电兽，而且电兽——好啊，亲爱的梅茜。你看起来光彩照人。"

他们悠闲地用了晚餐。乔治几乎带着歉意拿出倒在凉杯里的啤酒。"抱歉，皮特，没法给你端上更带劲的酒。但我近来没有喝酒。猜猜看——"

"你在戒酒吗，乔治？"

"准确来说不是在戒酒。没有发誓戒酒或类似的举动，但我有差不多一年没有喝过酒。我不知道原因，但——"

"我明白，"皮特·马尔瓦尼说，"我知道你为何不喝酒——因为我也不怎么喝了，由于相同的原因。我们不喝酒，因为我们不必——对了，那不是一台收音机吗？"

乔治咯咯笑道："一个纪念品。给再多钱我也不会卖掉它。我喜欢不时看看它，回想起我过去为它拼命写出的可怕狗屁。接着我走过去打开收音机，什么事都没发生。只有寂静。有时候，寂静是全世界最奇妙的东西，皮特。当然，假如有任何电力的话，我不可能做那种事，因为那样会引来入侵者。我猜想，它们依然在老地方活动？"

"是的，科研局每天都检查。用一台蒸汽涡轮机驱动一台小型发电机，试图产生电流。但一点电流都没有，电流一产生，入侵者就把它吞噬了。"

"猜猜它们会不会离开呢？"

马尔瓦尼耸耸肩。"赫尔姆茨认为不会。他认为，它们的增殖与可用的电力成比例。就算宇宙中其他某处发展出无线电广播，吸引电兽去往那儿，仍会有一些电兽留在这儿——我们一旦再次尝试使用电力，它们就会像苍蝇一样增殖。在此期间，它们会以空气中的静电为食。你们这儿晚上做什么？"

"做什么？阅读，写作，拜访彼此，参加业余团体——梅茜是布莱克斯镇剧团的主席，我也在里面饰演些小角色。电影消失后，每个人都爱上了戏剧演出，我们已经发现了一些真正的表演天才。还有象棋和西洋跳棋俱乐部、骑行旅行和野餐社团——时间都不够用。更不用提音乐了。每个人都会一种乐器，或者在努力学习中。"

"你呢？"

"当然是短号。银色音乐会乐队的第一短号手，还有个人独奏的段落。哎——老天！今晚是排练日，星期日下午我们要办音乐会。我不愿抛下你，但是——"

"我就不能过去参与一下吗？我的公文包里带着长笛，而且——"

"长笛？我们正缺少长笛手。带上它，我们的音乐总监西·珀金斯甚至会诱骗你住下来参加星期日的音乐会——只差三天，所以为何不呢？现在拿出长笛吧。我们要吹奏几首老曲子来热热身。嘿，梅茜，别管那些碗碟了，快过来弹钢琴！"

皮特·马尔瓦尼去客卧拿出放在公文包里的长笛时，乔治·贝利拿起放在钢琴上的短号，吹奏出一段柔和、哀伤的小调。乐音像铃铛声一样清澈，今晚他的嘴唇准备好好吹奏一番。

他手里拿着闪亮的银色短号，漫步到窗边，伫立着眺望外面的夜色。天色昏暗，雨已经停下。

一匹马踏着高步，橐橐地走过，一辆自行车的铃铛响起。街对面有人在拨奏吉他，哼唱曲子。他深吸一口气，缓缓呼出。

潮湿的空气里，春天的气味显得柔和又芬芳。

安宁又昏暗。

远处雷声滚滚。

他心想，该死的，要是有些闪电该多好。

他想念闪电。

角斗场

卡森睁开眼,发觉自己正上方是一片闪烁的蓝色幽光。

天很热,他躺在一片沙地上,埋在沙地中的一块尖锐的石头硌得他背痛。他朝侧面翻身,避开石头,再撑起身子,改成坐姿。

"我一定是疯了。"他暗自思忖,"疯了——或者是死了——或跟这差不多。"沙子是蓝色的,明亮的蓝色。地球或任何一个行星上都没有亮蓝色的沙子这种玩意儿。

蓝色的沙子。

蓝沙在一个蓝色的穹顶之下,蓝色的穹顶不是天空,也不是房间的房顶,这儿是被圈起来的一片地方——不知怎么的,他知道这地方是圆形的,而且是一个有限的空间,尽管他看不到最上方。

他抓起一把沙子,让沙子从指缝间流走。沙粒向下流淌到他赤裸的腿上。赤裸?

赤身裸体。他从上到下一丝不挂,身体早已因为令人无力的高温而汗水淋淋,身上碰到过沙子的部位因为沾满沙粒呈现为蓝色。

身体其余的部位则是白色的。

他心想:那么这种沙子果真是蓝色的。假如沙子只是因为蓝光而看上去是蓝色的，那么我的身体也会是蓝色的。但我的身体是白色的，所以沙子是蓝色的。蓝色的沙子。世上没有蓝色的沙子。世上没有哪里像我所在的这个地方。

汗水淌进他的眼睛里。

天好热，比地狱更加炙热。只是，地狱——古代人所说的地狱——应该是红色的，而不是蓝色的。

但如果这地方不是地狱，那是什么？行星之中，只有水星热成这样子，而这儿并非水星。水星离这儿大约有四十亿英里远——

在那一刻，他回想起了自己之前所在的地方。地球舰队列成战斗队形，意欲截击异星生物，而他驾驶着单人侦察机，在冥王星轨道之外，离地球舰队侧翼将近一百万英里远的空域执行侦察任务。

当敌方的侦察机——异星生物的飞船——进入探测器的侦测范围后，刺耳的、令人神经紧绷的警铃声突然鸣响。

没人知道异星生物是什么，长什么模样，也不知道他们来自哪个遥远的星系，只晓得大致来自昴星团的方向。

一开始，是地球人的殖民地和前哨站遭到零星的袭击。地球巡逻舰和异星生物的小股飞船之间发生了小规模的战斗。地球人有时赢，有时输，但迄今为止从未在战斗结束后俘获过外星飞船。没有人能从受到袭击的太空殖民地生还，也就没人能形容出离开飞船的异星生物的模样——假如它们确实离开过飞船的话。

威胁起初不算十分严重，因为袭击次数不多，破坏性也不大。而且单打独斗时，外星飞船在武器上还稍微逊色于地球方面最好的战斗机，然而它们在速度和机动性上更胜一筹。事实上，速度上足够的优势给予了异星生物选择权，除非被团团包围住，不然他们能够选择逃跑还是战斗。

地球早已为将要遭遇的大麻烦、为一场决战做好了准备，建立起了从古至今最强大的舰队。那支舰队一直伺机而动，等待了好久。如今，决战在即。

两百亿英里之外的侦察机已经侦测到一支强大的异星生物舰队——大决战的舰队——在步步靠近。那些侦察机从没有归来过，但他们发回了电波讯息。现在，地球的舰队就部署在冥王星轨道之外，整整一万艘飞船和五十万太空作战人员等待着截击外星舰队，准备战斗至死。

根据前方警戒线的哨兵传来的关于外星舰队的规模和实力的先期报告——那些哨兵为了传出报告献出了生命——来判断，这将是一场势均力敌的战争。

对太阳系的控制权悬而未决，任何一方打赢战争的机会都是均等的。对于受到异星生物摆布的地球及其所有殖民地而言，一旦受到攻击，这就是他们最后的也是唯一的机会——

哦，是的，鲍勃·卡森现在记起来了。

虽然无法解释蓝沙和闪烁的蓝色幽光，但他记起刺耳的铃声响起，自己一跃而起扑向控制面板。他手忙脚乱地在座椅上系安全带。视屏上的光点变得越来越大。

他的嘴巴发干。他知道这个光点是一艘飞船。尽管两支舰队的主体仍然在彼此的攻击范围之外，但至少，它是冲着他来的。

这是他第一次尝到战斗的滋味！在三秒钟或更短的时间内，他要么得胜，要么变成燃烧后的残渣，死亡。

三秒钟——那就是一场太空战斗持续的时间。时间只够慢慢地从一数到三，然后你要么获胜，要么死掉。像侦察机这样只有轻型武器和装甲的单人飞行器，只要被打中一次就会彻底玩完。

他疯狂地操作控制开关——同时干燥的嘴巴无意识地默数

"一"——让那个越来越大的光点处在视屏上相互交叉的网格的中央。他的双手这么做的同时,他的右脚悬在电光枪开火踏板的上方。这一发致命电光非得击中才行——要不然就完蛋,他不会有开第二枪的时间。

"二。"他无意识地数着。此刻,视屏中的光点不再是一个点。敌人在仅仅几千英里之外,经过视屏的放大,显得好像在仅仅几百码[1]之外。那是一架流线型的小型快速侦察飞船,大约与他的侦察机一般大。

毫无疑问,这是一艘异星飞船!

"三——"他的右脚触碰到开火踏板——

异星生物的飞船遽然转向,离开十字标线的中心。卡森拼命按键,跟踪目标。

有十分之一秒的时间,敌方飞船从视屏中彻底消失。随着侦察机的机首转向敌人的方向,他再次看见了敌方飞船——它正朝着地面径直俯冲。

地面?

这是某种视觉假象。肯定是这样。此刻覆盖视屏的那颗星球——或者不知道是什么玩意儿——不可能出现在那个位置。完全不可能。没有任何一颗行星比海王星离这儿更近,而海王星在三十亿英里之外,冥王星则在遥远渺小的太阳的另一边。

他的探测器!它们没有显示任何行星尺寸的天体,甚至连小行星尺寸的天体都没有,现在依然如此。

所以,不管他在朝着什么玩意儿俯冲,那东西都不可能出现在那儿,就在他下方仅仅几百英里处。

---

[1] 1码等于3英尺,合0.9144米。

他突然焦虑起来，一心想要避免撞击，甚至把异星生物的飞船给忘了。他点燃了前制动火箭，猛然间的速度变化使得他的身体往前冲，被座椅安全带拉住了；即便如此，他还是点燃了右侧的火箭，进行急转弯。他拉下推杆，死死压住，知道他需要用上这艘飞船的全部动力才能避免坠机，而且这么猝然的急转弯会让他有片刻失去知觉。

他确实昏了过去。

记忆就是这些。现在他坐在炽热的蓝沙中，全身赤裸，但没有负伤。他的太空船不见踪影，甚至连太空也不见踪影。头顶的那道圆弧不管是什么玩意儿，反正不是天空。

他爬起来，站直身体。

这儿的重力似乎比地球的正常重力稍大一些，但大得不算多。

平坦的沙地向四周延伸，四下里有一些枯槁的灌木丛。灌木也是蓝色的，但深浅不一，有些比沙子的蓝色浅，有些则更深。

从最近的灌木丛底下跑出一只像蜥蜴的小家伙，只是它有不止四条腿。它也是蓝色的，还是亮蓝色。它瞧见他后，重新跑回到灌木丛底下。

他再次抬头，试图判断头顶的是什么东西。它不完全是顶盖，但确实是穹顶的形状。它不停在闪烁，所以很难一直盯着它看。但可以明确的一点是，它弯曲向下，直抵地面，与他周围的蓝沙地连成一体。

他距离穹顶中心下方的位置并不远。估测他离最近的墙有一百码远，前提是那确实是一堵墙。这儿就像是一个直径[1]约为二百五十码的蓝色半球被倒扣在平坦的沙地上。

---

[1] 原文为"周长"，但与前后文的描述不符，故改成"直径"。

而且一切都是蓝色的,除却一个物体。远处的一段圆弧墙附近,有一个红色物体。它大致呈球状,直径约为一码长。因为隔得太远,他透过闪烁的蓝色幽光看得不太清楚。但是,他无缘无故地战栗起来。

他用手背抹走,或者说尽力抹走额头的汗水。

这是一个梦,一个噩梦吗?这种高温,这片沙地,还有当他望向那个红色物体后,心中隐约泛起的那股恐惧感?

是个梦吗?不,人不会在睡着后梦见自己在太空中作战。

是死了吗?不,绝不是。假如世上存在不朽,它不会这样毫无意义,不会只有蓝色高温、蓝色沙子和红色的恐惧。

接着,他听见了声音——

他在头脑里面听见声音,而不是用双耳听到。它好像是凭空传来的,又好像是来自四面八方。

"我穿越空间与维度,漫游其中,"这些词在他的脑海中响起,"在这个时空中,我发现两个种族将会开始一场战争,一方会被消灭,另一方会遭到削弱,文明将会倒退,永远实现不了它的命运。它会堕落衰退,重归它来自的地方,变回没有意识的尘埃。我说,这种事一定不能发生。"

"谁……你到底是什么?"卡森没有大声说出来,但提问在他的脑海中自动形成。

"你不会完全明白的。我是——"声音暂停了一下,仿佛它是在卡森的脑子里寻找一个不存在的词,一个他不知道的词,"我是一个古老种族进化的终点,用那些你的头脑能明了的词汇无法表达它存在的时间。一个种族最终融合成一个永恒的实体——

"你所属的原始种族在未来可能会变成这样一个实体,"声音再次寻觅起词汇,"你在脑海中称为异星生物的种族可能也会。

于是，我干预了这场即将到来的大战，这场两支舰队之间的战争势均力敌，结果会让两个种族都遭到毁灭。必须有一个种族幸存下来，必须有一个种族进步发展。"

"一个？"卡森心想着，"我的种族，还是——？"

"我有能力阻止这场战争，把异星生物送回到他们的星系。但他们会重新杀回来，或者你的种族迟早也会跟踪他们到那儿。我只有始终待在这个时空，不断地干预，才能避免两个种族摧毁彼此，而我不能一直待在这儿。

"所以，我该现在就干预。我会彻底摧毁一方的舰队，而让另一方的舰队毫发无伤。一个文明应该能因此幸存下来。"

噩梦，这必定是噩梦，卡森心想。然而他知道这不是噩梦。这太过疯狂，太过难以置信，所以只能是真的。

他不敢提出那个问题——哪一方会幸存？但他的思维替他抛出了这个问题。

"更强的一方会幸存下来。"声音说，"那是我无法改变，也不会改变的。我只是出手干预，让赢家获得完全的胜利，而不是，"声音再次寻觅起词汇，"而不是一次惨烈的胜利。

"我从战斗尚未打响的外围地带随便选出两个个体，也就是你和那个异星生物。我从你的脑海中看到，在你们民族的早期历史中，以战士之间的战斗来决定种族之间的争端，这并非没有先例。

"你和你的对手在这儿对抗彼此，你们赤膊上阵，没有武装，对于你俩来说，所处的环境是一样的陌生，一样的不舒服。对抗没有时间限制，因为这儿没有时间这回事。谁幸存下来，谁就是他所属的种族的捍卫者。那个种族就会幸存下来。"

"但——"卡森的抗议含糊不清，没有表达清楚，但头脑里的声音回应了他的抗议。

"决斗很公平。这儿的环境使得身体力量的偶然因素不会完全决定结果。这儿有一道屏障。你会明白的。脑力和勇气会比体力更加重要，尤其是勇气，也就是活下去的意愿。"

"但在决斗进行的时候，舰队会——"

"不，你们在另一个时空中。只要你们在这儿，你所知道的那个宇宙的时间就会保持静止。我看到你在寻思这个地方是不是真实的。它既是真实的，又不是真实的。正如对于你有限的理解来说，我既是真实的，又不是真实的。我的存在是基于心智，而不是基于肉体。你看到的我是一颗行星，但它也可能呈现为一粒尘埃或一颗恒星。

"但是对于你，这个地方此刻是真实的。你在这儿经受的一切将会是真实的。假如你在这儿丧命，你的死亡会是真实的。假如你死了，你的失败会代表你所属种族的末日。你知道这些就够了。"

随后，声音消失了。

他再度孤身一人，但也不完全算孤身一人。因为当卡森抬起头，他看见那个红色的东西、那个让他恐惧的球体正在朝他滚过来，他现在晓得那就是异星生物。

滚动。

它似乎没有腿或手臂——反正他没见着——也没有面容特征。它像一滴水银一样迅疾地在蓝色沙地上滚动。在它身前，以某种卡森无法理解的方式涌来一波使人瘫痪的恶心而可怕的恨意。

卡森拼命察看四周。几码之外的沙地上躺着的一块石头是最接近武器的物件。石块不大，但它有燧石般的锐利边沿。它看上去有点像蓝色的燧石。

他捡起石块，蹲伏下来准备迎接攻击。那玩意滚来得很快，

105

比他跑动的速度更加快。

没时间去思考他要如何抗击对手。他对这只生物的力量、特征、战斗方法都一无所知，他怎么才能盘算好要如何和这样一只生物打斗？它滚动得这么快，看起来更加像一个完美球体。

还有十码远。五码。随后它停住了。

准确地说，它是被迫停住了。它的前侧突然变平，好像撞上了一堵隐形的墙。它撞了一下，竟然反弹了回去。

它再次向前滚动，但这回更加谨慎小心。它在同一个位置再次停住。它又试了一次，这次改在旁边相隔几码远的地方。

那儿存在着某种屏障。接着，卡森恍然大悟，他想起那个将他们带到这儿的实体投射到他脑中的想法："——身体力量的偶然因素不会完全决定结果。这儿有一道屏障。"

当然，这是一个力场。不是地球科学所知的网力场，因为那种力场有辉光，会发出噼啪声。眼前这个力场是无形无声的。

这是一堵从倒置的半球一端延伸到另一端的隐形墙，卡森不必亲自核实。滚动体正在干这差事——沿着屏障滚动着，寻找着一个压根儿不存在的破口。

卡森上前五六步，左手在身前摸索，触碰到了屏障。屏障摸起来很光滑柔韧，比起玻璃，更像一片橡胶。触碰它时感觉暖暖的，但不比脚下的沙地更暖。屏障完全隐形，就算距离很近也看不见。

他丢下石块，双手抵住屏障向前推。屏障似乎往后退了一丁点，但即便他压上全身重量，后退的距离也没有超过那一丁点。感觉它就像钢铁支撑下的一片橡胶，具备有限的弹性和结实的强度。

他踮起脚，伸手摸向他能碰到的最高处，屏障依然存在。

他看见滚动体在抵达角斗场的一侧后重新滚回来。卡森再次冒出作呕的感觉，当球体经过时，他后退几步，离开屏障。球体没有停下。

但是，屏障是不是止于地面呢？卡森跪下来，刨起沙地——沙地松软，很容易挖掘。挖到地下两英尺时，屏障依然存在。

滚动体再次往回滚。显然，它在两侧都没能找到穿过屏障的路线。

卡森认为，必定存在穿过屏障的路线，让我们能触及彼此，否则这场决斗毫无意义。

但现在不用急着把它找出来。首先要试试一件事。滚动体现在滚回来了，停在与屏障仅仅相距六英尺远的地方。它似乎在端详他，尽管卡森用心观察，他也没能在那东西身上找到感觉器官存在的外部证据。没有任何像眼睛或耳朵的东西，甚至连像嘴的口子都没有。然而，他现在观察到了一些沟槽，总共有将近十二个之多，他还见两根触手突然从两道沟槽里伸出来，钻入沙地，仿佛是在测试它的松软度。这些触手的直径约为 1 英寸，大概有 1.5 英尺长。

触手可以缩回沟槽里，只有用到时才会伸出来。那玩意儿滚动时，触手都会收缩回去，所以看起来它的移动方法与触手无关。根据卡森的判断，它的滚动似乎伴随着重心的变换——只是他无法想象重心要如何变换。

他看着那玩意儿，战栗起来。它来自异星球，与地球上的任何生命或其他太阳系行星上发现的任何生命形式都截然不同。不知怎么的，他凭借直觉知道，它的心智和它的身体一样奇异。

但他不得不试一下。假如它压根儿没有心灵感应能力，那么尝试注定会失败，然而他认为它具有这样的能力。至少，在几分钟前,当它一开始冲向他时,存在着某种非实体性的投射。那是一波可感知的恨意。

假如它能投射出恨意,那么它或许也能读出他的心思,这对于他的意图来说足够了。

卡森故意捡起那块曾是他唯一的武器的石头,再以放弃的手势丢下石块,在身前举起空空如也的双手,掌心向前。

他大声说着话,心里知道尽管这些词汇对他眼前的生物来说毫无意义,但大声说出来能让他自己的思绪更充分地聚焦于讯息之上。

"我们之间就不能和平共处吗?"他说,声音在绝对的寂静中显得古怪,"带我们到这儿的实体已经告诉我们,要是我们的种族交战,一定会发生什么——一个种族会灭绝,另一个种族会变弱和倒退。实体说,两个种族之间的战争取决于我们在这儿做什么。我们为什么不能同意永久和平——你的种族回到你们的星系,我们回到我们的星系?"

卡森清空脑海,准备接收回复。

对方发来了回复。卡森接收到的信息使得他的身体趔趄着倒退。投射给他的红色画面中蕴含着强烈的憎恨和杀戮欲望,让他惊恐不已,退却了好几步。投射给他的不是清晰的字词(就像实体传给他的意念),而是一波接着一波的强烈情绪。

在那近似永恒的片刻里,他不得不竭尽全力对抗那股恨意带来的心灵冲击,努力把恨意从脑海中清除,再把他之前通过清空思绪接收的外星人的念头驱赶出去。他想要呕吐。

他的脑海慢慢地清理着,就像一个因为噩梦惊醒的人在脑海里慢慢地清除编织噩梦的恐惧。他用力地呼吸,感觉比之前更加虚弱,但他能够思考。

他站着端详滚动体。它在这场差一点获胜的心灵对决中始终纹丝不动。现在,它向着一边滚出几英尺,到了离得最近的蓝色灌木丛边上。三条触手从沟槽里挥舞出来,开始研究灌木。

"好吧。"卡森说,"那么就开战吧。"他咧嘴挤出一个苦笑。"如果我对你的回答理解得没错,那么和平对你没有吸引力。"因为他毕竟是个年轻人,抵抗不了夸张做作的冲动,于是他补充了一句:"直到你死为止!"

然而,在那绝对的寂静中,他的语气甚至在他自己听来都傻乎乎的。他接着想到这确实关乎死亡,不仅仅关系到他自己的死亡或者他现在称之为滚动体的红色球体的死亡,而且关系到两个种族中某一个种族全体的死亡。假如他失败了,人类就全完了。

这使得他突然觉得自己很渺小,很害怕去想那件事。不只是害怕去想,还害怕知道。不知怎么的,凭着一种甚至超越了信仰的认识,他知道,安排了这场决斗的实体对于它的意图和力量,说的都是真话。它没有开玩笑。

人类的未来全靠他了。意识到这点,他才明白这有多么可怕,他竭力让自己别再想着这一点。他得聚精会神地处理眼下的状况。

肯定有一种方法能穿过屏障,或者穿过屏障杀死对方。

用心灵的力量吗?他希望那不是唯一的方法,因为滚动体显然拥有更强大的心灵感应力量,胜过心灵能力还很落后的人类种族。或者真是那样吗?

他刚才能把滚动体的念头驱赶出自己的脑海,那么滚动体能驱赶他的念头吗?假如它的投射能力更加强大,它的接收机制是否可能更加脆弱呢?

他凝视着它,努力集中精神,将全部心思聚焦于它。

"死亡。"他想着,"你将会死亡。你正在慢慢死亡。你——"

他对它尝试了各种念头和心理图像。他的额头上沁出了汗水,他发觉自己因为太过用力而颤抖着。但滚动体继续研究灌木,一点都没受影响,仿佛卡森在背诵乘法口诀表一样。

所以这招没有用。

由于炎热,由于他十分努力地聚精会神,他感觉有点虚弱和头晕目眩。他在蓝色沙地上坐下休息,一心一意地观察和研究起滚动体。或许,通过仔细端详,他能判断出它的长处,发现它的弱点,获知一些信息。假如他们之后对打起来,那些信息会极其珍贵。

它正在折断细枝。卡森仔细地看着,尝试判断它用多大力才能将细枝折断。稍后,他想到他可以在自己这边找到一片类似的灌木丛,并折断同样粗细的枝条,比较一下他的手臂和手掌与那些触手的力量差异。

枝条很难折断,滚动体折每一根枝条都要很用力。他看见,每根触手的顶端分叉为两根手指,每根手指的末梢有指甲,或者说爪子。爪子看起来不是特别长,也不是特别危险。如果他的指甲长得再长一点,就跟那些爪子差不多了。

不,从整体上来看,它的躯体看起来不是太难对付。当然,除非那丛灌木是由十分坚硬的物质构成的。卡森环顾四周,附近有另一丛完全一样的灌木。

他伸出手,折断一根枝条。枝条脆脆的,很容易折断。当然,异星生物有可能一直在故意装样子,但他不那么认为。

另外,它的弱点在哪儿?假如他有机会的话,他要如何着手杀了它?他重新端详起它。异星生物的外皮看起来相当坚韧,他需要一件锐利的武器。他再次捡起石块。它大约十二英寸长,形状狭长，一头还算尖锐。假如它像燧石一样易切削，他能用它制作出一把耐用的刀子。

滚动体还在研究灌木丛。它再度滚到最近的另一种灌木丛旁。一只蓝色小蜥蜴——像卡森在屏障的这边见到的蜥蜴一样，有许多条腿——从灌木底下窜出来。

滚动体的一条触手突然伸出，抓住蜥蜴，将它拿起；另一条触手像鞭子一样挥动，开始扯下蜥蜴的腿，和它之前折下灌木枝条一样冷漠和镇定。蜥蜴疯狂地挣扎，发出刺耳的尖叫声，这是卡森在这儿听到的、除了自己的嗓音之外的第一种声音。

卡森打了个寒战，想要移开视线。但他强迫自己继续观察，可以获知的任何有关对手的信息最后也许都有价值，甚至是这种对于它不必要的残忍的了解。他怀着突然涌起的恶意想到，了解它不必要的残忍尤其有价值。假如之后机会来临，这会让杀死那东西变成一件乐事。

由于这个原因，他转过头，旁观起蜥蜴被肢解的过程。

让他感到宽慰的是，蜥蜴有一半腿被扯掉后，就不再尖叫、不再挣扎，无力地由异星生物的触手抓握着，像是死了。

它没有继续撕扯剩下的腿，而是轻蔑地把死蜥蜴往卡森这边抛过来。蜥蜴的身体在空中画出一道曲线，落到他的脚边。

蜥蜴穿过了屏障！屏障不复存在！

卡森当即站起身，手里紧握那把石刀，身体前倾。他会在此时此地解决这东西！屏障消失了——

但屏障其实没有消失。他迎面冲向屏障，几乎把自己撞得晕头转向，以这种痛苦的方式发现了真相。他被弹了回去，摔倒在地上。

他坐起身，摇摇脑袋，让头脑清醒起来。这时他看见一样东西朝他飞来，为了避开它，他再次平躺到沙地上，向旁边一滚。

他的身体成功躲开了，但左腿的小腿肚突然传来剧痛。

他没有理会疼痛，向后翻滚后，再手足并用地站起身。他现在看见，刚才击中他的东西是一块石头。滚动体正在捡起又一块石头，抓在两根触手之间，向后摆动，准备再次抛出。

石块穿过空气，朝他飞来，但他现在能轻而易举地迈步闪躲开。显然，异星生物能笔直扔出物体，但力量不大，也扔不远。第一块石头击中他只是因为他那时坐着，没有看见石块飞过来，直到它几乎要打中他才瞧见。

在他向旁边迈步，躲开那绵软无力的第二击的同时，他把右臂向后挥舞，抛出依然握在手中的石块。他突然得意起来，想到假如投射物能穿过屏障，那么他们就能打一场扔石头的比赛。地球人的健壮右臂——

他不可能击不中仅仅四码范围内的一个直径三英尺的球体，他也确实没失误。石块径直呼啸飞过，比滚动体扔出的投射物的速度快了几倍。石块正中目标，但遗憾的是，首先碰到的是石块的平坦面，而不是锐利的尖角。

不过，石头击中目标时伴随着响亮的一声，它显然受伤了。滚动体本来在伸出触手摸向另一块石头，但它改变了主意，滚动着离开了。等到卡森捡起又一块石头并扔出之时，滚动体离屏障已有四十码远，身体也恢复了。

他扔出的第二块石头差了一英尺，而他扔出的第三块石头不够远。滚动体已经离开射程，至少任何重得足以造成伤害的投射物是无法命中它了。

卡森咧嘴一笑。这一轮是他赢了。除了——

他弯下腰检查左腿的小腿肚后，就笑不出来了。石块参差不齐的边沿给他造成了一条相当深，而且有好几英寸长的伤口。血流得很厉害，但他觉得这深度还不足以伤到动脉。假如伤口能自行止血，那便没有事。假若血止不住，他就有大麻烦了。

然而，比这道伤口更重要的是要先弄清一件事：屏障的性质。

他再次走向屏障，这次用双手在身前摸索。他摸到了屏障，然后一只手贴住屏障，另一只手朝屏障扔了一把沙子。沙子穿过了屏障。但他的手没能穿过去。

是有机物与无机物的差别吗？不，死掉的蜥蜴穿过了屏障，但一只蜥蜴无论活着还是死了，一定是有机的。换成植物呢？他折下一根细枝，用它戳屏障。细枝毫无阻滞地穿了过去，但当他抓住枝条的手指触到屏障时，手指被拦住了。

他自己无法穿过屏障，滚动体也不能。但石头、沙子、死蜥蜴可以——

换成一只活蜥蜴呢？他在灌木丛下搜寻，直至他找到一只蜥蜴并成功逮住了它。他把蜥蜴丢向屏障，蜥蜴被弹了回来，疾步穿过蓝色沙地逃走了。

他得到了答案，至少是他到目前为止所能确定的答案。这是一道针对活物的屏障，只有死物或无机物能够穿过。

弄清屏障的性质后，卡森再次看向他受伤的腿。出血在减少，这意味着他无须操心该如何制作一条止血带。但如果有水的话，他应该找些水来清洗伤口。

水——想到水令他意识到，他非常渴。他得找到水，以防这场决斗最终成为一场旷日持久的比拼。

虽然腿现在有点跛，但他开始巡视他所在的那一半角斗场。他的一只手摸着屏障引领方向，朝着自己的右边步行，直至他摸到弯曲的侧墙。这堵墙是可见的，近距离观察能见到暗淡的蓝灰色，表面摸起来就像中央的屏障。

他做起实验,往围墙扔了一把沙子,沙子碰到墙面,穿过墙体,消失不见了。半球的壳也是个力场,不过是个不透明的力场,而不是像屏障那般的透明力场。

他沿着围墙走了半圈,直至走回屏障,再沿着屏障回到他刚才出发的位置。

没有水存在的迹象。

现在他变得忧心忡忡,开始以之字形路线来回往返于屏障和围墙,足迹彻底覆盖了两者之间的场地。

没有水。只有蓝色沙地、蓝色灌木和难以忍受的高温。没有别的东西。

他气愤地告诉自己,他口渴难耐,这一定是他的想象。他已经在这儿待了多久?当然,根据他自己的时空框架,根本就不存在时间。实体告诉过他,他在这儿的时候,外面世界的时间保持静止。然而,他的身体还在这儿运行着。根据他的身体来估测,他已经在这儿待了多久?或许有三四个小时,但肯定还没久到让人口渴得这么厉害。

然而,他确实口渴难耐,他的喉咙干得就快冒烟了。大概是因为高温,天真的很热!估计有130华氏度[1]。这种热又干燥又窒闷,空气没有一丁点流动。

当他结束对于自己领地的这番徒劳无用的踏勘后,他的腿跛得相当厉害,身体也十分疲累。

他望着对面纹丝不动的滚动体,希望它和他一样痛苦难受。它很有可能也不喜欢这种环境。实体说过,这儿的环境对他俩来说一样陌生,一样不舒服。也许滚动体来自一个常温是200华氏

---

[1] 130华氏度约合54.4摄氏度。

度[1]的星球。也许在他被烤焦的时候,它却冻得受不了。

也许这儿的空气对它来说太过稠密,正如对他来说过于稀薄。他在踏勘中花费了太多力气,累得气喘吁吁。他现在察觉到,这儿的空气并不比火星上的空气稠密多少。

没有水。

不管怎样,对他而言,没有水都是致命的。除非他能找到方法越过屏障,或者从屏障的这一边杀死对手,不然口渴最终会要了他的命。

这给了他一种迫在眉睫的危机感。他必须赶快。

但他让自己坐下,片刻休息和思考。

该做什么?不知道,但又有这么多事可做。譬如说,有好几种不同的灌木,它们看起来没什么用,但他得仔细查看它们,寻找可能性。还有他的腿——他得处理一下腿上的伤口,就算没有水来清洗伤口。另外,还要收集石块作为弹药,找一块可以制成锋利刀子的石头。

现在,他的腿疼得相当厉害,他决定首先要处理伤口。一种灌木有叶片——或者说是与叶片很相似的东西。他扯下一把叶片,查看之后,决定冒险试一试。他用叶片擦掉沙土和结块的血痂,再用新鲜叶片做了个垫子,用来自同一种灌木的卷须把垫子绑到伤口上。

没想到卷须极其坚韧结实。它们纤细柔软,他却根本无法弄断,不得不用蓝色燧石的锋利边沿将卷须从灌木上锯断。一些更粗的卷须长度超过一英尺,如果把一束粗卷须系在一起的话,会成为一条耐用的绳索——他记下了这一事实,以便之后参考。也

---

[1] 200华氏度约合93.3摄氏度。

许他待会儿能够想到如何利用绳索。

接下来,他给自己制作了一把刀子。蓝色燧石确实易切削。他用一英尺长的燧石碎片给自己打制出一件简陋却致命的武器。他还用灌木的卷须给自己制作了一条绳索充当腰带,这样他就能把燧石刀子插入腰带,既能一直随身携带刀子,又能空出双手。

他重新研究起灌木。还有三种不同的灌木。一种灌木没有叶子,又干又脆,很像干掉的风滚草。另一种灌木的木质柔软易碎,简直像火绒一样。无论看起来还是摸起来,它都像是绝佳的引火物。第三种灌木最像木头,有着脆弱的叶子,一碰就会枯萎,它的茎虽然短,却又直又硬。

天好热,热得无法忍受。

他一瘸一拐地走向屏障,摸了一下,以便确认屏障还在。确实还在。

他站着注视了一会儿滚动体。它与屏障保持着安全距离,待在投掷石块的有效射程之外。它在后方四处移动做着某些事。他无法判断它在做些什么。

它停止移动后,离屏障稍近了些,似乎把注意力集中在了他身上。卡森不得不又一次驱除一波憎恶。他朝它扔了一块石头,滚动体向后撤退,继续做它之前一直在做的事。

至少,他能让它保持距离。

他苦涩地想到,那对他有许多好处。接下来的一两个小时里,他照旧在收集大小适合投掷的石块,在他那侧的屏障附近垒起好几堆石块。

此刻他的喉咙像在燃烧。他很难去想水之外的任何东西。

但他不得不思考其他事:如何穿过那道屏障——无论是从地下钻过还是从上方越过——在这个又热又渴的地方要了他的命之

前,抓到那只红色球体并杀了它。

屏障在两边都连着围墙,但它有多高,在沙地下面又有多深?

有半响,卡森的头脑过于模糊,想不出他能如何弄明白这两个问题。他懒散地坐在炙热的沙地上——他都不记得自己是什么时候坐下的——看到一只蓝色蜥蜴从一丛灌木爬到另一丛灌木的掩蔽处。

蜥蜴从第二丛灌木底下望着他。

卡森朝蜥蜴咧嘴一笑。也许他变得有点神志恍惚了,因为他突然记起火星沙漠殖民者的古老故事,那是从一则更古老的地球沙漠故事改编来的——"很快,你会变得如此孤单,你发觉自己在和蜥蜴说话,不久之后,你就会发觉蜥蜴在回话……"

他当然应该把注意力放在如何杀死滚动体这件事上,但他转而对蜥蜴咧嘴一笑,说:"你好啊。"

蜥蜴朝他走近几步。"你好。"它说。

卡森震惊了一会儿,接着他脑袋后仰,发出大笑。他这么做的时候喉咙不怎么痛,毕竟他还没有那么渴。

为什么不呢?想出这个噩梦般的地方的实体,凭借他拥有的其他能力,为何就不能有点幽默感呢?会说话的蜥蜴,如果我与它们说话,它们有能力以我的语言来给出回应——这是绝妙的装点。

他朝蜥蜴咧嘴笑了笑,说:"快过来。"但蜥蜴扭头就跑,从一丛灌木飞跑到另一丛灌木,直至消失在视野中。

他再度口渴起来。

他得做些事。光坐在这儿流汗、忍受痛苦,是不可能赢得这场较量的。他得做些事。但是做什么呢?

他得穿过屏障。他无法穿过或跨过屏障,但他确定自己不能从底下钻过去吗?他突然想到,有时不是能靠挖掘找到水吗?一石二鸟——

卡森痛苦地跛着腿走到屏障处,开始挖掘,一次挖出两捧沙土。这活干得很慢、很艰辛,因为边沿的沙子不断下滑,而且他挖得越深,洞口也要开得更大。他不知道自己干了多少个小时,但在挖了四英尺深后,他挖到了基岩。干燥的基岩,没有水存在的迹象。

屏障的力场向下直抵基岩。此路不通。没有水。什么都没有。

他爬出坑洞,躺在沙地上直喘气,然后抬起头望向对面,看滚动体在做什么。它一定是在后头制作什么东西。

如他所料,它正在用从灌木取得的木料制作东西,用卷须把木料系在一起。这个造型古怪的框架大约有四英尺高,大体上是方形的。为了看得更清楚些,卡森爬上他刚才从洞里挖出的沙子垒成的沙堆,站在那儿凝望对面。

在那东西的后面伸出两根长杠杆,一根杠杆的末端有一个杯形的东西。卡森心想,看来是某种投石器。

果真是投石器,滚动体正抬起一块相当大的石头装进杯形容器里。它的一根触手上下移动另一根杠杆,过了片刻后才稍稍转动装置,似乎在瞄准目标,随后装有石块的杠杆扬起,石块向前飞了出去。

石块在距离卡森头顶几码远的空中画出一道曲线,距离那么远,他根本不必躲避。他估算了下石块行经的距离,轻轻地吹起口哨。让他抛出那么重的石头的话,抛掷距离不会超出这段距离的一半。假如滚动体把投石器向前推到屏障边上,那么就算他撤退到他领地的最后面,仍然在那台机器的射程之内。

另一块石头"嗖"的一声飞过,这次离得没那么远。

那东西可能很危险,他做出判断。也许,他最好做点什么。

他沿着屏障从一边移向另一边,这样投石器就无法射击他,同时他朝投石器抛出十几块石头。但他发现这么做没用。扔得够远的石头太轻,而够重的石头他又扔不远。假如石块击中框架,也只会被直接弹开,造不成任何伤害。在那种距离之下,滚动体可以轻松地移动到一旁,避开那些靠近它的石块。

此外,他的手臂累得厉害。他全身都在痛,只因太过疲劳。假如他能休息一会儿,不必躲避大概每三十秒就会从投石器抛过来的石头——

他蹒跚地走到角斗场的最后面。接着他发现,就算那样也没任何用。石块照样能抛到那儿,只是间隔时间变得更长了,好像发动装置——不管它是什么——需要更多时间准备。

他疲惫地拖着身子,再次回到屏障旁。他跌倒了好几次,几乎无法起身前行。他知道,自己的耐力快到极限了。然而,他现在不敢停止移动,除非他能让那台投石器再也没法工作。假如他睡着了,那么他将永远醒不过来。

投石器抛出的一块石头让他灵光一闪。石头击中他在屏障附近垒起来准备用作弹药的一堆石块,打出了火星。

火星。火。原始人通过击打出火星来生火,而那些又干又脆的灌木能充当引火物——

幸运的是,他附近就生长了一丛那类灌木。他把灌木连根拔起,拿到石头堆旁边,再耐心地用一块石头击打另一块,直到火星碰到灌木类似火绒的木料。木料被迅速点着,烧到了他的眉毛,几秒内就燃成了灰烬。

他现在有了主意,几分钟后,他就在他一两个小时前挖洞弄出的沙堆的背风处生了一小把火。充当引火物的灌木先生起火,其他燃烧更为缓慢的灌木则让火焰保持稳定。

线缆一般的坚韧卷须不会轻易燃烧，这样就可以轻松制作出燃烧弹并投掷出去。将一束枝条绕着一小块石头捆起来，石头可以为之增添重量，再加上一圈卷须，就能挥舞投掷了。

他制作出六枚燃烧弹后，点着火，扔出了第一枚。它没有击中目标，滚动体开始拖着身后的投石器迅速撤退。但卡森已经准备好其他燃烧弹，快速地接连扔出。第四枚燃烧弹卡在了投石器的框架中燃烧起来。滚动体拼命地抛沙，试图扑灭扩散的火焰，但它带爪的触手一次只能抓起一匙那么多的沙子，它的努力毫无用处。投石器熊熊燃烧起来。

滚动体毫发无伤地离开火堆，似乎把注意力集中在了卡森身上，卡森再次感觉到一波恨意和憎恶。但力道更弱——要么是滚动体本身在变弱，要么是卡森已经学会如何保护自己对抗精神攻击。

他将大拇指放在鼻尖上，朝它做了个表示轻蔑的动作，然后扔出一块石头让它急忙逃回到安全地带。滚动体逃到了它那一半角斗场的后边，再次开始拔起灌木。它大概是要再造一台投石器。

卡森第一百次证实了屏障仍在运作，然后发觉自己正坐在屏障旁边的沙地上——他突然虚弱得站不起来了。

现在，他的腿不断地抽搐，口渴的感觉十分强烈。但是，这些情况和整个身体的精疲力竭一比就无关紧要了。

还有酷热。

他心想，地狱，古人相信的地狱一定是像这样的。他努力保持清醒，但一直醒着似乎也没用处，因为他无事可做。只要屏障依然无法被攻破，滚动体又待在射程之外，他就无事可做。

但是，肯定有一些能做的事。他尝试回忆起他在考古学书籍中读到过的知识。人类在金属和塑料出现之前的日子里使用哪些战斗方法？他想到，首次出现的是投掷的石头。呃，那玩意儿他早已有了。

唯一的改进就是投石器，就像滚动体制造出的那种。但是，从灌木丛能获取的木料尺寸那么小，没有一根长度超过一英尺，他永远都没法造出那种投石器。他当然能琢磨出一种投石装置，但他仅剩的耐力应付不了一个会耗费数日的任务。

数日？但滚动体已经造出一台投石器。他们在这儿已经待了数日？他接着记起，滚动体有许多条触手，做起活来毫无疑问会快过他。

此外，一台投石器不会决定胜负。他得要做得比那更好。

弓箭呢？不行——他试过一次射箭，知道自己根本不善于射箭。就算用现代运动员配备的高精准度的韧钢弓箭也不行。他在这儿只能制造出简陋的、东拼西凑出来的玩意儿，仅凭这种弓箭，他怀疑自己是否能把箭射得像他扔出的石头那么远，更何况他知道自己无法笔直地射出箭。

长枪？呃，他确实能制作出长枪。但将长枪作为投掷武器使用，无论隔着多少距离都毫无用处；近距离战斗时它会是一件趁手的武器，前提是他有机会近距离接触对手。

而且，制作一根长枪会让他有事可做，防止他走神，因为他的心思正要开始涣散。到了此刻，他有时不得不先集中精神，然后才能记起他为何在这儿，他为何要杀掉滚动体。

幸运的是，他仍然在一堆石头旁边。他挑选起来，直至他找到一块形状大致像矛头的石块。他开始用一块更小的石头切削石块，让它成形，在两侧加工出锐利的矛肩，那么假如矛头刺入，它就拔不出来了。

像一把鱼叉？这个想法不错，他想。也许，鱼叉比长枪更加适用于这场疯狂的决斗。假如他能有一次将鱼叉插入滚动体，而且鱼叉上连着一根绳索，那么他就能把滚动体拉到屏障旁边。即便他的手穿不过去，他手上的石刃也会穿过那道屏障，刺中对手。

杆身比鱼叉头更难制作，但是通过把四种灌木的主茎劈开再组合在一起，用坚韧却纤细的卷须把连接处包裹起来，他制作出了一根大约四英尺长的牢固杆子，再把石质鱼叉头绑在杆身一端刻出的切口处。

这把武器简陋却牢固。

还有绳索。他用纤细柔韧的卷须给自己捻出一条二十英尺长的绳子。它很轻盈，看起来不太牢固，但他知道它承受得了他的体重，而且还绰绰有余。他将绳子一头系住鱼叉杆身，另一头系在他的右手腕上。这样，如果他把鱼叉扔到屏障对面却没命中目标，他至少能把它拽回来。

接着，当他系完最后一个结，没有其他事可做时，炎热、疲惫、小腿的疼痛和可怕的口渴突然比之前严重了一千倍。

他尝试站起身，想去看看滚动体此刻在做什么，结果发觉自己站不起来。第三次尝试时，他顶多把身体撑起到膝盖高度，随后又一次失败了。

"我得睡觉，"他心想，"假如现在是决战时刻，我将无力战斗。假如对手知道的话，它能到这儿来杀掉我。我得恢复一些力气。"

他痛苦地慢慢往后爬，离开屏障。十码，二十码——

有东西"砰"的一声落在他旁边的沙地上，震动令他从混乱可怖的梦中醒来，进入更加混乱可怖的现实。他睁开眼睛，再度看到蓝色沙地上的蓝色幽光。

他睡了多久？一分钟？一整天？

另一块石头掉在他附近，扬起的沙子落到他身上。他用手臂在身下一撑，坐了起来。他翻了个身，看见滚动体在屏障旁边，离他有二十码远。

他坐起身时，滚动体匆忙逃开，直到滚到了它能到达的最远处才停下。

他明白过来，他睡着得太快了，那时他依然在滚动体的投掷范围内。它见到他纹丝不动地躺在地上，就大胆上前，到了屏障边上，朝他扔出石头。幸运的是，它没意识到他有多虚弱，不然它可以继续待在原地，不断地掷出石头。

他有没有睡很久？他认为不是很久，因为他的感觉和之前一样，根本没有恢复精力，也没有变得更口渴，没有任何不同。他大概仅仅睡了几分钟。

他再次开始爬行。这次他强迫自己一直爬啊爬，直到他到达自己能爬到的最远的地方，直到角斗场无色的、不透明的外墙离他仅有一码远。

接着，意识再次模糊——

他醒来时，身上没有什么变化，但这次他知道自己已经睡了好久。

他觉察到的第一件事是他的嘴巴——嘴巴里干得很，像是结了一层皮，舌头肿胀。

当他慢慢地完全清醒过来，他知道有些不对劲。他感觉不那么疲惫了，极度虚脱的阶段已经过去，睡眠解决了这方面的问题。

但他感到疼痛，让他万分痛苦的疼痛。直到他尝试移动时，他才知道疼痛来自他的腿。

他抬起头，往下看腿。膝盖以下的部分肿得厉害，肿胀甚至蔓延到他大腿半截处。他用来系住叶片制成的保护垫的植物卷须如今深深地切入肿胀的皮肉中。

把他的刀子插入那根嵌入皮肉的卷须底下是不可能做到的事。幸运的是，最后一个结在胫骨上方，朝着前面，那儿的卷须相较其他部位嵌入得不那么深。他在经过痛苦难忍的努力后，解开了那个结。

他看了下叶片垫下面的伤口，发现是最糟糕的情况。感染和败血症，两者都相当严重，而且在逐渐恶化。

没有药物，没有布料，甚至没有清水，他对伤口什么都做不了。什么事都做不了，除了在脓毒通过血液循环扩散到周身时一命呜呼。

他知道自己已经没了希望，他已经输定了。

连带着害得人类也输了。当他死在这儿，在他认识的那个宇宙里，他的所有朋友，每一个人，也都会死去。地球和被殖民的星球会变成那些红色的、滚来滚去的异星生物的家园。这些来自噩梦的生物，没有一点人性，活生生地撕下蜥蜴腿只为取乐。

这个念头给予他再次爬向屏障的勇气，他几乎是伴着疼痛盲目地爬着。这次不是用双手和膝盖匍匐行进，而是仅靠手臂和双手拖着身体。

等他爬到屏障那儿时，有一百万分之一的可能性，他还有最后一点力气投出他的鱼叉或长枪。而假如——又是一百万分之一的可能性——滚动体恰好来到屏障边上，或者屏障立刻消失，长枪能给对方致命一击。

他像是花费了数年时间才爬到屏障边。

屏障没有消失。它像他一开始摸索时一样无法穿过。

滚动体没在屏障边。他用手肘撑起身子，看见它在它那半边角斗场的最后面，正在搭建一个木框架，是他之前毁掉的投石器的复制品,不过只完成了一半。

它现在移动得很缓慢。它无疑也变得虚弱了。

卡森怀疑对手不需要动用第二台投石器了。他想,在投石器完工之前,自己便会死了。

趁着他还活着,假如他现在能吸引它到屏障这儿——他挥舞手臂,试图叫喊,但他干透了的喉咙发不出声音。

或者假如他能穿过屏障——

他一定是走神了片刻,因为他发觉自己的拳头在暴怒又徒劳地击打屏障,他让自己停下拳头。

他闭上眼,试图让自己冷静下来。

"你好。"一个声音说道。

那是一个细微的声音。听起来像——

他睁开眼,扭过头,是一只蜥蜴在说话。

"滚开。"卡森想这么说,"滚开,你并不真的在那儿,或者你确实在那儿,但不是真的在讲话。我又在幻想了。"

但他说不出话。他的喉咙和舌头干得说不了话。他再次合上眼睛。

"疼,"那个声音说,"杀。疼——杀。来。"

他再次睁眼。长有十条腿的蓝色蜥蜴依然在那儿。它沿着屏障跑了一段路,折返回来,再次跑出去,再次折返回来。

"疼,"它说,"杀。来。"

它再次跑了出去,又折返回来。显然,它想要卡森跟着它沿着屏障移动。

他再次合上眼。声音没有断。同样的三个毫无意义的字。他每次睁开眼,蜥蜴都先跑出去再折返回来。

"疼。杀。来。"

125

卡森呻吟了一声。除非他跟着这小家伙过去，不然就安静不了。就像它想要他那么做一样。

他跟着蜥蜴爬了过去。又一个声音传到他的耳朵里，是高亢的尖叫声，变得越来越响。

沙地上躺着一个东西，在扭动、在尖叫。某种小小的蓝色东西，看着像一只蜥蜴，还没有——

接着他看出了它是什么——它就是好久之前被滚动体扯掉腿的那只蜥蜴。但它没有死，它已经苏醒过来，在极度痛苦地扭动和尖叫。

"疼。"另一只蜥蜴说，"疼。杀。杀。"

卡森听明白了。他从腰带里拔出燧石刀子，杀死了那只受尽折磨的生物。另一只蜥蜴急忙跑走了。

卡森转回身，面对屏障。他把双手和脑袋靠在屏障上，看见滚动体在后方搭建着新的投石器。

"我能投得那么远。"他想，"要是我能穿过去。要是我能穿过去，我也许还能赢。它看上去也很虚弱。我也许——"

紧接着，当疼痛削弱他的意志，他希望自己死了算了的时候，又出现了极度无望之下的反应——他羡慕起自己刚刚杀死的那只蜥蜴。它不必继续活着经受痛苦，而他却不得不这样。要过上几小时，也许是几天后，败血症才会杀死他。

要是他能用那把刀子对付自己，该有多好——

但他知道，他不会那么做。只要他还活着，就存在一百万分之一的概率——

他用手掌使劲推着屏障。这时他留意到自己的手臂，它们是多么纤细，多么干瘦。他一定已经在这儿待了好久，得有好几天手臂才会变得这么细。

现在离他的死亡还有多久？他的血肉之躯还能忍受多久的酷热、口渴和疼痛？

他有片刻差一点就再次陷入歇斯底里，随后出现了一个极其平静的时刻，一个惊人的想法冒了出来——

他刚刚杀死的蜥蜴。它穿过了屏障却依然活着。它来自滚动体那半边。之前，滚动体扯掉了它的几条腿，再轻蔑地把它抛向他，而它穿过了屏障。他那时以为，那是因为蜥蜴死了。

但它那时还没有死去——它只是失去了意识。

一只活蜥蜴无法穿过屏障，但一只无意识的蜥蜴可以。那么，屏障不是在阻截活着的生物，而是在阻截有意识的生物。它是一种心灵的投射，一道心灵的障碍。

卡森怀着这个念头，开始沿着屏障爬行，进行他孤注一掷的冒险。希望是如此渺茫，只有一个垂死的人才胆敢尝试。

衡量成功的几率没有意义。要是他连试都不试，几率会无限接近于零。

他沿着屏障爬到大约四英尺高的沙堆上，那是他在尝试——多少天以前？——从底下钻过屏障和找水源时挖出来的。

沙堆就坐落在屏障边，离得较远的斜坡有一半在屏障的这边，有一半在屏障的另一边。

他带上一块从附近的石堆拿来的石头，爬到沙堆最高处，越过最高处后紧贴屏障躺在那儿。他的身躯倚靠着屏障，那样如果屏障消失，他会滚下矮坡，进入敌方的领地。

他检查身上，确认刀子确实插在绳索腰带下，鱼叉夹在他的左臂弯里，而那条二十英尺长的绳子系住了鱼叉和他的手腕。

接着，他用右手举起石块，他会用它击打自己的脑袋。他的这一击必须要靠运气——要够重，才能把自己打晕，但又不能重得让自己昏迷很久。

他有个预感,滚动体在监视着他,会看到他穿过屏障滚下来,然后过来查看。他希望,它会认为他死了——他想,对于屏障的性质,它大概已经和他得出了相同的推论。但它会小心谨慎地凑过来。他会有一点时间——

他抡起石头打向自己。

疼痛让他苏醒过来。他的臀部有一股突如其来的剧痛,这与他脑袋和腿上的一阵阵的疼痛迥然不同。

但是,他在打晕自己之前,早已好好思索过,预料到了这种疼痛,甚至还盼望着这种疼痛,早已为这种突然的苏醒做好了准备。

他纹丝不动地躺着,但眼睛稍微睁开了一条缝,发现他猜对了。滚动体正在靠近,相距二十英尺,弄醒他的疼痛是它扔向他的石块造成的,它想看看他是活着还是死了。

他纹丝不动地躺着。滚动体越来越近,相距十五英尺时再度停下。卡森几乎不敢呼吸。

他尽可能地保持头脑一片空白,免得滚动体的心灵感应能力侦测到他的意识。随着他的头脑放空,它的思绪对他心灵的冲击让他的灵魂几乎崩溃。

他对于那些思绪具有的绝对的他异性和差异性感到十足的恐惧。那是一些他感觉得到却无法理解、永远表达不出的东西。因为任何一门地球语言都没有合适的词语,任何一个地球人的头脑都想不到相称的画面来传达它们。他心想,即使让一只蜘蛛、螳螂或火星沙蛇拥有智慧的头脑,再通过心灵感应让它们与人类头脑相通,和这种异星生物比起来,它们也只能算是平凡无奇。

他现在明白了,实体是对的:要么是人类,要么是滚动体,宇宙不是一个能同时容纳双方的地方。他们之间的距离比上帝和魔鬼的距离更加遥远，他们之间甚至永远不可能取得平衡。

更近了。卡森一直等到它离他仅有一英尺远，等到它带爪子的触手伸出来——

此刻，他忘却了疼痛，坐起身，举起鱼叉，用尽他剩下的全部力量投了出去。或者他以为那是他全部的力量——突然出现的终极力量在他体内汹涌流过，伴随着的是突然间对疼痛的遗忘，效果就像发生了神经传导阻滞一样明显。

滚动体被鱼叉深深地刺中，翻滚着离开了，而卡森试图站起身去追它。他办不到。他倒在地上，但继续爬着。

绳子被拉到了头，他被施加在手腕上的拉力猝然拖向前方。滚动体拖着他走了几英尺后停住了。卡森继续前进，双手交替拉着绳子，将自己拽向它。

它停在不远处，扭动的触手尝试拔出鱼叉，却徒劳无功。它看起来在战栗，接着它一定是意识到了自己不可能逃脱，因为它朝他滚了回来，伸出带爪子的触手。

他手里握着石刀，与它短兵相接。他一遍又一遍地刺它，而那些可怕的爪子从他的身体上撕扯下皮肤和肌肉。

他不断地戳刺劈砍，对手终于不再动弹。

铃声响起，他睁开眼，过了半响才认出自己在哪里，眼下是什么情况。他被安全带束缚在侦察机的座椅里，面前的视屏仅仅显示着空旷的太空。没有异星生物的飞船，也没有不可能存在的星球。

铃声是通信面板发出的信号——有人想要他打开接收器的电源。纯粹是出于肌肉记忆，他伸出手，扳动操纵杆。

屏幕上闪现出麦哲伦号船长布兰德的脸庞，麦哲伦号是他所属侦察机分队的母舰。布兰德的脸色苍白，黑色眼眸里发出兴奋的光芒。

"麦哲伦号呼叫卡森,"他厉声说,"快回来。战斗结束了。我们已经赢了!"

屏幕变得漆黑。布兰德将会给他指挥下的其他侦察机飞行员发信号。

卡森慢慢地设定好控制器,准备返航。他不敢相信地慢慢解开安全带,从座椅上起身,到后面的冷水箱那儿喝水。由于某种原因,他口渴得厉害。他一连喝下了六杯水。

他在那儿倚靠着机舱壁,尝试思考。

刚才的事真的发生过吗?他的身体很健康,没有受伤。他的口渴是心理上的,而不是生理上的——他的喉咙并不干。他的腿——

他拉起裤管,看了看小腿肚。小腿肚上有一道长长的白色疤痕,不过已经完全愈合。以前并没有这道伤疤。他拉下上衣拉链,看到他的胸膛和腹部纵横交错地分布着极小的、几乎不会被注意到的、完全愈合了的伤疤。

事情确实发生过。

自动控制下的侦察机已经飞进母舰的舱口。抓钩将侦察机拖进单独的气闸室内,片刻之后蜂鸣器响起,代表气闸室内已经灌满空气。卡森打开舱门,走到外面,穿过气闸室的对开门。

他径直奔向布兰德的办公室,走进去,敬了礼。

布兰德依然神情恍惚。"嗨,卡森,"他说,"你错过了好东西!多么壮观的场面!"

"发生了什么事,长官?"

"准确来说,我也不清楚。我们进行了一轮齐射,然后他们的整支舰队都化为了齑粉!不知道是什么东西在转瞬间从一艘飞船跃到另一艘,甚至连那些我们没有瞄准的,或是那些处在射程外的飞船都遭了殃！整支舰队在我们眼前解体，而我们的飞船连漆面都没有被刮花！

"我们甚至没法说这是我们自己的功劳。一定是敌人使用的金属中有某种不稳定的成分，我们的试射刚好引发了爆炸。伙计，哦，你错过了这刺激的一幕，真遗憾！"

卡森勉强挤出一点点无精打采的笑容，因为要过上几天，他才会摆脱这段经历对于心灵的冲击。然而船长没有看他，也就没有注意到他的表情。

"是的，长官！"卡森说。常识而不只是谦逊告诉他，如果他说出更多的事，他会被永远封为宇宙中最拙劣的撒谎者。"是的，长官，真遗憾，我错过了这刺激的一幕。"

敲门声

有一则短小有趣的恐怖故事仅有两个句子的长度：

"地球上的最后一个人独自坐在房内。门外响起敲门声……"

两个句子和一串省略号。当然，恐怖根本不在于这两个句子，而是存在于省略号中，存在于暗示中：是什么敲响房门？人类的头脑面对未知事物时，会主动提供一些隐约让人觉得恐怖的东西。

然而，这其实不算恐怖。

地球上的——或者宇宙中的，都一样——最后一个男人独自坐在房内。这是一间相当怪异的房间。他刚刚注意到房间有多么怪异，他一直在研究怪异背后的原因。他得出的结论没有使他恐惧，却惹他生气。

沃尔特·费伦直到两天前都还是现已不复存在的内森大学的人类学副教授，他不是一个容易受惊吓的人。他并不是一个英雄人物，不管在多么疯狂的想象中都不算是。他的身材瘦削，性情温和，外貌并不养眼，而且他对此心知肚明。

现在让他担忧的并不是他的外表。事实上，他眼下内心相当平静。他知道人类种族已经在两天前被毁灭，整个覆灭过程不到一小时，只有他和一个眼下身在某处的女人幸存下来。这个事实没有引起沃尔特·费伦的一丁点关切。他大概永远不会见到那个女人，假如他见不到她，他也不太在意。

自从玛莎在一年半前过世，女性就彻底淡出了沃尔特的生活。并不是说玛莎生前不是一位良妻——虽然有点专横。是的，他爱过玛莎，深深地、静静地爱着她。他今年只有四十岁，玛莎过世那年，他仅有三十八岁，但——这么说吧——他从那时起就没再惦记过女人。他的一辈子都扑在书籍上，包括他读过的书，他写下的书。现在写书没有任何意义，但他可以把余生花在看书上。

确实，有人陪伴会挺好，但若是没有，他也过得下去。兴许过上一阵，他会变化，会享受一名赞星人的偶尔陪伴，不过那有点难以想象。赞星人的思想对他来说如此怪异陌生，似乎没有讨论的共同基础，虽然他们在某种程度上拥有智慧。

一只蚂蚁在某种程度上拥有智慧，但没有地球人与一只蚂蚁建立过交流。不知怎么的，他把赞星人想成超级蚂蚁，尽管他们看起来不像蚂蚁。而且他有一种预感，赞星人眼中的地球人，就像地球人眼中的普通蚂蚁一样。他们对地球所做的事当然就像地球人对蚁丘所做的事——而且完成得更加高效。

但赞星人给了他许多书。他获知他注定要在这个房间里独自度过余生后，立刻告诉赞星人他想要什么，他们马上就满足了他的要求。他要在此度过余生，或者用赞星人奇特的表达方式，永——远。

即便是聪明绝顶的头脑——赞星人显然拥有聪明的头脑——也拥有特殊的癖好。赞星人已经在几小时内学会说地球上的英语，但他们坚持把一个个音节分开来。但我们离题了。

门外响起敲门声。

你现在已经全明白了，除了那一串省略号，而我将会填补这块内容，向你展示这根本不恐怖。

沃尔特·费伦喊道"进来"，房门随即开启。来客当然只是一名赞星人。他的模样和另一个赞星人完全一样，就算存在任何一种将他们区别开的方法，沃尔特也尚未找到。他大约有四英尺高，完全不像地球上的任何生物——是赞星人到达前的地球上存在过的任何生物。

沃尔特说："好啊，乔治。"当他获知赞星人没有名字后，他决定把他们统统叫成乔治，赞星人似乎并不介意。

这个赞星人说："好啊，沃尔特。"这是例行做法——先是敲门，然后是招呼。沃尔特等待着。

"第一点，"赞星人说，"请你从今往后，坐下时把椅子转向另一个方向。"

沃尔特说："我是这么想的，乔治。从另一边望过来，这面平平无奇的墙壁是透明的，对吧？"

"是透明的。"

"正如我想的一样。我是在一个动物园里。对吧？"

"对的。"

沃尔特叹气道："我就知道。这面平平无奇的空白墙壁，没有半件家具挨着它。而且这面墙的材质不同于其他墙壁。假如我坚持要背对墙壁坐着，那会怎样？你会杀了我吗？——我抱着希望姑且一问。"

"我们会拿走你的书。"

"你捏到了我的软肋，乔治。好吧，我坐下看书时，会面朝另一个方向。除我之外，在这家动物园里还有多少只动物？"

"216只。"

沃尔特摇摇头，说："不够丰富，乔治。就连一家二流动物园都能击败这儿——我的意思是都可能击败这儿，假如世上还留有二流动物园的话。你们是随机选择的吗？"

"随机样本，是的。所有的物种都选上就太多了。选了108个物种，每种一雄一雌。"

"你们喂它们吃什么？我的意思是指食肉动物。"

"我们制造食物。合成食物。"

"聪明。"沃尔特说，"植物群呢？你们也收藏了不少植物吧？"

"植物没有被振动损伤，全都仍然在生长。"

"对于植物挺好。"沃尔特说，"你们对于植物不像对待动物那么严苛。好吧，乔治，你一开始说'第一点'。我推断还存在第二点。那是什么？"

"一些我们不理解的事。有两只动物睡着了，怎么也醒不过来，这是怎么回事？它们的身体变凉了。"

"乔治，管理得最好的动物园里也会发生这种事。"沃尔特·费伦说，"它们大概没什么问题，只是死了。"

"死了？那意味着停止。但没什么能让它们停止啊。每个都是独自待着的。"

沃尔特注视着赞星人。"乔治，你的意思是不是说，你不知道自然死亡是什么？"

"死亡是指一个生命被杀，不再存活。"

沃尔特·费伦眨了眨眼。"你几岁，乔治？"他问。

"十六——你不会知道那个词。相当于你们的星球要绕着太阳转大约七千圈。我还很年轻。"

沃尔特轻轻吹起口哨。"臂弯里的小孩。"他说。他用心思考

135

了片刻。"你瞧，乔治，"他说，"对于你所在的这颗星球，有些事你要学习。这颗星球上有一个家伙徘徊着，而在你来自的地方没有那种家伙。那是一个留胡子、手持大镰刀和沙漏的老人。你们的振动杀不死他。"

"他是什么人？"

"我们叫他'狰狞的收割者'，乔治。死神老人。地球上的人类和动物一直活到某人——死神老人令他们的生命停止为止。"

"他停止了两个生物？他会停止更多生物？"

沃尔特开口要回答，但又合上嘴。赞星人的声音里有些异样，假如他有一张像人类一样可辨识的脸庞，那么他的脸上会出现皱眉的忧虑表情。

"带我去看看这些醒不来的动物，怎么样？"沃尔特问，"那是否违反规矩？"

"走吧。"赞星人说。

那时是第二天的下午。次日早上，赞星人回来了，还来了好几个。他们开始搬出沃尔特·费伦的书籍和家具。等到搬完东西后，他们把他安置到别的房间。他发觉自己到了一百码之外的一间宽敞得多的房间。

他坐下等待起来。这次当门外响起敲门声时，他知道来的是什么人，于是文雅地站起身。一名赞星人打开门，站到一旁。一名女人走了进来。

沃尔特微微欠身。"我叫沃尔特·费伦。"他说，"以防乔治没有把我的名字告诉你。乔治试图做到有礼貌，但他不懂得我们的所有规矩。"

女人的样子很镇定。他注意到这一点后很高兴。她说："我叫格雷丝·埃文斯，费伦先生。这是怎么回事？他们为何带我到这儿？"

女人说话时,沃尔特打量着她。她个子高挑,像他一样高,而且比例匀称。她看起来是三十岁出头的年纪,和玛莎过世时的岁数差不多。她和玛莎一样冷静而自信,他总是喜欢玛莎的这一点,尽管这与他的随和自在形成反差。事实上,他觉得女人的模样很像玛莎。

"我想,我知道他们为何带你到这儿,但咱们先倒回去。"他说,"你知不知道其他地方发生了什么事?"

"你是指他们杀害了所有地球人?"

"是的。请坐下说。你知道他们是如何实现的吗?"她坐进附近一把舒适的椅子里。

"不知道。"女人说,"我不知道他们是如何办到的。这点无关紧要,对吧?"

"一点都不要紧。但这是我的推测——我跟他们中的一个说话,把其中的零散信息拼凑了起来——外星人的数量不是很多,反正在这儿的数量不多。我不知道在他们来自的地方,他们的数量有多么庞大。我不知道他们来自哪个地方,但我猜那地方在太阳系之外。你看见过他们乘坐的太空飞船吗?"

"见过,大得像山一样。"

"差不多。你看,飞船上有一种装置能发射某种振动——他们用我们的语言称之为振动,但我想它更像是一种无线电波,而不是声波振动——是它消灭了所有的动物。飞船本身是绝缘的,不受振动影响。我不知道它的覆盖范围是否大得足以瞬间消灭整个星球上的生命,还是说飞船环绕地球飞行,一路发出振动波。但它瞬间杀死了所有生物,我希望这个过程没有痛苦。我们和这家动物园里其他两百多只动物没有被杀死的唯一原因是因为我们在飞船之内。我们已经被挑选为样本。你知道这儿是一家动物园,对吧?"

"我——我怀疑过。"

"前面的墙壁从外面看过来是透明的。赞星人相当擅长把每个房间的内部布置得像是房内生物的天然栖息地。这些房间——譬如我们所在的房间——是塑料制成的,他们有一种机器,能在大约十分钟内造出一个房间。假如地球有这样的机器和工艺,那么就不会有任何住房短缺的问题了。好吧,反正现在也没有任何住房短缺。我想,人类——特别是你和我——可以不必担心核弹和下一次大战了。赞星人已经为我们解决了许多问题。"

格雷丝·埃文斯淡淡一笑。"这就像手术成功,病人却死了。那时事情一团糟。你记得是怎么被抓到这儿的吗?我不记得了。某晚,我上床睡觉,醒来时发现自己身处太空船上的一个笼子里。"

"我也不记得,"沃尔特说,"我的直觉是,他们首先使用低强度的振动波,刚好足够把我们所有人击昏。接着,他们四处巡行,或多或少随机地为动物园选取样本。他们抓捕到想要的样本——或是直至飞船空间容纳不下——之后,他们一直调高功率,结果就成了那样。直到昨天,他们才知道自己已经犯下大错,高估了我们。他们还以为我们和他们一样是不死之身。"

"以为我们什么?"

"他们可以被杀死,但他们不知道什么是自然死亡。他们直到昨天才知道。昨天我们中有两个死了。"

"两个——哦!"

"是的,我们这些被关在他们的动物园里的动物死了两个。一条蛇,一只鸭子。两个物种无法挽回地灭绝了。反正依照赞星人计算时间的方式,每个物种剩下的成员只会生存几分钟而已。

他们还以为自己拥有了永久的样本。"

"你的意思是说,他们没意识到我们是短命的生物?"

"对的。"沃尔特说,"一名赞星人告诉我,他很年轻,只活了七千年。顺便提一句,他们是雌雄同体的,但他们大概每过一万年左右繁殖一次。当他们昨天获知我们地球上的动物有着多么短促的寿命后,他们心里大概震惊极了吧——假如他们有心的话。无论如何,他们决定要改造动物园——把两只动物养在一起,而不是一只只单独关着。他们估摸着,如果不再一只只单独关着,而是两两待在一起,动物会活得更久些。"

"哦!"格雷丝·埃文斯站起身,脸上泛出淡淡红晕,"假如你认为——假如他们认为——"她转身朝向房门。

"房门锁上了。"沃尔特·费伦平静地说,"但不用担心。他们也许是那么认为的,但我不是。你甚至不需要告诉我,就算我是地球上最后一个男人,你也不会要我。在现在这种情况下,这不过是陈词滥调。"

"但他们会把我们一起锁在这个小房间里吗?"

"这间房没有那么小,我俩能凑合住下去。我可以相当舒服地睡在一把有厚垫子的椅子里。亲爱的,别认为我不完全赞同你。把所有个人顾虑搁置一边,我们能帮人类种族的最后一个忙是让它随着我们终结,而不是永远在一家动物园里展出。"

她小声说出"谢谢你",轻得几乎听不见,而红晕已从她的面颊上褪去。她的眼睛中充满愤怒,但沃尔特知道那并非是针对他的愤怒。她的眼睛那样闪烁时,看上去更像玛莎了,他这么想着。

他对她笑了笑,说:"否则——"

她从椅子里站起身,有一瞬间,他以为她要过来掴他一巴掌。接着,她疲惫地重新坐下。"假如你是个男人,你该想些法子来——

他们可以被杀死,你说过的吧?"她的嗓音透着苦涩。

"赞星人?哦,当然行。我一直在研究他们。他们的模样与我们截然不同,但我认为,他们有着和我们差不多的新陈代谢,相同类型的循环系统,大概还有相同类型的消化系统。我认为,任何会杀死我们人类的物质也会杀掉赞星人。"

"但你说过——"

"哦,当然有些差别。不管是什么因子导致人类的衰老,总之赞星人没有那些因子。要不然就是赞星人拥有某种人类没有的腺体,一些更新细胞的物质。"

她此刻已经忘记了自己的愤怒,急切地倾身向前,说:"我想是那样的。而且,我认为他们感觉不到疼痛。"

那是他希望的。他说:"但是什么让你这么觉得,亲爱的?"

"我在房间的桌子里发现了一条金属丝,于是把它横拉在门口,那么看管我的赞星人就会被它绊倒。他确实被绊倒了,而且金属丝割伤了他的腿。"

"他有没有流出红色的血液?"

"流了,但这看起来并没惹恼他。他没有为此生气,甚至没有提及。当他在几小时后再次过来时,伤口不见了。呃,是几乎不见了。我能看出受伤的痕迹,足以确定是同一个赞星人。"

沃尔特·费伦缓缓点头。

"他当然不会生气。"他说,"他们没有情感。也许,假如我们杀掉一名赞星人,他们甚至不会惩罚我们。但这不会有任何好处。他们会通过一扇活板门给予我们食物,像人类对待动物园里一只杀害过饲养员的动物一样对待我们,以此确保动物再也不能伤害更多饲养员。"

"船上有多少赞星人?"她问。

"我想，这艘太空船上大约有两百个。但是，他们来自的地方无疑有更多赞星人。我有种预感，这只是一支先锋部队，被派来清理这颗星球，让它能安全地供赞星人居住。"

"他们干得好——"

门外响起敲门声，沃尔特·费伦喊，"进来"。一名赞星人站在门口。

"好啊，乔治。"沃尔特说。

"好啊，沃尔特。"赞星人说。

这也许是同一个赞星人，也许不是，但他总是用相同的方式打招呼。"你心里在想些什么？"沃尔特问。

"又有一只生物睡着，醒不过来了。是一只毛茸茸的小型动物，叫作鼬。"

沃尔特耸耸肩。"乔治，这种事时有发生。死神老人。我告诉过你死神的事。"

"更糟糕的是，一名赞星人死了。就在今天早上。"

"有那么糟吗？"沃尔特平静地看着他，"好吧，乔治，假如你要待在这儿，你得要适应这种事。"

赞星人一言不发，站在原地。最终沃尔特说："怎么了？"

"对于那只鼬。你的建议一样吗？"

沃尔特再次耸肩。"大概不会有任何用。但是，为何不试试呢？"赞星人离开了。

沃尔特能听见外面赞星人的脚步声渐渐远去。他咧嘴一笑。"这也许行得通，玛莎。"他说。

"玛——我名叫格雷丝，费伦先生。什么也许行得通？"

"我名叫沃尔特，格雷丝。你最好还是习惯这个名字。你知道的，格雷丝，你确实令我想起玛莎的许多事。玛莎是我的妻子，两年前过世了。"

"对不起，"格雷丝说，"但什么也许行得通？你在和赞星人说什么？"

"我们明天就会知道。"沃尔特说。然后她就无法从他口中再问出一个字。

那是赞星人待在地球的第四天。次日是最后一天。

一名赞星人过来时，差不多已是中午。在例行打过招呼后，他站在门口，看起来比以往更加奇异。为你描述他的模样会很有意思，但沃尔特找不到合适的字眼。

他说："我们要走了。我们的理事会碰头，做出了决定。"

"你们中又有一个死了？"

"昨晚。这是一颗死亡的星球。"

沃尔特点点头。"你们做了一部分工作。在地球几十亿生物中，你们留下了213只存活的生物。别着急回去。"

"有什么我们能做的事？"

"是的。要快点做。你们可以把我们的房门打开，但不要打开其他房门的锁。我们会照顾好其他生物。"

房门响起咔嗒声，赞星人离去了。格雷丝·埃文斯站在一旁，眼睛闪亮，开口问："什么——？怎么——？"

"等一下，"沃尔特很谨慎，"先让我们听一下飞船升空的声音。我想要记住这个声音。"

几分钟不到，响声就传来了。沃尔特·费伦觉察到他一直保持着僵硬的姿势，此刻才在椅子里放松下来。

"伊甸园里也有一条蛇，格雷丝，它让人类陷入麻烦。"他轻声说，"但这条蛇将功补过了。我是指前天死去的那条蛇的配偶。那是一条响尾蛇。"

"你是说两名死去的赞星人是它杀死的？但是——"

沃尔特点点头。"他们在这儿就像走进丛林的宝宝。当他们带我去看第一批'睡着了，怎么也醒不过来'的生物，我看到其中有一条响尾蛇。我心生一计，格雷丝。我心想，也许有毒生物是地球上特有的，赞星人不会知道它们的存在。也许，他们的新陈代谢和我们的身体很像，所以毒素也会要他们的命。不管怎样，尝试一下不会有什么代价。结果，两个'也许'的假设都是正确的。"

"你如何让蛇——"

沃尔特·费伦咧嘴一笑。他说："我告诉他们喜爱是怎么回事。他们一点都不懂。但我发现，他们对于让每个物种余下的样本尽可能久地活下去，在它们死去前研究外观、做出记录很有兴趣。我告诉赞星人，由于失去配偶，那些样本很快就会死去，除非它们经常获得爱抚。我向他们展示了如何抚摸鸭子。幸亏那是一只温顺的鸭子，我将它抱在胸前，抚摸了它一阵，展示给赞星人看。接着，我让他们用另一个样本——也就是响尾蛇——模仿看看。"

他站起身，伸了个懒腰，更加舒适地坐下。

"好吧，我们有一个世界要规划，"他说，"我们得让动物们离开方舟，这需要思考，然后决定。对于食草的野生动物，我们可以直接放走。对于家畜，我们最好还是养起来，照看一下，我们会需要它们。但是食肉动物——呃，我们将不得不做出决定。但我恐怕得说，食肉动物该予以消灭。除非我们能找到外星人用来制造合成食物的机器，并且弄懂如何操作。"

他看着女人。"还有人类。我俩得对此做出决定。一个十分重要的决定。"

她的面庞又变得有些粉红，正如昨天那样。她僵硬地坐在椅子里。"不！"她说。

他似乎没有听见她的声音。"人类是一个不错的种族，即便没人能赢得他们，"他说，"现在这个种族会从头来过，也许会稍稍倒退，直到恢复过来。但我们能为它搜集书籍，将大部分知识完整保存下来，反正重要的东西要留下来。我们可以——"

    她起身走向房门，他的话音戛然而止。他心想，在他和玛莎结婚前，在他追求她的日子里，玛莎也会这样反应。

    他说："考虑一下，亲爱的，慢慢来。但记得回来。"

    房门砰地关上了。他坐着等待，思考他一旦开始，就要做的各种事，不过不用急急忙忙地开始。过了一会儿，他听见回来的女人踌躇的脚步声。

    他微微一笑。瞧见了吗？这真的不恐怖。

    地球上的最后一个人[1]独自坐在房内。门外响起敲门声……

---

[1] 原文"The last man on Earth"，英文中的 man 既可以泛指人类，又可以特指男人。布朗利用了这个词的双重含义，颠覆了最初的故事。

遗失的大发现之一——隐身术

在 20 世纪，人类取得了三个重大发现，却又悲剧性地失去了它们。第一个重大发现是隐身术的奥秘。

隐身术的奥秘在 1909 年由阿奇博尔德·普雷特发现，他是爱德华七世宫廷派往苏丹阿卜杜勒·克里姆宫廷的使节，克里姆统治着一个与奥斯曼帝国松散结盟的小国家。

普雷特是一位业余却热情的生物学研究者，他给小鼠注射各种血清，希望找到一种会引起突变的注射剂。当他给第 3019 只小鼠注射血清后，小鼠消失不见了。小鼠依然在他手上，他能感觉到它的存在，但他看不见小鼠的半根毛或爪子。他小心翼翼地把隐形后的小鼠放进笼子，两小时后，小鼠重新显形，而且毫发无伤。

他增加剂量，进行实验，发现能让一只小鼠至多隐形二十四小时。更高的剂量会让小鼠生病或变得迟钝。他也得知，一只隐形的老鼠如果被杀死，那么在它断气的那一刻，小鼠会立刻显现。

他意识到这一发现的重要性，立刻发电报给英国方面，宣布辞职，然后遣散用人，将自己锁在住处，开始对自己做实验。他从注射小剂量开始（那只能让他隐身几分钟），逐步探究，直到他发现自己的耐受量与小鼠的耐受量相同——让他隐身超过二十四小时的注射剂量也会令他生病。他还发现,尽管他的身体别人完全看不见(假如他抿住嘴唇,就连他的假牙也不会被人看见),但保持裸体是必须的——衣服没有跟着他一起隐形。

普雷特是一个相当富有的正直之人,所以他没有想到犯罪。他决定返回英国,将他的发现献给国王陛下的政府,用于谍报活动或战争。

然而,他决定先容许自己放纵一次。自从他被派遣到苏丹的宫廷以来,他对苏丹守备森严的后宫十分好奇。为何不从内部仔细看一下苏丹的后宫呢?

此外,有些事——某个挥之不去、令他困扰的念头——让他对于自己的发现感到烦恼。在某种情况下……他的脑海里摆脱不了这个念头。进行一次实验肯定很适宜。

他剥了个精光,让自己保持最高时限的隐身状态。事实证明,越过全副武装的太监进入后宫很容易。他度过了一个饶有趣味的下午,看着五十多个美女进行日间活动:将自己弄得美美的,沐浴,再给身体涂上香油,喷上香水。

有一名切尔克斯族美女尤其吸引他。他心生一计,任何一个男人都会这么想:假如他待到晚上——他直到次日中午都会保持隐身,所以这是完全安全的——他就可以盯住她,弄清她睡在哪间房里,然后等到灯灭后,爬到她的床上,她会以为是苏丹临幸。

他一直盯着美女,注意到她进入哪间房。一名全副武装的太监在装有帘子的房间门口站岗,其他寝房的门外也都站着一名太监。他一直等到确信美女熟睡后,再趁着站岗太监望向走廊一头、不会看见门帘摆动的一刹那,悄然溜入房内。走廊里灯光昏暗,而房间里黑得伸手不见五指。但他小心摸索,设法找到卧榻。他小心翼翼地伸出一只手,触摸熟睡中的美女。美女尖叫起来。(他不知道的是,苏丹绝不会在晚上造访后宫,而是会传唤一个妾室,有时是多名妻妾到他自己的寝殿里过夜。)

转眼间,房外站岗的太监冲入房内,用手臂擒住了他。普雷特的最后一个念头是,他此刻知道了隐身术唯一令人忧虑的地方:隐身术在漆黑的环境中完全无用。他最后听见的就是太监的短弯刀"唰"的一声划破了他的喉咙。

遗失的大发现之二——金刚不坏术

第二个遗失的重大发现是金刚不坏术的奥秘。它在1952年由一名美国海军的雷达军官保罗·希肯多尔夫上尉发现。他设计的电子装置像一个小盒子，放进口袋就能方便地携带。当盒子上的一个开关打开，携带装置的人会被一个力场包围，根据希肯多尔夫精密的数学估算，这个力场的强度在实际使用中接近于无限大。

而且，任何程度的热量和任何强度的辐射都完全无法穿透这个力场。

希肯多尔夫上尉判断，被包裹在力场内的男人——或者女人、小孩、狗——能隔着最近的距离顶住氢弹爆炸，不会受一丁点的伤。

那时还没有氢弹爆炸过，但是上尉完成装置时碰巧在一艘穿越太平洋的巡洋舰上，军舰要前往埃内韦塔克环礁，泄露出的消息说他们是要去那儿协助第一次氢弹爆炸的工作。

希肯多尔夫上尉决定偷偷溜下军舰，躲藏到目标岛屿上，当氢弹爆炸时待在岛上，等到爆炸结束后毫发无伤地重新现身，从而证明他的发现是一种绝对有效的防御手段，能对抗从古至今最具威力的武器。

事实证明这么做很难，但他成功地躲藏到了岛上，在氢弹爆炸时离它只有几码远。他在倒计时中向前匍匐，离它越来越近。

他的计算完全正确，他没有受一丁点伤，没有抓伤，没有挫伤，没有灼伤。

但希肯多尔夫上尉忽视了一种情况发生的可能性，那种情况也确实发生了。他被爆炸的冲击波带离地表，速度比逃逸速度大得多。他径直飞出地球，甚至没有进入环地轨道。四十九天后，他坠入太阳，当时全身上下依然毫发无伤，但不幸的是他已经死去好久，因为力场内包含的空气只够让他呼吸几个小时，于是他的发现不为人类所知，至少是在20世纪时。

遗失的大发现之三——永生术

20世纪中取得又遗失的第三个重大发现是永生的奥秘。一位默默无名的莫斯科化学家伊万·伊万诺维奇·斯梅塔科斯基在1978年发现了永生术。斯梅塔科斯基没有留下记录说明他是如何做出这一发现的,或者他在尝试之前如何知道永生术奏效,只因这个发现把他吓坏了,而他如此惧怕的背后有两个原因。

他害怕将永生术透露给世界,他知道一旦他将它交给祖国政府,这个奥秘最终会透过铁幕泄漏出去,在全球引发混乱。苏联能应付任何情况,不过在更为野蛮、缺乏节制的国家,一种永生药必然会带来人口爆炸的结果,这无疑会导致其他国家攻击文明的国家。

他也害怕亲自服用永生药,因为他吃不准自己是否想要长生不老。即便以苏联的生活条件来说——不用考虑苏联以外差劲的生活——永远活着,甚至是无限期地活下去是否真的值得?

他做出妥协,暂时既不将永生药交给其他任何人,也不亲自服用,直到他能对此下定决心再说。

与此同时,他随身携带着他配制出的唯一一剂永生药。它仅有一丁点的剂量,装在一颗极小的胶囊里,胶囊不溶于水,能放在嘴里。他把胶囊附着在一颗假牙旁边，那么它就会安全地待在假牙和面颊之间，他不会有无意间吞下胶囊的危险。

但无论什么时候，假如他决定要服用永生药了，他能把手伸进嘴里，用指甲掐破胶囊，然后变成不死之身。

一天，他因为大叶性肺炎而病倒，被送往莫斯科的一家医院，偷听到了医生和护士（他们误以为他睡着了）之间的对话，得知他预计会在几小时内断气，于是他决定要服用永生药。

事实证明，无论永生可能带来什么，对于死亡的恐惧比对于永生的恐惧强得多。于是，一等到医生和护士离开病房，他就掐破胶囊，咽下内容物。

他希望，既然死亡步步逼近，永生药要及时地起效，救下他的性命。永生药确实及时起效了，然而等到药物起效时，他已经陷入半昏迷和谵妄状态。

三年后，也就是1981年，他依然处在半昏迷和谵妄状态。苏联的医生最终诊明了他的病情，不再为之困惑。

显然，斯梅塔科斯基服用过某种永生药物——医生们发觉他们无法分离和分析这种药物——它使得斯梅塔科斯基免于死亡，而且无疑会让他无限期地，甚至是永远这么活下去。

但不幸的是，药物已经使得他体内的肺炎球菌变得永生不死，一开始正是这种病菌引起了他的肺炎，而现在肺炎会永远维持下去。医生们是一群现实主义者，看不出有什么理由让他一直接受长期护理而给自己徒添负担，因此干脆把他埋葬了。

接触

达尔·利独自坐在房内冥想。他从房门外捕捉到一道等同于敲门的思维波,然后他看了眼房门,用意念命令房门滑动打开。房门开了。"进来,我的朋友。"他说。他本可以用传心术投射出内心的想法,但现场只有两个人,口头对话更加礼貌。

埃琼·奇走进来。"我的领袖,你今晚熬夜了。"他说。

"是的,奇。一小时之内,地球的火箭就将着陆,我希望能亲眼看见。是的,我知道,假如他们的计算正确的话,火箭会落在一千英里外的地方,在地平线之外。但就算火箭的着陆点在两千英里之外,核爆炸的闪光应该仍然看得见,我对于这第一次接触已经等待好久。因为尽管那枚火箭上不会有地球人,这对于他们而言,依然会是第一次接触。当然,许多个世纪以来,我们的传心术团队一直在解读他们的思想,但这会是火星和地球之间的第一次物理接触。"

奇舒适地坐进一把矮椅中。"确实。"他说,"不过,我尚未密切追踪近期的报告。他们为何使用核弹头?我知道他们认为我们的行星大概没有生命,但仍然——"

"他们会通过月球上的望远镜来观察闪光,获得——他们称之为什么？——光谱分析，那会告诉他们比目前所知（或是自认为知道的信息，其实许多信息都是错误的）更多的信息，比如火星大气层、火星表面组成等。这叫作试射，奇。他们会在几次火星冲日之后亲自来到火星上。然后——"

火星在伸出橄榄枝，等待地球人的到来。这儿就是火星上仅剩下的文明——这座大约九百人的小城市。火星上的文明比地球文明古老得多，但火星文明在步入死亡。这儿就是它仅剩下的东西，一座城市，九百人。他们在等待与地球进行接触，这既是出于一个自私的理由，也是出于一个无私的理由。

火星文明有着与地球文明迥异的发展方向。它没有发展出重要的物理科学知识，没有技术。但它已经将社会科学发展到极高水平，以至于在火星上，连续五万年没有犯罪，遑论战争。火星早已充分发展了心灵学——也就是心智的科学——而地球刚刚开始有这方面的发现。

火星能教给地球不少东西。首先是两件简单的事——如何预防犯罪与战争。在那些简单的事之外，还有传心术、念力、共情……

而且火星希望，地球会教会他们一些对于火星而言更加宝贵的东西：如何通过科学和技术恢复和改造一颗濒死的星球——火星现在要发展科学和技术已经太迟了，尽管他们拥有合适的、使得他们能发展出这些学问的心智——让一个本来濒死的种族再次活过来，繁衍生息。地球和火星都会获益良多，双方谁也不会吃亏。

今晚，地球将进行第一次接触，即首次试射。下一次发射的火箭上将载有若干地球人，或者至少一名地球人。那会是在下一次火星冲日，从现在算起，即两个地球年之后，或者差不多四个火星年之后。火星人知道这些，因为他们的传心术团队至少能捕捉到地球人的部分思绪，足以知道他们的计划。遗憾的是，因为隔着那么远的距离，这种连接是单向的，火星无法要求地球加快计划，也没法把关于火星的组成和大气层的真相告诉地球科学家，不然的话，这次初步试射就没必要进行了。

今晚，火星领袖（这个火星单词只能大致翻译成这个意思）利，以及他的行政助理和密友奇坐在一起冥想，直至快到火箭着陆的时间。他们喝了一杯酒，庆贺未来——这是一种基于薄荷醇的饮料，薄荷醇对火星人有着和酒精对地球人一样的作用——然后爬到房顶，坐在那儿。他们望着北方，火箭应该在那儿着陆。星辰透过稀薄的大气灿烂地闪耀着……

月球上的第一天文台中，罗杰·埃弗里特的眼睛紧贴弹着点观测镜的目镜，胜券在握地说："威利，火箭着陆了。现在一等到胶卷洗印出来，我们就会知道火星这颗古老行星上的真相。"他挺直腰杆——现在没什么可看的了——和威利·桑格庄严地握了握手。这是一个历史性的时刻。

"希望它没有杀死任何人，任何火星人。罗杰，火箭有没有击中大瑟提斯高原[1]的中心？"

"很靠近了。照片会显示出准确的弹着点，但我敢说，向南偏离了大约一千英里吧。对于一次相隔五千万英里的发射来说，十分接近目标了。威利，你真的认为上面存在火星人吗？"

威利想了一下，说："没有火星人。"

威利是对的。

---

[1] 大瑟提斯高原（Syrtis Major Planum），也被称作"大流沙"，是火星上一个明显的暗区，实际上是一座低矮的盾状火山。

火星远征队

"第一次大型火星远征，"历史教授说，"发生在单人侦察飞船进行了初步探险之后，目标是建立一个永久性的火星殖民地，这导致了不少问题。一个最让人为难的问题是：该由多少男性和多少女性组成总共三十人的远征队呢？

"在这个问题上，共有三派观点。

"第一派人士主张，远征队该由十五名男性和十五名女性组成，许多成员无疑会在同伴中找到一个合适的配偶，从而使得火星殖民地有一个快速的起步。

"第二派人士主张，远征队的成员应该是二十五名男性再加上五名女性，而且他们要同意签署一份放弃一夫一妻制立场的声明书。这一派的理由是五名女性很容易就能让二十五名男性过上快乐的性生活，而那二十五名男性能让五名女性过得更加快乐。

"第三派人士主张，远征队应该由三十名男性组成，理由是在那种状况下，男性能够更加专注于手头的工作。他们还争辩说，既然第二艘飞船会在大约一年内跟着飞去火星，那艘船上可以主要载送女性，男性忍受一年的独身不算难事。尤其是因为他们早已适应独身生活：两所培养太空人的学校一所是男校，一所是女校，根据性别严格地分隔开。

"太空旅行局的局长用一条简单的权宜之计解决了这个争端。他——安布罗斯小姐，你有什么事？"班上的一名女学生早已举起手。

"教授，这是否就是马克森指挥官领导的远征队？被称为'强力马克森'的那个人？你能告诉我们，他是怎么拥有这个绰号的吗？"

"安布罗斯小姐，我正要讲到此事。你们在低年级时已经听到过那次远征的故事，但那不是完整的版本。你们如今已经够大了，可以了解事情的全貌。

"太空旅行局的局长宣布远征队的人选会无视性别，从两所太空人学校的毕业生中抽签决定，借此快刀斩乱麻，解决了争端。毋庸置疑，局长个人偏好二十五名男性和五名女性的方案，因为太空人男校的毕业班大约有五百人，而女校的毕业班大约有一百人。按照平均律，抽签中选者的男女性别比应该是五比一。

"然而，在特定的一连串抽签中，平均律并非总是奏效。那次抽签时就发生了怪事，结果二十九名女性中选，男性只抽中了一人。

"除了抽签中选者，几乎每个人都在大声抗议这个结果。但局长坚持原方案。抽签没有舞弊，他也就拒绝改变任何一位抽签中选者的身份。他为了抚慰男性自尊做出的唯一让步是任命唯一的男性成员马克森为指挥官。飞船起飞后，他们度过了一段顺利的航程。

"当第二支远征队着陆后，他们发现火星上的人口已经翻倍。刚好翻倍——第一支远征队的每名女性成员都产下了一个孩子，其中还有一人产下了双胞胎，使得火星上一共增加了三十个婴儿。

"是的，安布罗斯小姐，我看见了你举起的手，但是请让我把话说完。不,到现在为止我告诉你们的事一点都不惊人。尽管许多人会认为这有伤风化,但对于一个男性来说,只要给予时间,让二十九名女性受孕不是什么了不起的壮举。

"让马克森指挥官得到绰号的实情是,第二艘飞船的建造进展比原定计划快得多,第二支远征队不是在一年之后抵达火星的,而是在仅仅过去九个月外加两天后就到了火星。

"这有没有回答你的疑问,安布罗斯小姐?"

外星人滚开

达珀汀是秘密所在。他们一开始叫它阿达珀汀,后来就缩短为达珀汀。它使得我们适应环境。

在我们十岁大时,他们就向我们解释了整件事。我猜想,他们觉得我们在十岁之前太过年幼,理解不了这些事,然而我们早已了解许多。我们在火星上着陆之后,他们就告诉了我们。

"你们到家了,孩子们。"在我们进入强化玻璃穹顶建筑后,领头的教师告诉我们,穹顶是他们为了我们而在火星上建造的。他告诉我们,那晚会有一场为我们准备的特别讲座,是一场重要的讲座,我们每个人都必须参加。

那天晚上,他告诉我们来龙去脉,解释为什么要那么做。他站在我们面前。当然,他不得不穿戴加温太空服和头盔。因为穹顶内的温度对于我们来说很舒适,但对于他来说已是冰冷;空气也过于稀薄,令他无法呼吸。他的声音通过头盔内的无线电向我们传来。

"孩子们,"他说,"你们到家了。这儿是火星,你们将在这颗星球上度过余生。你们是火星人,第一代火星人。你们已经在地球上生活了五年,又在太空中生活了五年。现在你们将在这座穹顶建筑内生活十年，直到你们成年。不过在这十年渐近尾声时，你们将会被允许在户外度过越来越久的时间。

"然后，你们会作为火星人离开，建造你们自己的家园，过你们自己的生活。你们会相互通婚，你们的孩子血统纯正。他们也会是火星人。

"现在，你们将被告知这个伟大实验的历史，你们每个人都是实验的一部分。"

然后，他告诉了我们。

他说，人类在1985年首次抵达火星。火星上没有智慧生命栖息（火星上有许多植物和几种不会飞的昆虫），根据地球的标准来说，火星是不适宜居住的。人类若要在火星上生存，只能靠住在强化玻璃穹顶建筑内，到穹顶外时就得穿上太空服。只是，就算在较为温暖的季节的白天里，温度对于人类来说依旧过于寒冷；空气太过稀薄，让人类无法呼吸。而长期暴露在阳光下——因为火星上的大气层较薄，比起在地球上，大气层过滤掉的有害射线要少得多——能要了他们的命。火星上的植物在化学成分上与人类不相容，人类不可能以它们为食。人类不得不从地球带来所有食物，或者将食物种植在水培缸里。

五十年里，人类尝试殖民火星，所有努力却都失败了。除了这座为我们建造的穹顶建筑，火星上只有另一个前哨站，位于离这儿不到一英里远的地方，那座强化玻璃穹顶的尺寸要小得多。

看起来，人类好像永远无法将领地扩张到太阳系除地球以外的其他行星，因为火星已经是那些行星中最适宜居住的了。假如人类无法在火星上生存，那么根本没必要考虑殖民其他行星。

然后在2034年，也就是三十年前，一位卓越的生物化学家韦茅斯发现了达珀汀。那是一种神奇的药物,不作用于被给予药物的动物或人类,而是作用于给药后一段有限时间里,该动物或人类怀上的后代。

对于变化的环境,它会给予这些后代几乎无限的适应性,只要是逐渐发生的变化就行。

韦茅斯博士先是给一对豚鼠注射药物,再让它们交配。它们生下五只幼崽后,他把每只幼崽置于逐渐变化的不同环境下,获得了惊人的结果。当这些豚鼠成熟时,一只能舒服地生活在零下40华氏度的温度下,另一只相当快活地待在150华氏度[1]的温度下。第三只靠着有毒的食物茁壮成长,那些食物对于普通的动物是致命的;第四只安心地待在X射线的持续照射下,那本来会在几分钟内让它的父母丧命。

随后用许多窝豚鼠进行的实验显示,已经适应相似环境的动物能够纯育,他们的后代从出生起就习惯于生活在那些环境下。

"在那十年之后,也就是十年前,"领头的教师告诉我们,"你们这群孩子出生了。你们的父母是从实验的志愿者中精心挑选出来的。从出生起,你们就在小心控制、逐渐变化的条件下被抚养长大。

"从你们出生之时起,你们吸入的空气就已经日渐稀薄,含氧量逐渐降低。为了补偿对氧气的需求,你们的肺容量变得比我们大得多,因此你们的胸膛才比教师和服务人员的更壮实。等到你们完全成熟,呼吸火星上的空气时,差别甚至会更大。

"你们的身上长出毛发,使得你们能忍受严寒。你们现在待在严寒环境下也很舒服,这种环境会迅速杀死普通人类。从你们

---

[1] 零下40华氏度合零下40摄氏度,150华氏度约合65.56摄氏度。

四岁大的时候起,你们的保姆和老师就不得不穿上特别的保护服,以便在你们看来正常的环境下生存下来。

"再过十年,等你们成熟时,你们会完全适应火星。你们会呼吸火星上的空气,以火星上的植物为食。你们能够忍受火星上的极端温度,火星的中值温度对你们而言会很舒适。因为在太空中、在逐渐下降的重力牵引下度过的五年,你们会习惯火星的重力。

"这儿会是你们居住和繁衍的星球。你们是地球的孩子,但你们是第一代火星人。"

当然,我们早已知道许多这类事。

最后一年是最棒的。到了那时,穹顶内的空气——除了教师和服务人员居住的增压区域——几乎和外面的空气一样,我们被允许外出的时间越来越长。待在开阔的室外真好啊。

最近几个月里,他们放宽了两性隔离的规定,于是我们能开始挑选配偶,不过他们告诉我们,直到最后一天结束,在我们获得完全许可后,才会有婚姻。对我来说,选择配偶一点都不难。我在好久以前就已经做好选择,我感觉她一定有着和我一样的感觉。我是对的。

明天是我们获得自由的日子。明天我们会成为火星人。明天我们会接管这颗星球。

我们中的有些人已经不耐烦了,他们已经蠢蠢欲动了好几周,但更明智的想法占据了上风,我们在耐心等待。我们已经等待了二十年,我们能够等待到最后一天。

明天就是最后一天。

明天,只要信号一下,我们就会杀光教师,杀光我们之中的其他地球人，然后出发去外面。地球人没有一点怀疑，所以这很容易办到。

到现在我们已经掩饰了许多年，地球人不知道我们有多么痛恨他们。他们不知道我们觉得他们的长相是多么恶心、多么可憎，他们的身体多么丑陋、多么畸形，肩膀那么狭窄，胸膛那么小，他们无力的、带着"吡吡"声的嗓音需要扩音才能在火星的空气中传播，而最丑陋的就是他们不长毛发的苍白皮肤。

我们会杀光他们，接着出发去摧毁另一座穹顶，那儿的所有地球人也会死去。

要是更多地球人打算过来惩治我们，我们可以躲藏到山岭里生活，他们绝不会找到我们。假如他们试图在火星上建造更多穹顶，我们会摧毁它们。我们不想与地球发生更多纠葛。

这儿是我们的星球，我们可不想要外星人。外星人滚开！

武器

  黄昏夕照下的房间里静悄悄的。一个十分重要的科研项目的主要科学家詹姆斯·格雷厄姆博士坐在他最喜欢的椅子里进行着思考。周遭十分安静，他都能听见隔壁房间里儿子浏览图画书时翻动书页的声响。

  格雷厄姆最出色的工作、最具创造力的思考常常是在这样的环境下完成的，在一天的例行工作之后，他独自坐在公寓中这间未亮灯的房间里。但在今晚，他的头脑没有进行建设性的思考。他大多数时候都想着隔壁房间里他那个心智发育停滞的儿子——他唯一的儿子。他怀着一些充满怜爱的想法，而不是多年前他第一次获知儿子的情况时感到的极度痛苦。儿子过得快乐，这不就是最重要的吗？而且，有多少男人会被赐予这样永远是小孩的儿女，不会长大并离开他的儿女？这当然是心理上的合理化，但是合理化有什么错——这时门铃响了。

  格雷厄姆站起身，打开几乎漆黑的房间里的电灯，然后才穿过门厅，走向屋门。他不气恼，今晚这个时刻，几乎任何打断他思绪的举动他都欢迎。

  他打开门。一位陌生人站在门外，他说："是格雷厄姆博士吗？

我叫尼曼德。我想与你聊一聊，可否进来待上片刻？"

格雷厄姆看着陌生男子。他是个小个子男人，平凡无奇，一眼看上去人畜无害——兴许是个记者或保险代理。

但他是什么人都无关紧要。格雷厄姆发觉自己说："当然可以，进来吧，尼曼德先生。"他在心里为自己的举动辩解，几分钟的会话也许能转移他的思绪，帮助他清空脑海。

"坐下吧，"他在起居室里说，"想要喝一杯吗？"

尼曼德说："不，谢谢你。"他在椅子里坐下，而格雷厄姆坐到了沙发上。

小个子男人十指交叉，向前倾身。他说："格雷厄姆博士，你的科研工作比其他任何一个科学家的工作更有可能终结人类幸存的机会。"

格雷厄姆心想，原来是个疯子。他现在才明白过来就太晚了，他应该先问下男子的职业，再让他进屋。这会是一次令人尴尬的面谈，他不喜欢粗鲁无礼地对待别人，然而只有粗鲁才有效。

"格雷厄姆博士，你正在研究的武器——"

这时，通向卧室的房门开启，一名十五岁的少年走进来，于是访客打住，转过头。少年没有注意到尼曼德，径直奔向格雷厄姆。

"爸爸，你现在会给我念故事吗？"十五岁的少年发出四岁男孩的悦耳笑声。

格雷厄姆伸出一条手臂抱住少年，再看着访客，寻思他是否已经知道他儿子的情况。格雷厄姆从尼曼德的脸上没有看到任何诧异的情绪，他想他一定是早就知道了。

"哈里"——格雷厄姆的温暖嗓音里充满爱意——"爸爸很忙。稍等一会儿。回到你的房间去，我很快就会过去给你念故事。"

"小鸡的故事吗？你会给我念小鸡的故事吗？"

"假如你想的话。现在回房间吧。稍等一会儿,哈里。这位是尼曼德先生。"

少年朝着访客羞怯地笑了笑。尼曼德说了句"嗨,哈里",对他回以笑脸,伸出一只手。旁观着的格雷厄姆此刻确信尼曼德早已知情,他的笑脸和手势都是针对少年的心理年龄,而不是生理年龄的。

少年握住尼曼德的手。有一瞬间,他似乎会爬到尼曼德的膝头上,格雷厄姆轻轻地把他拉了回来,说:"现在回你的卧室,哈里。"

少年蹦蹦跳跳地回到卧室,没有关上房门。尼曼德的目光撞上格雷厄姆的目光,他真诚地说:"我喜欢他。"又补充了一句:"我希望你将要念给他听的东西永远是真实的。"

格雷厄姆没有听明白。尼曼德说:"小鸡的故事,我是指这个。那是个好故事——但也许小鸡关于天要塌下来的说法永远是错的。"

尼曼德表现出对于少年的喜爱时,格雷厄姆突然间喜欢上了尼曼德这个人。此刻他记起他必须迅速地结束面谈。他站起身,准备下逐客令。他说:"尼曼德先生,我担心你在浪费自己的时间,也在浪费我的时间。我知道所有论据,你能说出的任何论据我都已经听过千百遍。或许,你相信的东西中存在真相,但它并不让我担心。我是一位科学家,仅仅是一位科学家。是的,大家都知道,我正在研究一种武器,一种相当厉害的终极武器。但是,就我个人而言,那仅仅是我在推进科学的事实的一个副产品。我已经全面考虑过,我发现,那是我唯一的关切。"

"但是,格雷厄姆博士,人类是否准备好迎接一种终极武器?"

格雷厄姆皱起眉头。"我已经把我的观点告诉你,尼曼德先生。"尼曼德从椅子上缓缓站起来。他说:"非常好,假如你选择不做讨论的话,我也不再多言。"他的一只手掠过额头。"格雷厄姆博士,我会离开。不过我寻思着……你之前提出要给我一杯酒,我可否改变主意?"

格雷厄姆的怒气消退了。他说:"当然可以。威士忌掺水可以吗?"

"好极了。"

格雷厄姆致歉离开,进入厨房。他拿出一瓶威士忌、一瓶清水、冰块和酒杯。

当他回到起居室时,尼曼德刚好从少年的卧室里走出来。他听见尼曼德说"哈里,晚安",而哈里快乐地说"晚安,尼曼德先生"。

格雷厄姆调了两杯酒。片刻后,尼曼德谢绝了再来一杯,起身要离开。

尼曼德说:"博士,我擅自拿了一件小礼物给你儿子。趁着你为我俩准备酒水的时候,我把东西给了他。我希望你会原谅我。"

"当然。谢谢你。晚安。"

格雷厄姆关上屋门。他穿过起居室,走进哈里的房间。他说:"好吧,哈里。现在我会念——"

他的额头突然冒出冷汗,但他一边走向床沿,一边强行保持面容和声音的镇定。"我可否看一下它,哈里?"当他把东西安全地拿在手里查看时,双手止不住地颤抖。

他心想,只有一个疯子才会把一把装有子弹的转轮手枪交到一个傻子的手上。

帽子戏法

从某种意义上来说，这件事从没发生过。实际上，若不是他们四个离开电影院时，一场雷阵雨恰好下得正大，这件事压根儿不会发生。

那是一部恐怖电影。真正令人恐惧的电影——不是利用活板门的虚假花招，而是一部微妙、阴险的电影，使得大雨之夜的空气显得洁净甜美，令人愉快。对于四个人中的三个是如此。至于第四个——

他们站在遮檐底下，梅说："哎呀，伙计们，我们现在咋办，是游泳还是打的？"梅是个小巧可爱的金发美女，在百货商店的柜台卖香水，她长着一只朝天鼻，那只鼻子还是闻她卖的香水为好。

埃尔茜转身朝两个小伙说："咱们去我的工作室待一会儿。现在时间还早。"她含糊地强调了"工作室"这个词。埃尔茜租下这间工作室仅有一周，住在工作室而非一间家具齐全的房间里的新奇感令她自豪，像是过上了波希米亚式的生活，还有点兴奋。当然，她不会单单邀请沃尔特一个人上楼，但还有一对男女在场，应该没事。

鲍勃说:"好极了。听我说,沃利[1],你拦住这辆计程车。我去跑一趟,买些葡萄酒。你们女生喜欢波特酒吗?"

沃尔特和姑娘们坐进计程车里,同时鲍勃说服那个与他稍有交情的酒保在合法售酒时间后卖瓶葡萄酒给他。他拿着葡萄酒跑回来,然后他们就坐车去埃尔茜的工作室。

梅坐在计程车里,再次想到恐怖电影,她差点就让他们一起提前退场了。她哆嗦了一下,鲍勃用手臂搂住她,要保护她。"忘记它吧,梅。"鲍勃说,"只是一部电影。现实中从没有发生过那样的事。"

"假如发生过——"沃尔特刚起了话头,又突然打住。

鲍勃看着他,说:"假如发生过,又如何?"

沃尔特的语气带着一点歉意。"忘记我原本准备说什么了。"他有点古怪地笑了笑,仿佛那部恐怖片对他的影响和对别人的有些不一样。应该说是很不一样。

"学校里怎么样,沃尔特?"埃尔茜问。

沃尔特在夜校里上医学预科课程,今晚是他一周里唯一一个不上课的晚上。他白天在栗树街的书店里上班。他点点头,说:"相当好。"

埃尔茜在心里正将沃尔特和梅的男朋友鲍勃做比较。沃尔特没有鲍勃高,虽然他戴眼镜,但他长得并不难看。他肯定比鲍勃聪明得多,将来会比鲍勃走得更远。鲍勃在学习印刷,现在学徒期刚过一半。他在高三那年辍了学。

他们一行四人到了埃尔茜的工作室,埃尔茜在餐具柜里找出四只玻璃杯,不过杯子的大小与形状都不一样。然后她在房间里

---

[1] 沃利是沃尔特的昵称。

翻找饼干和花生酱,同时鲍勃打开葡萄酒,倒了四杯酒。

这是埃尔茜在工作室里开的第一场派对,结果证明它不是非常棒。他们主要都在聊那部恐怖片,鲍勃继续倒了两巡酒,然而他们全都感觉索然寡味。

他们的交谈进行不下去了,然而时候还早。埃尔茜说:"鲍勃,你过去玩得一手出色的扑克牌戏法。我那只抽屉里有一副牌。给我们露一手吧。"

事情就是这么开始的,就是这么简单。鲍勃拿过扑克牌,让梅抽出一张。接着他切了牌,让梅把那张牌放回到切成两叠的扑克牌上,再让她进行数次切牌操作。接着,他把整副牌展开,正面朝上,向她展示她拿出的扑克牌黑桃9。

沃尔特在一旁看着,没有特别感兴趣。要不是埃尔茜大声说"鲍勃,棒极了。我都想不通你是如何做到的",沃尔特大概半句话都不会说。沃尔特这么告诉埃尔茜:"这很容易。他在开始之前先看过最底下的牌,当他把梅抽出的牌重新切回牌堆时,那张原本最底下的牌会到该张牌的上面,多次切牌后,两张牌还是紧挨在一起,因此,他只需挑出原本最底下的牌右边的那张即可。"

埃尔茜看到鲍勃对沃尔特露出的眼神,试图将它掩饰过去,说什么即使知道了其中的原理,这戏法还是非常巧妙。但鲍勃说:"沃利,也许你能给我们露一手精彩的戏法。说不定你是胡迪尼[1]最宠爱的外甥之类的人物。"

沃尔特朝鲍勃咧嘴一笑,说:"如果我有一顶帽子,也许能给你们秀一秀。"这个说法很妙,两个小伙都没有戴帽子。梅指

---

[1] 哈里·胡迪尼(Harry Houdini, 1874—1926),美国魔术师、特技演员,以逃脱术表演闻名遐迩。

向她刚才从头上摘下后放到埃尔茜梳妆台上的小女帽。沃尔特对此沉下了脸,说:"那也能叫帽子?听我说,鲍勃,很抱歉,我戳穿了你的戏法。忘记这茬吧,我不擅长戏法。"

鲍勃一直在将扑克牌从一只手换到另一只手,来回对切洗牌,若不是扑克牌滑落四散在地板上,他兴许就会跳过这一茬。他捡起牌,面孔涨得通红——不完全是因为弯腰的缘故。他把那副牌递给沃尔特。"你一定也擅长扑克牌,"他说,"既然能拆穿我的戏法,你一定也懂一些。来吧,秀一个。"

沃尔特略微勉强地接过扑克牌,想了一下。接着,在埃尔茜热切的目光下,他挑出三张牌,高高举起,使得其他人都看不到牌面,再把牌堆放下。然后他手持组成V形的三张牌,说:"我会把其中一张牌放最上面,一张牌放最底下,一张牌放中间,再切一次牌让三张牌凑在一起。你们看好了,三张牌分别是方块2、方块A和方块3。"

他把三张牌再度翻过来,于是卡的背面朝向他的观众,然后把一张牌放到牌堆的最上方,一张放入中间,再——

"哦,我明白了。"鲍勃说,"那张不是方块A,而是红心A,你手持牌时,将它放在另外两张牌之间,只露出红心的尖端。你早已把方块A放到牌堆的最上面。"他扬扬得意地咧嘴一笑。

梅说:"鲍勃,这样做很卑劣。不管怎样,沃利等到你完成了戏法才开口说话。"

埃尔茜也对鲍勃皱起眉头。紧接着,她突然面露喜色,穿过房间奔向壁橱,打开橱门,从最上面的架子上拿下一只纸板盒。"刚记起来,"她说,"是一年前买的,当时我在社区中心的芭蕾舞剧中有个角色。里面是一顶高帽。"

她打开盒子,拿出帽子。帽子有点塌陷,尽管装在盒子里,依然有点灰扑扑的，但它无疑是一顶高帽。她将帽子倒放在沃尔特旁边的桌上。"你说你能用一顶帽子好好露一手，沃尔特，"她说，"秀给他们看看。"

每个人都看着沃尔特，沃尔特不自在地挪动身子。"我——我只是在逗他玩，埃尔茜。我不——我的意思是，我已经有好久没试过那种戏法了，上次尝试还是在我小时候。现在已经不记得了。"

鲍勃欣喜地咧嘴笑着，站了起来。他的酒杯和沃尔特的酒杯都空了，他给两只酒杯倒了酒；尽管姑娘们的酒杯还没空，他还是添了酒。接着他捡起角落里的一根码尺，把它当作马戏团门口招徕顾客的人手中的拐杖，挥动起来。他的嘴里念念有词："女士们，先生们，请这边走，观看世上独一无二的沃尔特·比克曼用黑色高帽表演著名的瞬间消失戏法。下一个笼子里有——"

"鲍勃，闭嘴。"梅说。

沃尔特的眼睛里有微光闪烁。他说："只需两分钱，我会——"

鲍勃把手伸进口袋，掏出一把零钱。他拣出两枚分币，走过去把它们扔进倒置的高帽。他说"给你"，然后再次挥动起那根当成拐杖用的码尺。"门票只要两分钱，一美元的五十分之一！过来瞧瞧，世上最厉害的戏法——"

沃尔特喝着葡萄酒，面庞变得越来越红，同时鲍勃继续呶呶不休。接着沃尔特站起身，平静地说："鲍勃，你花了两分钱，想看什么？"

埃尔茜睁大眼睛看着他。"沃利，你的意思是，你能从中拿出什么东西——"

"也许。"

鲍勃爆发出沙哑的大笑。他说"大老鼠",然后伸手去拿葡萄酒瓶。

沃尔特说:"是你要求的。"

他将高帽留在桌上,朝它伸出一只手,起初有点犹疑不定。高帽内传出吱吱叫,沃尔特将手迅速探入帽子里,再提起时,手里握着一只生物的后颈。

梅发出尖叫,用手背捂住嘴巴,圆睁的眼睛就像白色的小碟子。埃尔茜悄无声息地晕倒在工作室的沙发上,彻底失去了意识。鲍勃站在原地,码尺举在半空中,神情僵硬。

沃尔特将那生物提得更高些,离开帽子,生物尖叫起来。它的模样像一只怪异丑陋的黑色大老鼠,但它比一般老鼠的个头更大,大得甚至不可能从帽子里提出来。它的双眼发光,犹如红色灯泡,咯咯地咬着长长的、短弯刀形状的白色牙齿,发出"咔嗒咔嗒"的响声,嘴巴每次张开几英寸又合上,像一张人嘴,看起来恐怖极了。它不停地扭动着,试图从沃尔特攥住它后颈的那只颤抖的手中挣脱。它的前爪在空中摆动,模样邪恶得让人难以置信。

它不停地尖叫,叫声可怕极了,而且散发出浓烈的臭味,仿佛它生活在坟冢里,以尸骨为食。

接着,就像他之前蓦地从帽子里提起手一样,沃尔特再次猛地将手伸入帽子中,连带着把那只生物也带了进去。尖叫声停下了,沃尔特将手从帽子里拿出来。他伫立在原地,浑身颤抖,面色惨白。他从口袋里掏出一块手帕,擦去额头上的汗水。

沃尔特的声音听着怪怪的:"我本来绝不该做这种事。"他冲向门边,打开门,随后其余人听见他跌跌撞撞下楼的声音。

梅把手从嘴巴上慢慢移开,她说:"带——带我回家,鲍勃。"

鲍勃用手抹了下眼睛,说了句"天啊,什么——",然后走到桌子对面,往帽子里面看了一眼。他丢入的两分钱就在帽子里,但他没有伸手把它们拿出来。

他的嗓音走了调:"埃尔茜怎么办?我们应不应该——"梅慢慢起身,说:"让她睡一觉好了。"在回家的路上,他们没有过多交谈。

两天后,鲍勃在路上遇见埃尔茜。他打起招呼:"嗨,埃尔茜。"

埃尔茜说:"嗨,你好啊。"鲍勃说:"天啊,前几天晚上我们在你的工作室里开的派对真特别。我们——我们喝得太多了,我猜。"

片刻间,埃尔茜的脸上似乎掠过异样的表情。她露出微笑,说:"呃,我一定是喝多了。我一下子就晕过去了。"

鲍勃咧嘴一笑,说:"我想,我自己也有点喝过头。下次我会更加注意。"

之后那周的周一,梅和鲍勃又约会了。这回不是四人约会。

电影散场后,鲍勃说:"咱们顺便去哪儿喝上一杯?"

梅出于某种原因,轻轻打了个寒战。"呃,好吧,但别喝葡萄酒。我不碰葡萄酒。对了,你从上周起有没有见过沃利?"

鲍勃摇摇头,说:"我猜在葡萄酒这点上你是对的。沃利也受不了葡萄酒。这害他恶心,不舒服,于是他就冲了出去,对吗?希望他能及时跑到街上。"

梅面露笑靥,说:"埃文斯先生,你自个儿也不是那么清醒。你难道没有因为某个愚蠢的扑克牌戏法或之类的玩意儿而试图挑衅沃尔特?老天,我们那晚看的电影可怕极了,那晚我做了个噩梦。"

他笑着说:"关于什么的噩梦?"

"关于——老天,我记不得了。奇怪的是不管梦境多么逼真,你仍然记不起梦的内容。"

直到派对过去三周后的某天,鲍勃偶然走进书店时,才再次看见沃尔特·比克曼。那时生意冷清,沃尔特独自坐在店铺里的一张桌子后写东西。"嗨,沃利。你在写什么?"

沃尔特站起身,朝他正在书写的纸张点点头。"毕业论文。今年是我医学预科的最后一年,我主修心理学。"

鲍勃漫不经心地靠着桌子。"心理学,啊哈?"他耐着性子问,"你在写什么内容?"

沃尔特看了他半晌,才回答道:"有趣的主题。我试图证明,人类的心智无法吸收消化那些最难以置信的事。换句话说,假如你看见一些你完全不敢相信的事,你会劝阻自己,让自己别相信你见过。你会以某种方式将它合理化。"

"你的意思是,假如我看见一头粉色的大象,我不会相信自己见过?"

沃尔特说:"是的,是那样,或者直接忘掉。"他走到店铺前面,去接待另一位顾客。

沃尔特回来时,鲍勃说:"租书区有精彩的推理小说吗?我这周末休假,也许会读上一本。"

沃尔特扫视了一遍租赁图书的书架,用食指翻开一本书的封面。"这儿有一本一流的怪诞小说,"他说,"写的是来自另一个星球的生物伪装身份生活在这儿,假装他们是人类。"

"他们图什么?"

沃尔特朝他咧嘴一笑,说:"自己去阅读和找出答案。真相可能会吓你一跳。"

鲍勃不安地走动着,转而浏览起租赁图书。他说:"噢,我宁可看一本普通的推理小说。你介绍的那种玩意儿,对我来说太过胡说八道了。"由于一个他不完全明白的原因,他抬头看着沃尔特,说:"不是吗?"

沃尔特点点头,说:"是的,我想是这样。"

灰色噩梦

他醒来时感觉奇妙极了,阳光灿烂和煦,温暖地照在他身上,空气里洋溢着春天的味道。他原本笔挺地坐在公园的长椅上,不知不觉睡着了,他的脑袋在睡着时一点一点,最后垂向前方。他知道,他打了不到半小时的瞌睡,因为在他睡着的工夫里,仁慈的太阳投射下的阴影角度有所改变,但变化很小。

公园很美丽,充满春天的绿意,但又比夏天时的绿色柔和几分,日子好极了,他年纪轻轻,坠入了爱河。奇妙的爱情,令人天旋地转的爱情,也是幸福的爱情。昨晚,也就是周六晚上,他刚刚向苏珊求婚,她已经差不多接受了他。也就是说,她尚未给他一个明确的应允,不过她邀请他在今天下午见下她的家人,还说她希望他会喜欢他们,希望她的家人也喜欢他——就像她一样。倘若那不等于接受,那么什么才等于接受求婚?他们几乎一见钟情,所以他还得见下她的家人。

漂亮的苏珊,她有着柔软的褐色头发,可爱小巧的鼻子,几乎算是个狮子鼻,还有淡淡的、柔和的雀斑,以及一双大而温柔的褐色眼眸。

遇到她是他身上发生过的最棒的事情,是任何人可能遇到的最棒的事。

呃，现在是下午不早不晚的时刻，苏珊让他在这个时候去她家。他从长椅上站起身，发觉自己的肌肉因为打瞌睡而有点抽筋，于是舒舒服服地打了个哈欠。接着，他开始春日里的步行。他刚才在公园里打发时间，从公园走过几个街区，来到他昨晚送苏珊回家时到过的房子。这是段很短的路程，他行走在明媚的春日阳光中。

他拾级而上，叩响房门。房门开启，他有一瞬间以为是苏珊亲自来应门，然而这个女孩只是长得像苏珊而已。大概是苏珊的姐姐——苏珊提到过，她有一个只比她大一岁的姐姐。

他躬身行礼，介绍自己后要求见苏珊。他觉得女孩古怪地看了他半晌。女孩接着说："请进来。她眼下不在这儿，但假若你愿意在那边的客厅里等一下——"

他在客厅里等待。女孩出去了，真奇怪啊，虽然只是出去了一会儿。

然后，他听见了说话声，是让他进屋的那个女孩的嗓音，她在客厅外的门道里讲话。他出于可以理解的好奇心，站起身，走向房门偷听。女孩似乎是在对着电话话筒讲话。

"哈里——请立刻回家，带上医生。是的，是爷爷……不，不是心脏病又发作了。很像以前那次他出现记忆缺失，以为奶奶还活着——不，不是老年痴呆，哈里，只是记忆缺失，但这次更糟糕。少了五十年的记忆——他的记忆回到了他和奶奶结婚之前……"

他倚靠着房门，静静地流下眼泪。他刹那间变老了，在五十秒内老了五十岁……

177

绿色噩梦

他醒来时，脑海里完全记得他的决定，前一天晚上，他躺在这儿尝试入眠时做出了这个重大决定。倘若他要再一次将自己视作一个男子汉，一个完整的男人，他必须坚持这个决定，不能有丝毫的软弱。他必须坚决地要求妻子与他离婚，不然一切都完了，他将永远不再有勇气做这件事。他现在看清楚了，从六年前他们结婚开始，这个转折点的到来、他人生的潮起潮落，就是无可避免的。

和一个比他自己更强的女人、一个在每个方面都胜过他的女人结婚，不仅令他难以忍受，更是让他逐渐变成一个越来越无助的废物，一只毫无希望的老鼠。他妻子在每件事上都能胜过他，她也确实那么做了。她是一名运动健将，能在高尔夫球、网球和各种运动上轻松胜过他。她能超过他、击败他，她开车的水平远超他的能力上限。她在几乎每个方面都是专家，能在桥牌或象棋上让他出丑，甚至连扑克牌也一样，她打起牌来就像个男人。更糟糕的是，她已经逐步接过他的商业和财产事务的控制权，她能赚到，也确实赚到了更多的钱，超过他曾经赚到过的，或者说他希望赚到的钱。在他们婚姻生活的几年里，他的自尊——他仅剩下的那点自尊——受尽打击，伤痕累累。

直到现在，直到劳拉出现后。甜美可爱、小巧玲珑的劳拉是这周住在他们家的客人，他妻子缺少的东西，劳拉全都有。她楚楚可怜、娇美动人，无助的模样可爱极了。他疯狂地喜欢上她，知道解救他的方法就在她身上。和劳拉结婚的话，他就能重新成为一个男子汉，而且他会那么做。他感觉，她一定会嫁给他。她必须嫁给他，因为她是他唯一的希望。这次，无论他的妻子说什么或做什么，他非赢不可。

他迅速地沐浴更衣，惧怕接下来和妻子交锋的场面，但又急切地想趁着他的勇气还在，了结这件事。他走下楼，在早餐桌旁找到独自坐着的妻子。

他走过去时，她抬起头。"早安，亲爱的，"她说，"劳拉已经用完早餐，出门散步了。我让她去的，好让我和你能私下聊几句。"

很好，他心想，在妻子对面坐下。他妻子已经见到他身上发生的变化，主动提起话题，使得事情更好办了。

"听我说，威廉。"她说，"我想要和你离婚。我知道这会让你很震惊，可是——劳拉和我爱上了彼此，我俩打算一起离开这个家。"

白色噩梦

他突然彻底醒来，寻思他为何任由自己在本不打算睡觉的时候睡过去，接着赶紧看了眼腕表的夜光表盘。表盘在一片漆黑中发出夜光，让他知道此刻的时间仅仅是晚上十一点多。只是打了十分短暂的瞌睡，他放松下来。不到半小时之前，他把这张沙发当床躺了下来。假如他妻子真的要到他这边来，现在时间也太早了。她得等到确定他该死的姐姐睡着，并且是熟睡之后，才会过来。

真是荒谬的处境。他俩结婚仅有三周，正在度完蜜月回家的旅途上，这是他在这段时间里第一次独自睡觉——一切都是因为他姐姐德博拉荒唐地坚持说，回家的路上他们该在她的公寓里过夜。明明他们再开四小时车就到家了，但德博拉如此坚持，最终说服了他们。他意识到，毕竟，一个晚上的节欲对他不会有害处，他也已经累了，明天早上精神饱满地面对最后一段车程会好得多。

当然，德博拉的公寓只有一间卧室，他在接受她的邀请之前早就知道。他不可能接受姐姐让出卧室的提议，不能让姐姐睡在沙发上，而他和贝蒂却睡在卧室里。世上有些程度的殷勤款待是人所不能接受的，即便是从他漂亮可爱的未婚姐姐那儿也不行。但他确定——或是差不多确定——贝蒂会等到他姐姐睡着后，过来与他同眠,度过一些柔情蜜意的时刻——因为她可能不会比那更进一步,以免发出的响声吵醒黛比[1]。她会给他一个更好的"晚安"亲吻,而不是刚才当着他姐姐的面,他俩犹如蜻蜓点水的亲吻。

她一定会过来找他——至少有一个真正的晚安亲吻。假如她愿意冒险更进一步,那么他也愿意——于是他已经决定不要立刻睡觉,而是等待她过来找他,至少缠绵上一小时左右。

她一定会的——是的,黑暗中房门安静地打开,又安静地合上,只听得见弹簧锁微弱的"咔嗒"声,接着响起她的睡衣、睡裙或之类的东西拖地的轻柔"沙沙"声,现在她和他一起躺在被子下面,胴体紧贴着他的身体,唯一的对话就是他的耳语"亲爱的……"和她的耳语"嘘……"。但此时此刻,还需要什么对话?

一点都不需要,一点都不需要,但在既漫长又短暂的片刻之后,房门再次开启了,这次有刺眼的白色灯光从门内照射出来,勾勒出一个身着白衣的女子轮廓——他的妻子满脸惊恐,僵硬地站在门口,尖叫起来。

---

[1] 黛比是德博拉的昵称。

蓝色噩梦

他醒来时,看到了他见到过的最灿烂、最湛蓝的早晨。透过床边的窗户,他能望见一片令人简直不敢置信的碧空。乔治迅速地下了床,他完全睡醒了,不想再错过度假第一天的哪怕一分钟时光。但他穿衣服时很小声,那样就不会吵醒妻子。昨天深夜,他们抵达这处乡间小屋——一位朋友借给他们在一周的度假时间里暂住——威尔玛因为旅途十分疲惫,他让她能睡多久就睡多久。他提着鞋子进入起居室,再穿上鞋子。

头发蓬乱的小汤米——他们五岁大的儿子——打着哈欠,从较小的卧室里出来,他昨晚睡在那间房里。"想要吃早餐吗?"乔治问儿子。当汤米点点头后,乔治说:"那么穿好衣服,到厨房里和我会合。"

乔治走向厨房,但在开始做早餐之前,他先迈出厨房通往外部的门,站在那儿眺望四周。他们到这儿时天都黑了,他只凭描述知道乡间是什么样。这儿是一片未被开发的林地,比他想象的更加美丽。朋友告诉过他,离得最近的另一处小屋在一英里之外,在一个相当大的湖泊的另一边。因为树木的遮挡,他望不见湖泊,但从厨房门这儿起始的小径通向湖泊,走过去不到四分之一公里。朋友告诉过他，湖里适合游泳，也适合钓鱼。乔治对游泳没兴趣——他不怕水，但也谈不上喜欢，他永远都学不会游泳。但他妻子是一名游泳高手，汤米也是——妻子把汤米叫作小水鼠。

汤米也走到门阶上，和他站在一起。小家伙脑袋里的"穿好衣服"就是穿上一条泳裤，所以这没花费他多少时间。"爸爸，"汤米说，"咱们吃早餐前先去看一看湖，行吗，爸爸？"

"好吧。"乔治说。他肚子不饿，而且也许等他们回来时，威尔玛就睡醒了。

湖泊很美丽，湖面比天空更蓝，而且平滑如镜。汤米快活地一头扎入水中，乔治朝他大喊，让他待在浅水区，不要游出去。

"我会游泳，爸爸。我游得很棒。"

"是的，但你妈妈不在这儿。你别游远。"

"湖水很暖和，爸爸。"

乔治看见远处有一条鱼跃出水面。早餐之后，他会带着钓竿到湖边，看看能不能钓到些鱼作为午餐。

朋友告诉过他，湖畔的一条小路通向两英里外的一个能租到划艇的地方。他会选一条划艇租上一整个星期，把艇拴在这儿。他凝望湖泊的另一头，试图望见那处地方。

突然间，响起一声痛苦的叫喊，令他心中一凉。"爸爸，我的腿，它——"

乔治急忙转身，远远地看见汤米的脑袋，至少在二十码之外。汤米的脑袋沉下去又浮起来，这时汤米再次尝试呼救，但响起了令人胆战的吞水声。乔治急疯了，他想汤米一定是腿抽筋了——他见过汤米能沿这段距离来回游好几次。

他有一刹那几乎想要跳进水中，但他随即告诉自己：我和汤米一起溺死的话可帮不到他，假如我能叫来威尔玛，那么至少有一线机会……

他转身冲向小木屋。隔着一百码远时,他就开始用最大的嗓门高呼"威尔玛!",他快到达厨房门时,穿着睡衣睡裤的威尔玛从那扇门后面出来。接着,她跟在他身后,一起奔向湖泊,并赶超他,跑到了前头(因为他早已跑得喘不过气)。当威尔玛跑到湖边时,他在她身后五十码远处。威尔玛挥臂游向男孩的后脑勺在湖面上出现了片刻的地方。

她划了几次水就游到了那儿,抓住儿子,随后当她放下双脚准备踩水转弯时,他突然惊恐地看见——妻子的蓝色眼眸映射出他的惊恐——妻子此刻脚踩在湖底,手里抱着逝去的儿子,在仅有三英尺深的湖水中站起身。

黄色噩梦

他在闹钟响起后醒过来，但他关掉闹钟后，仍然在床上躺了一会儿，最后一次盘算他为白天侵吞公款和晚上的谋杀而制定的计划。

每个微小的细节都已经被设计过，但这次是最后的检查。今晚 8 点 46 分过后，他就自由了，在各个方面都是如此。他选择那个时刻动手，因为今天是他的四十岁生日，而那个时刻正是他当年呱呱落地的准确时间。他的母亲是一个狂热的占星学爱好者，所以他的出生时刻被如此精确地铭刻在他心中。他本人并不迷信，但是让新人生在他刚好四十岁的那一刻开始的做法勾起了他的幽默感。

无论如何，时间正在一点一滴地流逝。作为一名专门处理房地产的律师，他经手过大量资金——而且部分资金落进了他的手中。一年前，他"借了"五千美元，投入一笔看起来定然会让本金变成两倍或三倍的生意，但他赔光了钱。接着他"借了"更多钱，换着法子赌博，试图补上第一次赔掉的钱。如今，他挪用的钱款总额超过三万美元。这个窟窿顶多再隐瞒几个月，他到那时能把少掉的钱还回去的希望渺茫。于是，他一直在不引起怀疑的前提下筹集现金,小心地清算资产。到今天下午,他已经将跑路的资金筹集到十万美元之多,足够让他的余生不用为钱发愁。

他们永远抓不住他。他已经筹划好旅途的每个细节,他的目的地和新的身份证件全都完美无瑕。他几个月来一直在弄这件事。

相对来说,杀掉妻子的决定是后来出现的想法。动机很简单:他恨她。但是,直到他做出绝不入狱——假若他被捕,他会自我了结——的决定之后,这个想法才进入他的脑海。他如果被捕,不管怎样都会死,既然如此,那么就算把妻子弄死,他也不会有任何损失。

想到妻子送给他的生日礼物——提前一天,在昨天就送给他了——是多么合适,他就几乎无法克制住笑声——她的礼物是一只崭新的旅行箱。她还说服他,七点时在市中心碰头,共进晚餐,以此来庆祝他的生日。她一点也猜不到,之后的庆祝会怎样进行。他计划到晚上 8 点 46 分时带她回家,让自己在那一刻变成一名鳏夫,从而满足他的完美主义。让她变成一具死尸留下来也有实际的好处。假如他留她一个活口,等到明天早上她一觉睡醒发觉丈夫不见了,她会猜想发生了什么事,并打电话报警;可假如他留下一具死尸,她的尸体不会那么快被人发现,或许两三天都没被发现,那么他的跑路会有一个更好的开头。

办公室里的事进行得很顺利,等到他去和妻子碰头时,一切都准备就绪。但妻子在饮酒用餐时拖拖拉拉,他开始担心他能否在 8 点 46 分时带妻子回到家中。他知道这挺荒谬,但他获得自由的时刻应该在那一刻到来,不能提前一分钟,也不能晚一分钟,这对他很重要。他看起手表。

假如他等到他们进入屋内再动手,那便会迟半分钟。但他们家的门廊黑漆漆的,绝对安全,像在屋内一样安全。她站在前门口等着他开门时,他恶狠狠地挥起金属棍。他在她的身体倒下前接住她,用一条胳膊把她扶正,同时打开家门,进入后再从里面关上门。

接着,他摁下开关,黄色的灯光顿时洒满整个房间。生日派对的所有宾客会聚一堂,高喊道:"惊喜!"随后客人们才看见他的妻子已经死了,而他正扶着她的尸首。

红色噩梦

他醒来时,不知是什么弄醒了他,直到第二次震动后才明白过来。第二次震动紧跟在第一次震动仅仅一分钟之后,床铺微微摇晃,梳妆台上的小物品哐啷作响。他躺在床上,等着迎接第三次震动,但什么都没发生,还没到时候。

然而,他意识到他现在很清醒,大概是没法重新入眠了。他看着腕表的夜光表盘,发现此刻仅仅是凌晨三点钟。他爬出被窝,穿着睡衣睡裤,走向窗户。窗户开着,凉爽微风从窗口吹进来,他能望见黑色夜空里一闪一闪的光芒,能听见黑夜的声音。从某个地方传来铃声。但为何在这个点响起铃声?是通报灾难的警铃吗?是不是这儿的温和震动在附近另一处地方则是极具破坏性的地震?或者,是不是真正的地震即将来临,铃声在警告大家,提醒民众赶紧离开家到室外开阔处,以便能幸存下来?

突然间,尽管不是由于恐惧,而是由于一种无意分析的奇怪冲动,他想要到室外去,而不是待在这儿。他不得不奔跑,他不得不么做。

他奔跑起来,穿过门厅,迈出前门,安静地赤脚跑过长而笔直、通往大门的步道。他通过大门,大门转动,在他身后关上,他跑进空地……空地？这儿应该有一片空地吗？就在他家大门外面吗？特别是一片散布着柱子的空地，粗粗的柱子犹如截短的电线杆，和他的身高差不多。但是，他还没来得及组织思绪，试图从头开始记起这儿是哪里、他是谁、他在这儿做什么，又出现了一次震动。这次更加猛烈，震动使得他在奔跑中跟跟跄跄，撞上了一根神秘的柱子。这次斜向撞击伤到了他的肩膀，使得他的奔跑路线发生了偏斜，几乎令他跌倒。这股使得他一直往前奔跑的诡异冲动是什么——到底是什么？

紧接着，真正的地震袭来了，他脚下的地面似乎在升起和晃动。当地震结束时，他仰躺在地上，望着头顶怪异的天空。此刻天空中突然出现几个足足有几英里高、发出光芒的红色字母。这几个字母组成的单词是 TILT[1]，当他望着字母时，所有其他闪光灯都关闭了，铃声不再响起，一切都结束了。

---

[1] 弹珠台游戏的玩家会通过晃动和轻推的方式来作弊，而经营者发明出了防作弊的装置，并逐步完善。只要防作弊装置发现玩家晃动了弹珠台，一个显示"TILT"的指示灯就会亮起，告知玩家，游戏也随即结束。

死亡信函

莱弗蒂迈步穿过敞开的落地窗，悄无声息地走过地毯，最后站到在书桌后面工作的灰发男子身后。"你好，众议员。"他说。

众议员奎因转过头，看见莱弗蒂手里对准他的转轮手枪，立刻颤颤巍巍地站起身。"莱弗蒂，"他说，"别干蠢事。"

莱弗蒂咧嘴一笑。"我告诉过你，总有一天我会做这件事。我已经等待了四年。现在安全了。"

"莱弗蒂，你逃脱不了法网。我留下过一封信，如果我遭到杀害，这封信会被寄出。"

莱弗蒂哈哈大笑。"你在撒谎，奎因。你不可能写下这样一封信，你若要说出我的犯罪动机，势必会暴露自己有罪。嗯，你不会想让我被审判定罪——因为那样真相会曝光，会永远玷污你的名声。"

莱弗蒂连续扣动了六下扳机。

他回到自己的车上，开车到一座桥上，在那儿处理掉转轮手枪这件凶器，再回到公寓，上床睡觉。

他平静地睡到门铃声响起。他套上浴袍，走向屋门，打开门。

他的心脏停了下来，再也没重新跳动。

摁响莱弗蒂家门铃的男子被这个场面吓了一跳，大为震惊，但他做出了正确的应对。他跨过莱弗蒂的尸体，进入公寓，用里面的电话机拨打报警号码，并等待警察抵达。

现在，莱弗蒂已经被急救人员宣布死亡，男子正在接受一位警督的询问。

"你叫什么名字？"警督问。

"巴布科克。亨利·巴布科克。我有一封信函要交给莱弗蒂先生。就是这封信。"

警督接过信函，犹豫了一下，随后撕开信函，展开信笺。"啊呀，这只是一张空白纸张。"

"警督，我对此一无所知。我的老板，也就是奎因众议员，在很久以前交给我这封信。我接受的命令是，倘若奎因众议员遭遇任何不寻常的事情，我得立刻将这封信送到莱弗蒂手上。于是，当我从电台广播中听到——"

"是的，我知道。今晚深夜，他被发现遭人谋杀。你为众议员做什么工作？"

"呃，这是个秘密，但我想这个秘密现在无关紧要了。我过去代替众议员发表过一些无足轻重的讲话，参加一些他想要避开的会议。你瞧，警督，我是他的替身。"

致命的差错

沃尔特·巴克斯特先生长久以来一直是一名犯罪故事和侦探故事的狂热读者，于是当他决定要谋杀自己的伯父时，他知道他一定不能犯下任何差错。

因此，为了避免犯下差错，简洁必须成为主旨。要绝对简洁才行。不要安排一个可能被戳破的不在场证明。不要有复杂的犯罪手法。不要有红鲱鱼[1]。

好吧——安排一条小小的红鲱鱼。一个十分简单的障眼法。他得盗走伯父家中的所有现金，那么谋杀会像是盗窃的附带犯罪。否则的话，他作为伯父的唯一继承人，会成为显而易见的嫌疑人。

他花费不少时间弄到了一根小撬棍，绝对不可能通过它追查到他身上。同时它会充当他的作案工具和凶器。

他仔细筹划每个微小的细节，不敢犯下任何差错，并且确信他不会犯下任何差错。他小心选好了在哪天晚上、哪个时候动手。

---

[1] "红鲱鱼"（red herring）在推理小说中代表误导读者的虚假线索。这个词最初是指气味浓郁的腌制鲱鱼，欧洲人在训练猎犬时会用腌制鲱鱼来给猎犬制造困难，合格的猎犬不会理会红鲱鱼的气味，只会继续循着猎物的气味追踪。

撬棍轻松地撬开了一扇窗户,没有发出响声。他从窗口进入起居室。通向卧室的房门微开着,但因为卧室里面没有传出动静,他决定首先把盗窃案的细节搞定。他知道伯父把现金放在哪里,但他得让现场看起来好像被翻箱倒柜过一般。月光足够让他看清前路,他悄无声息地移动着……

两小时后,他回到家里,迅速脱掉衣服,爬进被窝。警方绝无可能在明天之前获知犯罪,但如果警察提前过来,他也准备好了。钱和撬棍已经被处理掉了。要丢掉好几百美元,确实让他心痛,但这是唯一安全的方式,和他将会继承到的五万多美元比起来,这些钱不值一提。

门外响起敲门声。警察已经来了?他让自己镇定下来。他走向房门,打开门。治安官和一名警员挤了进来。

"是沃尔特·巴克斯特吗?这是逮捕你的逮捕令。请穿好衣服跟我们走。"

"逮捕我的逮捕令?什么罪名?"

"夜盗罪和重大偷盗罪。你的伯父从卧室门口偷窥,并认出了你——他悄无声息地待在房内,直到你离开,之后他才到警局来,宣誓做证——"

沃尔特·巴克斯特惊得目瞪口呆。他到头来还是犯了个差错。

他策划了完美谋杀,但他在一门心思布置盗窃现场之余,竟然忘记了实施谋杀。

第二次机会

杰伊和我坐在芝加哥新科米斯基球场的看台上，观看1959年10月9日世界职业棒球锦标赛的重赛，比赛即将开始。

在刚好五百年前的原始比赛中，洛杉矶道奇队以九比三的比分赢得比赛，这场比赛结束，该年打了六场的世界职业棒球锦标赛也宣告结束，道奇队荣获冠军。当然，这回的比赛结果可能有所不同，不过初始条件尽可能地接近原始比赛。

芝加哥白袜队上场，首发球员在内野多次掷球，最后将球扔给先发投手吉米·温,让他进行热身投球。一垒手是克鲁泽伍斯基，二垒手是法克斯，三垒手是古德曼，游击手是阿帕里西奥。道奇队第一个派出的击球手是吉列姆，尼尔在打击预备区待命。波德雷斯会是道奇队的先发投手。

当然，他们不是原来的叫这些名字的球手。他们是一些人造人，他们与机器人的差别在于，他们不是由金属，而是由柔性塑料制造的，由实验室培育的肌肉供能，设计时完全模拟人体构造。他们尽可能地完全复制了五百年前的原始球手。和所有古代竞技比赛的复制运动员一样，早期的记录、照片、电视胶片和其他资料都被详尽地研究过。每个人造人不仅看起来像他代表的古代球手，打起比赛也像,但被调整得刚好拥有和原型一样的水平,不会比原型更加出色。他有一整个赛季没有打过球——棒球如今局限于每年一次的世界职业棒球锦标赛,而且是原始比赛的五百周年纪念赛——但假如他打上一整个赛季,他的打击率和守备率会和他模拟的球手的统计数据完全一样,投手的防御率也会是如此。

理论上,比赛的分数应该和各场原始比赛的分数一模一样,但是,当然有运气的因素,况且两队的总教练——也是人造人——可能选择给出不同的命令,做出不同的换人决定。原先赢得世界职业棒球锦标赛的球队通常会获胜,但最终的比赛场次并不总是相同,而且每场比赛的分数有时和原始比赛分数差异悬殊。

这场比赛头两局的分数都是零比零,与原始比赛相同,但到第三局就有很大变化。本来道奇队在这一局斩获甚大,得到了六分。这次,温让三人上垒,仅有一人出局,但最终设法克服了危机,让道奇队颗粒无收。

看台和露天看台上的观众开始呼喊。杰伊喜欢芝加哥白袜队,跟我打了赌。他甚至害怕按均等赔率下注,直至那局比赛进行到一半才变卦。

第六局时——但那局比赛载入了史册,人人皆知,所以何必详述呢?芝加哥白袜队以一分之差赢得比赛,没有输掉整个世界职业棒球锦标赛。两队各赢了三场比赛,白袜队明天有大爆冷门,赢得冠军的机会。

杰伊(他的真实名字是J后面跟着十二位数字)和我站起身,和其他观众一样准备离开。看台上响起一阵钢铁碰撞声。

"我寻思着,"杰伊说,"观看一场真正由人类打的比赛,就像过去那样,感觉会是怎么样的?"

"我寻思着,"我说,"见到一名真正的人类会是怎么样的感觉？我活了不到两百年，但地球上已经至少有四百年没有半个存活的人类了。你想不想和我一起去接受润滑？如果我今天不接受润滑，就会开始生锈。明天的比赛你想不想打个赌？即便人类没有第二次机会了，白袜队还有第二次机会。呃，我们会尽我们所能，把人类的传统维持下去。"

奶奶的生日

霍尔珀林家是一个非常和睦团结的家庭。韦德·史密斯作为在场仅有的两个不姓霍尔珀林的外人之一，很羡慕这一家子人，因为他自己没有家人——但羡慕之情很快被他手中的酒杯调和为脸上柔和的红光。

这是霍尔珀林奶奶的八十岁生日派对。在场的人之中，除了史密斯和另一名男子之外，全都是霍尔珀林家的人，都姓霍尔珀林。奶奶膝下有三儿一女，他们全都在场，三个儿子都已成家，各自带着妻子。这样算上奶奶的话，一共就有八个霍尔珀林家的成员。另外有四名孙子女，其中一个孙子带着妻子，这样就一共有十三个成员。十三个霍尔珀林，史密斯数了一遍，加上他自己和另一名叫克罗斯的外人，那么一共是十五个成年人。更早些时，还有另外三名霍尔珀林家的成员，是曾孙和曾孙女，但到了晚上，依照年纪大小，他们已经早早被分时段哄上床睡觉。

他喜欢他们所有人，史密斯欢快地想着，虽然现在小孩已经睡着一阵，大家肆无忌惮地畅饮着烈酒，以他的口味来说，这个派对变得有点嘈杂喧闹。每个人都在饮酒，甚至连奶奶也端着一杯雪利酒，坐在一把好似王座的椅子上，这是她今晚的第三杯酒。

史密斯觉得,奶奶是个非常和蔼、活泼开朗的老太太。他心想,她是挺和蔼,不过她一定是个类似女族长的角色——戴着丝绒手套,却持着权杖;看起来宽厚仁慈,实际却严厉地支配着自己的家族。他醉得不轻,隐喻在他的头脑中都混成一团了。

他——史密斯——出席派对是因为受到比尔·霍尔珀林的邀请,比尔是奶奶的儿子之一。他是比尔的律师,也是比尔的朋友。另一个外人姓克罗斯,名字叫吉恩或基恩,看起来是霍尔珀林家孙子这一辈的朋友。

他望向房间对面,看见克罗斯在与汉克·霍尔珀林聊天,不管他们在聊些什么,总之对话突然变味,两人愤怒地抬高嗓门。史密斯希望不要发生纠纷——派对十分舒适愉快,现在可不能被一场斗殴或一次争吵搅黄。

然而,汉克·霍尔珀林忽然挥出拳头,击中克罗斯的下颌,克罗斯后退,倒了下来。"砰"的一声,他的脑袋撞在壁炉的石沿上,随后整个人就纹丝不动地躺在了地上。汉克赶紧冲上前,跪倒在克罗斯身旁,摸了摸他的脉搏,随后抬起头,站起身,面色惨白。"死了。"他口齿不清地说,"老天,我没想——但他说——"

奶奶脸上的笑容消失了。她的嗓音变得很尖厉,带着怒气。"亨利[1],他先试图打你的。我看见了。我们都看见了,对吧?"

她说完最后一句话,转过身,朝唯一在场的外人韦德·史密斯皱起眉头。

史密斯不自在地动了动。"我——我没有看见冲突的开头,霍尔珀林夫人。"

---

[1] 亨利是汉克的正式名。

"你看见了,"她厉声说,"你刚好看着他们,史密斯先生。"

韦德·史密斯还没来得及回答,汉克·霍尔珀林先出声了:"老天,奶奶,对不起——但就算那样也解决不了问题。这是真正的麻烦。记得我当过七年职业拳击手吗?在法律上,一位现役拳击手或者退役拳击手的拳头被认为是致命武器。那样就算是他先出拳,也是二级谋杀罪。史密斯先生,你知道的,你是一名律师。加上我招惹过的其他麻烦,警察会给我安上最严重的罪名。"

"我——我恐怕得说,你大概说对了。"史密斯局促不安地说,"但是,最好还是由谁打电话叫医生或警察过来吧,还是两者一起叫?"

"史密斯,稍等一下,"比尔·霍尔珀林——也就是史密斯的朋友——说,"咱们首先得把这件事在我们之间捋清楚。这是自卫,对吧?"

"我——我猜是吧。我不——"

"等一下,各位。"奶奶尖利的嗓音插进来,"就算这是自卫行为,亨利也陷入了麻烦。你们认为,一等这个姓史密斯的男子离开这儿,到了法庭上,我们还能信任他吗?"

比尔·霍尔珀林说:"但,奶奶,我们得——"

"威廉[1],别胡扯了。我看见了发生的事。我们都看见了。是克罗斯和史密斯打起来,杀了彼此。克罗斯杀死了史密斯,然后由于他挨的拳头而头晕目眩,倒下时撞到了脑袋。我们不会让亨利锒铛入狱的,对吧,孩子们?霍尔珀林家的人不能入狱,我们之中哪个都不能少。亨利,把那具尸体稍微处理下,这样看起来就像是打过一架,而不是挨了一拳就死了的样子。你们其余

---

[1] 威廉是比尔的正式名。

人——"

现在，霍尔珀林家除了亨利以外的所有男性成员包围住了史密斯。除了奶奶之外的女人们待在男人身后——包围圈收紧了。

史密斯清楚看见的最后一幕是奶奶坐在王座一般的椅子里，亮晶晶的眼睛流露出兴奋和决绝。周遭突然寂静下来，他的声音不再能穿透这片寂静，史密斯听见的最后一个声音是霍尔珀林奶奶轻柔的笑声。接着，第一下拳头击倒了他。

危机，1999

这名矮个男人有着稀疏的灰白头发，穿着不显眼的大红色外套，在州街和伦道夫街的交叉路口停下脚步，购买了一份1999年3月21日的微缩版芝加哥《太阳论坛报》。他走进街角的超级药店，坐进一个空卡座，没人留意到他。他把一枚二十五美分的硬币投进咖啡机投币口，传送带给他送来咖啡时，他扫视起三英寸宽、四英寸长的页面上的大字标题。他的视力非同一般，能在不用人工辅助的情况下轻松读出那些标题。但头版或第二版上的新闻都不能吸引他，内容主要是国际事务、第三枚金星火箭和第九次月球探险令人沮丧的最新报告。但在第三版上，有两篇和犯罪有关的报道，他从口袋里掏出一只极小的显微阅读器，调节之后，一边呷咖啡，一边读报道。

矮个男人名叫贝拉·乔德。这是他的真名。他在许多地方以许多个名字为人所知，只有非凡的记忆力才能把它们统统记住，不过他恰好拥有。那些姓名从没有出现在报章上，到处存在的视频中也见不到他的面庞，听不到他的嗓音。只有十来个人知道贝拉是全世界最伟大的侦探，这些人都是不同警局的高层官员。

他不受雇于任何一家警局，不收薪水，不报销开支，也不拿赏金。也许是因为他有丰厚的私人收入，有沉溺于侦查罪犯的癖好；也许另一个同等重要的原因是，在他对抗黑社会的同时，他也以黑社会为猎物，他用罪犯来供养他对抗犯罪的行动。不管是由于哪个原因，反正他不为谁而工作，他只为对抗犯罪而工作。当一桩严重的罪行或一连串严重的罪行吸引他时，他会研究那些案子。有时会事先和相关城市的警局局长商量一声，有时则在警局局长不知情的情况下直接查案；事后他会出现在局长的办公室里，交给他一份证据，靠它局长就能逮捕罪犯，并给罪犯定罪。

他本人从未在法庭上做证，甚至从没在那里出现过。尽管他认识十几座大城市里所有重要的黑帮头目，但黑帮中没人认识他，除了短暂地得知了他基本上只会使用一次的假身份。

此刻，贝拉·乔德利用早上喝咖啡的工夫浏览了《太阳论坛报》里两篇让他感兴趣的报道。一篇报道了哥伦比亚大学犯罪学教授恩斯特·查普尔博士失踪案，那是他屈指可数的几次失败之一，博士可能是被绑架了。标题是《查普尔案浮现新线索》，但仔细阅读后他发现，那线索仅仅对于报社来说才算新。两年前，在查普尔消失后不久，他本人就循着这条线索调查，结果进了一条死胡同。另一篇报道透露，一个叫保罗·吉拉德（"吉普"）的家伙在昨日被宣判无罪，他被指控为了控制芝加哥北部博彩业而杀害竞争对手。乔德仔仔细细地读完了那篇报道。仅仅六小时前，他还坐在联邦德国新柏林的一家露天啤酒店里，从视频中获知了这一无罪释放的消息，却不知其细节。他当时立刻搭上了第一架飞往芝加哥的同温层飞机。

当他读完微缩新闻后，他触碰手腕型时间无线电的按钮，它就自动调至了最近的时间站，再用只够让他听见的声音报时"九点零四分"。这样，戴尔·兰德局长就会在他的办公室里。

他离开超级药店时，没人注意到他。随着早晨的人流，他沿着伦道夫街走到与克拉克街相交的街角，一路也没人注意到他。又大又新的市政楼就矗立在街角。兰德局长的秘书没有看他第二眼，径直把他的名字——不是他的真实姓名，而是一个兰德能认出的假名——通报进去。

兰德局长与他隔着办公桌握手，再揿下内部通话系统的按键，向秘书亮起代表"勿打扰"的蓝色信号。他在椅子里后仰，十指交叉放在淡紫色与黄色相间的衬衫上，衬衫图案很传统，小小的方格子只有一英寸宽。他说："你听说'吉普'吉拉德被无罪释放了吧？"

"我正是因此才来到这儿。"

兰德噘起嘴又缩回，说："你发给我的证据无可挑剔，乔德。它应该站得住脚。但我希望之前你能把证据亲自送来，而不是通过管道，或者我能有某种方法联络上你。我本可以早点告诉你，我们大概无法给他定罪。乔德，一些相当可怕的事正在发生。我有种感觉，你会是我唯一的机会。只要我能有某种方法联络上你——"

"两年前？"

兰德局长一脸惊愕。"你为何这么说？"

"因为两年前查普尔博士在纽约神秘失踪。"

"哦，"兰德说，"不，没有关联。你提到两年前时，我还以为你兴许知道一些内情。准确来说，其实没两年那么久，但接近了。"

他从形状怪异的塑料书桌后面站起身，开始在办公室里来回踱步。

他说："乔德，去年——咱们只考虑这段时期，虽然这种现象应该是从大概两年前开始的——在芝加哥发生的每十桩严重罪行中，有七桩未能被侦破，那是技术层面的未侦破。在那七桩案子中有五桩，我们知道凶手是谁，但我们证明不了。我们无法给他们定罪。"

"黑社会在击败我们，乔德，情况比七十五年前禁酒时期以来的任何时候都更糟糕。如果这种情况持续下去，我们会回到禁酒时期那样的日子，并且比那时更不堪。

"在过去的二十年里，我们侦办的严重罪行有80%能获得有罪判决。即便在二十年前——在法庭使用测谎仪合法化之前，我们的成绩也好过现在。比如说，在1970年至1980年间，我们的破案率比现在高出不止一倍。我们那时侦办的严重罪行中有60%的案子能得到有罪判决。去年，只有30%的案子能得到有罪判决。

"而且我知道原因，但我不知道该怎么做。原因是黑社会正在击败测谎仪！"

贝拉·乔德点点头，温和地说："一些家伙总是能设法击败测谎仪。它并不完美。法官总是提醒陪审员记住，测谎仪有很高的概率获得正确的结果，但并非绝对可靠，应该被视作指示性证据，而非一锤定音的证据，必须有其他证据来作为支持。总是偶尔有人能在有测谎仪检测的情况下撒下弥天大谎，而测谎仪的指针毫无颤动。"

"一千个人之中有一个那样的人，这我同意。但是，乔德，最近几乎每个黑帮大佬都击败了测谎仪。"

"我理解你是指职业犯罪分子，而不是外行。"

"正是。只有黑社会的常规成员——职业罪犯、惯犯。若不是因为那样，我会想——我不知道我会想些什么。也许我们的整套看法都错了。"

贝拉·乔德说:"在这些案子里,你就不能放弃在法庭上使用测谎仪?测谎仪使用合法化之前,我们不也能让法庭宣判罪犯有罪?而且,在测谎仪被发明前不也一样?"

戴尔·兰德叹息一声,再次跌坐进气压椅。"假如我能那么做,我当然想那么做。我眼下真希望测谎仪永远不被发明出来,测谎仪在法庭上的使用也永远不被合法化。但是不要忘记,是法律赋予控辩双方在法庭上使用测谎仪的机会。假如一名罪犯知道他能击败测谎仪,那么就算我们不用测谎仪,他也会要求使用它。假如被告要求使用测谎仪,而测谎结果支持他的无罪答辩,我们有多大机会说服陪审团做出有罪裁决?"

"我得说,微乎其微。"

"比那更加渺茫,乔德。就像昨天'吉普'吉拉德被判无罪的事。我知道他杀害了皮特·贝利。你知道的。你发给我的证据在通常情况下是铁证。然而,我知道我们会输掉案子。若不是为一件事,我压根儿不会费心费力地把案子提交审判。"

"什么事?"

"为了让你来到这儿,乔德。我没有别的能联系上你的办法,但我希望,假如你获知吉拉德被无罪释放——在你交给我证据之后——你会过来查明真相。"

他站起身,再次开始踱步。"乔德,我快发疯了。那帮黑社会是如何击败测谎仪的?我想要你查明这件事,这是你应对过的最棘手的工作。花上一年,花上五年,但一定要攻克它,乔德。"

"看看执法的历史。在科学领域,警方总是比犯罪分子领先一步,如今犯罪分子——至少是芝加哥的犯罪分子——比我们领先一步。假如他们继续那样,假如我们找不到答案,我们将进入一个全新的黑暗时代,那时,无论是男是女,行走在街道上都不再安全。社会的根基可能分崩离析。我们会面对一些十分邪恶、十分强大的力量。"贝拉·乔德从桌上的取烟器里拿出一根香烟。当他拿起香烟时,香烟自动点着了。这是一根绿色的香烟,他从鼻孔喷出绿色的烟气,然后几乎漠不关心地问:"有什么想法吗,戴尔?"

"我有两个想法,但我认为我已经把二者都排除了。第一个想法是测谎仪被做了手脚。另一个想法是技术人员被买通了。但我已经从每个可能的角度检查过测谎仪和技术人员,找不到任何可疑之处。对于大案子,我已经采取特别的预防措施。比如,我们在吉拉德庭审时使用的测谎仪是全新的,我在这间办公室里亲自检查过。"他轻轻笑出声,"我让伯克高级警督接受测谎,问他是否忠于妻子。伯克说他是的,而这个回答差点让指针断裂。我派人将测谎仪送到法庭上,加以特别看守。"

"使用测谎仪的技术人员呢?"

"由我亲自来操作。我用四个月的晚上上了相关课程。"

贝拉·乔德点点头。"所以问题不在于测谎仪,也不在于操作员。这些可能性被排除了,我能在此基础上着手调查。"

"这会花费你多长的时间,乔德?"

身着红色外套的乔德耸耸肩。"我不知道。"

"有什么我能给予你的帮助?你想要从什么事开始调查?"

"就一件事,戴尔。我想要一份击败测谎仪的犯罪分子的名单,还要他们每一个的卷宗。只需要那些你确信犯下了相关罪行的犯罪分子。假如存在任何合理的怀疑,那么就把他们从名单上除去。你要多久才能把东西准备好?"

"现在就准备好了。我期望着你会来这儿,早已把东西整理出来。这是一份冗长的报告,所以我为你微缩处理了。"他递给贝拉·乔德一只小信封。乔德说:"谢谢你。在我掌握一些线索或想要与你合作之前,我不会联系你。我认为,首先我要布置一场谋杀,再让你审问杀人凶手。"

戴尔·兰德的眼睛睁得好大。"你要让谁被人杀害?"贝拉微微笑道:"我。"

他带着兰德交给他的信封回到酒店,花了几小时通过便携式显微阅读器研究微缩胶片,彻底记住了上面的内容。接着,他烧掉了胶片和信封。

之后,贝拉·乔德付清酒店账单,消失不见了,但一个与贝拉·乔德只有一点相像的小个子男人以马丁·布卢之名租下了一个便宜的房间。房间位于湖滨公路旁,那一带是芝加哥黑社会的核心地区。

芝加哥黑社会在五十年间的改变比外界想象得更小。人类的罪恶不会改变,或者至少是虽有变化但变化缓慢。确实,某些犯罪已经消失大半,但在另一方面,赌博变多了。或许,比迄今所知的任何一个国家都更强大的社会保障是造成赌博兴盛的一个因素。美国人不再需要像过去的一些人那样为老年生活存钱。

赌博对于骗子来说是一个有着丰厚油水的领域,他们也很好地耕耘着这个领域。技术进步增加了赌博的方式,并且提升了在赌博中做手脚的效率。在赌博中做手脚是笔大生意,黑社会由于互抢地盘而发生了战争和杀戮,正如在遥远的禁酒时期,酒精为王,同样为争抢地盘而发生过那些事。如今仍然有与酒相关的生意,但重要性大不如前。人们在学会更加适度地饮酒。毒品生意不再吃香,不过依然有一些非法交易。

抢劫和盗窃仍然发生,不过不像五十年前那么常见。

谋杀更加常见了一些。社会学家和犯罪学家对于这一类犯罪增加的原因看法大相径庭。

当然，黑社会的武器已经改进，但并不包括原子武器。所有原子武器和亚原子武器都受到军方的严格控制，无论是警方还是犯罪分子永远都无法使用这些武器。它们过于危险。无论是谁，只要被发现拥有原子武器，必定会被判死刑。1999年时黑社会使用的枪支相当高效，尺寸更小，结构更为紧凑，而且是消音武器。枪支和子弹都用超硬镁制成，十分轻便。最常见的武器是点一九口径的手枪，致命程度堪比更早期的点四五口径枪支，因为小小的弹丸能够自爆，而且就连一把能塞进口袋的小手枪都能装载五十发到一百发子弹。

说回马丁·布卢，他进入黑社会之时，正好是贝拉·乔德从酒店失踪之时。

果然，马丁·布卢不是个非常正派的人。他除了赌博，没有其他明显的谋生手段，无论输赢都是小笔金额，似乎比起赢钱，更常输钱。他交出一张空头支票来弥补他在一场赌局中的损失，差点陷入麻烦，但他让支票生了效，躲过了债务。他似乎只读《赛马微缩胶片》，并且喝得很多，主要是在一家小酒馆里（酒馆的后边就有偷偷摸摸开的赌场），小酒馆之前的经营者就是"吉普"吉拉德。他有次在那儿被揍了一顿，因为他为吉普辩护，反驳了现任老板的一句俏皮话，那句俏皮话说吉普已经丧失胆量，变成了老实人。

马丁·布卢有一阵不走运，输得不名一文，不得不接受一份工作，在密歇根大道上一家名叫"马虎乔"的场子里当服务员。可能是因为经营这个场子的乔·扎泰利是芝加哥穿着打扮最漂亮的人，而且在世纪末，豹皮服装（是人工合成面料，但比真的豹皮更加柔软、更加昂贵）唾手可得，普通的彩绸内衣已经过时。

接着，马丁·布卢遭遇了一件稀奇事。乔·扎泰利杀害了他。布卢工作几小时后，被扎泰利逮到他从抽屉里偷钱，他刚转过身，就被枪杀了，还被额外补了三枪。接着，从不信任同伙的扎泰利把尸体抱进汽车，在赌马场后面的一条胡同里抛尸。

马丁·布卢的尸体从地上一跃而起，赶去见戴尔·兰德局长，告诉兰德他想要做些什么。

"你冒着很大的风险。"兰德说。

"不算很大的风险，"布卢说，"我在他的手枪里装入了空包弹，我确信他会用那把枪。顺便提一句，他甚至不会发现手枪里剩下的子弹是空包弹，除非他企图用那把枪杀害某人。那些空包弹看起来很逼真。而且我的外套底下穿着一件特制的防弹背心，有刚性背衬，上方有软垫，摸起来像皮肉，但是，他当然无法隔着背心摸到我的心跳。而且它自带机关，当空包弹穿过夹层时，能发出类似自爆性子弹击中目标的响声。"

"但是如果他调换枪支或子弹呢？"

"哦，防弹背心能抵御任何非原子武器的子弹。危险在于如果他想到一种新奇的处理尸体的方法。我当然能照顾好自己，但那样会毁掉计划，浪费我三个月来的铺垫。但我已经研究过他的行事风格，对他会做什么很确定。现在，这是我想要你做的事，戴尔——"

次日早上的报纸和视频放送上出现了一篇报道，说在某条胡同里发现了一具身份不明的男子尸体。等到下午时，报道说死者身份已经确定为马丁·布卢，一个三流骗子，生前住在湖滨公路旁，油水区的中心。等到晚上，流言已经通过黑社会传播出去，内容是警方怀疑上了布卢为之工作的乔·扎泰利,可能逮捕他进行讯问。

便衣警察盯着扎泰利场子的前后门,假如他出门的话,就监视他会去哪儿。盯着前门的是一个与贝拉·乔德或马丁·布卢身形相近的小个子男人。遗憾的是,扎泰利碰巧从后门离开,还成功甩掉了跟踪他的警探。

然而,次日早上,警察逮捕了扎泰利,把他带到了总部。警方对他使用了测谎仪,问他有关马丁·布卢的事。扎泰利承认布卢曾为他工作,但说他最后一次看见布卢是在谋杀发生的那晚,布卢下班后离开了他的场子。测谎仪表明扎泰利没有说谎。

接着,警方对扎泰利用了狠招。马丁·布卢走进了审讯室。但是这一招却失败了。测谎仪的仪表没有一丁点的跳动。扎泰利看了看布卢,又愤慨地看着审讯者。

"这是怎么回事?"他质问道,"这家伙甚至没有死,你却在问我有没有谋杀他?"警方趁着扣押他的机会,向扎泰利问起他可能犯下的其他罪行,但是根据他的回答和测谎仪给出的结果,他显然没有犯下任何罪行。警方释放了他。

当然,那也是马丁·布卢的终结。尽管这个假身份可能还能派上用场,但在布卢在警察总部现身于扎泰利面前之后,他兴许还是死在胡同里为好。

贝拉·乔德告诉兰德局长:"呃,不管怎样,现在我们知道了。"

"我们知道了什么?"

"我们确定测谎仪正在失效。我们可以想象,你以前也许进行了一连串错误的逮捕,就连我交给你的、对付吉拉德的证据都可能是误导性的。但我们知道扎泰利击败了测谎仪。我只希望扎泰利当时从前门离开,那样我就能跟上他,也许我们现在就能掌握来龙去脉，而不是部分的真相。"

"你要回去？把整件事从头做一遍？"

"不是以相同的方式。这次我得在谋杀的另一端，我会需要你的帮忙。"

"当然。但你愿意告诉我，你打了什么主意吗？"

"恐怕我不能透露，戴尔。我是直觉里套着直觉。事实上，从我开始做这一行，我一直靠直觉办事。但你会为我做另外一件事吗？"

"当然行。什么事？"

"让你的一个手下跟踪扎泰利，记录他从现在开始所做的每一件事。再派个人盯住'吉普'吉拉德。事实上，尽可能地调出人手，派他们盯住每一个你确信在最近一两年里击败过测谎仪的家伙。监视时保持距离，不要让对方知道自己正在受到监视。行吗？"

"我不知道你在追查什么，但我会照吩咐做。乔德，你不告诉我任何内情吗？这很重要。别忘了这不只是一桩案子，而是能导致执法崩溃的大事。"

贝拉·乔德微微一笑。"没那么糟糕，戴尔。对于黑社会的法律执行确实受到了冲击。但是在非职业犯罪这块，定罪率还是正常的。"

戴尔·兰德一脸困惑。"那和这事有什么关系？"

"也许大有关系，因此我还不能告诉你任何内情。但不用担心，"乔德越过桌子伸手，轻拍局长的肩膀，看起来像——尽管他并不知道——一条猎狐獚向一条万能獚递出爪子，"不用担心，戴尔。我保证会给你带来答案。也许我不会让你保守秘密。"

"你真的知道自己在寻找什么吗？"

"是的。我在寻找一位两年多前失踪的犯罪学家——恩斯特·查普尔博士。"

"你认为——?"

"是的,我认为和他有关。所以我才要寻找查普尔博士。"

然而,那就是戴尔能从他口中问出的所有内容。贝拉·乔德离开戴尔·兰德的办公室,回到黑社会的世界。

在芝加哥的黑社会里,一颗新星冉冉升起。或许,应该把他称作一颗超新星,而不是仅仅用新星来形容,他迅速地变得大名鼎鼎——或者该说是臭名昭著。以身材来论,他是个小个子男人,并不比贝拉·乔德或马丁·布卢粗壮,但他不是乔德那样温和的小个子,也不是布卢那样懦弱的爪牙。他拥有所需的一切,他把全部身家摆上赌桌。他经营一家小小的夜总会,但那只是个幌子。在幌子背后有一些不法勾当,警察不可能借此定他的罪。说到这儿,尽管黑社会圈子都知道,但警察似乎对此并不知情。

他叫威利·埃克斯,黑社会中没人比他更快地交上朋友和结下仇家。他有许多有权有势的朋友,也有许多危险的仇家。换言之,他们是同一类人。

他的短暂生涯确实如流星一样转瞬即逝。这一次,不甚准确的陈腐比喻显得恰如其分。流星不会升起——任何一个研究过气象学(它与流星无关)[1]的人都知道。流星只会坠落,还伴随着低沉的撞击声。当威利·埃克斯爬到高位时,他就像流星一样坠落了。

三天前,威利·埃克斯的仇敌消失不见了。他的两名手下传出流言,说是警察过来带走了那人,但那显然是胡说八道,旨

---

[1] "meteorology"(气象学)一词中含有"meteor"(流星),于是容易将"meteorology"误解为研究"meteor"的学问。

在掩盖事实，即他们打算报复那个仇敌。次日早上，新闻披露在华盛顿公园的蓝色潟湖里发现了那名被绑上重物的黑帮分子的尸体，事情变得明明白白。

等到那天黄昏时，流言已经从黑社会圈子的一家家小酒馆里传开，说警方掌握了相当有力的证据，知道是谁用严令禁止的原子武器杀害了死者，以及警方计划逮捕威利·埃克斯，对他进行审讯。这类事传播得很快，甚至在你本不希望它们传播的时候也是如此。

威利·埃克斯在克拉克街北段上的一家廉价小旅馆里躲藏起来，那是一家老式旅馆，拥有电梯，房间带窗户。他的藏身地点只有他信任的区区几人知晓。在他躲藏起来的第二天，那区区几人中的某一位以特定节奏叩响他的房门，被请进房内。

来客叫迈克·利里，他是威利亲近的朋友，而根据报纸所述，他也是蓝色潟湖里发现的那位死者的一个仇家。

迈克说：" 看起来你遇到麻烦了，威利。"

" 该死的，是啊。" 威利·埃克斯说。他有两天没有使用面部脱毛剂了，现在他的面庞因为胡子而显得忧郁，因为恐惧而加剧了忧郁。

迈克说：" 有一条出路，威利。它会花掉你一万块。你能筹到这笔钱吗？"

" 我有钱。出路是什么？"

" 有一个家伙。我知道如何联络上他。我自己没用过他的服务，但如果我陷入你这样的困境的话，我会光顾他。他能解决你的麻烦，威利。"

" 如何解决？"

" 他能向你展示击败测谎仪的方法。我能请他过来见你，解决你的麻烦。然后你让警察逮捕和审讯你，明白了吗？警察会撤销指控——即使他们把案子提交到法庭上，也无法立案。"

"假如他们问起我可能干下的其他事呢？呃，别管是哪些事。"

"那方面他也会搞定的。只要五千块，他会把你拾掇好，让你接受测谎时能干净得像清白之身。"

"你之前说是一万块。"

迈克·利里咧嘴一笑。"我得要过日子，对吧，威利？而且你说过你有一万块，所以这对你来说应该值那么多钱，对不对？"

威利·埃克斯争辩了一番，却徒劳无功。他不得不给了迈克·利里五张一千美元的纸钞。这其实没关系，因为那些是相当特别的千元美钞。钞票上的绿色油墨会在几天内变成紫色。即便在1999年，你也没法把一张紫色的千元美钞花出去。所以当这事发生时，迈克·利里大概会气得脸孔发紫，但到那时，对他来说，一切都已经太迟了。

那天深夜，威利·埃克斯的旅馆房门被人敲响。他揿下按钮，使得房门的主面板从他这边看过去变得透明。

他非常仔细地端详门外那位长相普通的男人。他没有关注男人的面部轮廓，也没有关注男人身上破旧的黄色外套。他看着男人的眼睛，但主要是在端详对方耳朵的外形和构造，在心里与他曾经详尽研究过的照片里的耳朵做比较。然后，威利·埃克斯把手枪放回口袋，打开房门，说："请进。"

身着黄色外套的男人走进房间，威利·埃克斯小心翼翼地关门上锁。

他说："能与你会面，我很自豪，查普尔博士。"

他的话听起来好像是真心的，而他的内心确实是这么想的。

凌晨四点钟，贝拉·乔德站在戴尔·兰德公寓的房门外。他不得不在昏暗的过道里等了好久,同时局长爬出被窝,到了房门口,再激活单向透明面板,查看访客。

接着,磁性锁发出轻响,房门打开。兰德睡眼惺忪,头发蓬乱,脚上趿拉着红色塑胶拖鞋,身上穿着新尼龙睡衣裤,看起来他是穿着这一身睡觉的。

局长站到一边,让贝拉·乔德进屋。乔德走向房间中央,好奇地站着张望四周。这是他第一次到兰德的私人住所,这套公寓就像时下其他富有的单身汉的住所。家具不引人注目,极具实用的功能性,每面墙都有着不同的色调,微微发出荧光,放射出轻微的辐射热以及微量却持续存在的紫外线,它们让住得起这些公寓的人士把皮肤晒成健康的古铜色。地毯的图案由一些一英尺宽的奶油色与灰色方格子交替组成,这些方格子彼此独立,能够移动,有了磨损就能更换。当然,天花板是惯常的整面镜子,给予住客一种房间挑高宽敞的错觉。

兰德说:"有好消息,乔德?"

"是的,但这是非正式面谈,戴尔。我将要告诉你的事是你我之间的秘密。"

"你是什么意思?"

乔德看着他,说:"戴尔,你看起来依然睡意沉沉。咱们喝杯咖啡。它会把你唤醒,我自己也用得上。"

"很好。"戴尔说。他走进小厨房,撳下咖啡龙头的加热线圈按钮。"想要掺些酒吗?"他扭头喊道。

"当然。"

不到一分钟,他端着两杯冒着热气的皇家咖啡回来了。他带着明显的不耐烦,一直等到他们都舒舒服服地坐下来,啜饮过香甜的皇家咖啡后,才开口问:"怎么了,乔德?"

"戴尔，我说这是非正式面谈的时候，我是认真的。我可以告诉你完整的答案，但前提是在我告诉你之后，你要立刻统统忘掉，永远不会告诉另一个人，也不会对此采取行动。"

戴尔·兰德惊愕地盯着访客。他说道："我不能那么承诺！我是警局局长，乔德。我对于工作，对于芝加哥人民有着职责。"

"因此我才来到这儿，来到你的公寓，而不是去你的办公室。你此刻没在工作，戴尔。这是你的私人时间。"

"但是——"

"你答不答应？"

"当然不答应。"

贝拉·乔德叹息一声。"那么很抱歉吵醒你，戴尔。"他放下杯子，开始起身。

"等等！你不能那么做。你不能就这样径直离开，抛下我一个人！"

"我不能吗？"

"好吧，好吧，我答应你。你一定有充分的理由。对吧？"

"是的。"

"那么我会相信你的话。"

贝拉·乔德露出微笑。"好的，"他说，"那么我现在能向你报告我最近调查的案子了。因为这是我的最后一案，戴尔。我将会投身一类全新的工作。"

兰德不可置信地看着他。"什么？"

"我会去教犯罪分子如何击败测谎仪。"

戴尔·兰德局长慢慢放下杯子，站起身。他朝着眼前这个体重大约只有他一半的小个子男人迈近一步，而乔德安逸地坐在没有扶手的软垫椅上。

贝拉·乔德依然面带微笑，说："别尝试出手，戴尔。这有两个原因。首先，你不可能伤得了我，而我不想伤害你，但我可能不得不那么做。其次，这没什么问题，这是合法的工作。坐下来吧。"

戴尔·兰德坐了下来。

贝拉·乔德说："当你说这件事规模很大时，你并不知道到底是多大的规模。这件事的规模会越来越大，芝加哥只是个起点。顺便感谢一下我向你索要的那些报告。它们正是我预期中的那样。"

"报告？但它们仍然在警察总部，摆在我的办公桌上呀。"

"之前是那样。我已经读过报告并销毁了它们。你的那份也销毁了。忘掉这些事吧。不要过多关注当前的统计数据。我已经读过那些数据。"

兰德皱起眉头。"我为什么该忘掉这些事？"

"因为它们证实了厄尼[1]·查普尔今晚告诉我的事。你知道吗，戴尔，过去一年芝加哥的严重犯罪数量下降的比例比严重罪行定罪率下降的比例更大。"

"我注意到了。你的意思是说，它们存在关联？"

"肯定的。大多数罪行——极高比例的罪行——都由职业犯罪人员，也就是惯犯犯下。戴尔，实际比例甚至比这更高。在一年里的数千桩严重罪行中，90% 都由几百个职业犯罪人员犯下。你知道芝加哥的职业犯罪人员人数在过去两年里已经减少将近三分之一了吗？情况就是这样。那也是你辖区内的严重罪行数量下降的原因。"

贝拉·乔德又啜饮一口咖啡，倾身向前。"根据你的报告，

---

1 厄尼是恩斯特的昵称。

'吉普'吉拉德目前在经营西区的一家维他饮品摊，自从他击败测谎仪后，他在将近一年内没有实施过犯罪。"他轻触另一根手指，"乔·扎泰利过去是芝加哥近北区最凶恶的小子，眼下在规规矩矩地经营餐馆。凯里·哈契，怀尔德·比尔·惠勒——我为什么要列出他们所有人的名字？你早已整理出名单，而它并不完整，因为还有许多你尚未写上去的名字，这些人找上厄尼·查普尔，希望他能向他们展示如何击败测谎仪，之后就没有被逮捕。这些人十个中有九个——戴尔，那是保守估计——自那以后就没犯过罪！"

戴尔·兰德说："继续。我听着呢。"

"我最初对于查普尔案的调查表明，他是自愿失踪的。我知道他是个好人，一个了不起的人。我知道他的心理没问题，因为他是一名精神病学家，也是一位犯罪学家。精神病学家必然心理很健康。于是我知道他的失踪背后有着某个合理的理由。

"大约九个月前，我从你那儿听说芝加哥发生的事，我开始怀疑，查普尔已经来到这儿进行他的工作。你开始明白了吗？"

"听得快晕了。"

"好吧，先别晕过去。在你弄明白一位专业精神病学家如何帮助犯罪分子击败测谎仪之前，先别晕过去。还是说，你已经明白了？"

"呃——"

"那是最基础形式的催眠治疗，五十年前的任何一位有资格的精神病学家都能办到。查普尔的客户——当然，他们不知道他是谁，是什么来路，他只是个神秘的黑道人物，能帮助他们击败测谎仪——付给他丰厚的酬劳，告诉他，他们如果被警方逮捕可能被讯问什么罪行。查普尔告诉客户们，他们得说出他们犯下的每一桩罪行、参与过的每一种非法活动，这样警方就不会逮到他们任何旧罪状的把柄。随后他——"

"稍等一下，"兰德打断道，"他怎么让那些人这么信任他？"

乔德不耐烦地做了个手势。"很简单。他们没有招认罪行，甚至对他也没有。他仅仅是想要一份单子，单子里包括他们干过的一切。他们能增加一些虚假陈述，那么他也分不清楚，不知哪条是真，哪条是假。因此就无关紧要。

"接着，他将那些人置于清醒的浅催眠下，告诉他们，他们不是犯罪分子，从来都不是犯罪分子，从来没干过名单上的任何一种勾当（他把名单念给那些人听）。这件事就是这样。

"于是，当你让那些人接受测谎，问他们是否干过这种事或那种事，他们会说自己没有干过，而且他们真心实意地相信。那就是你的测谎仪没有记录下异样的原因。那就是乔·扎泰利见到马丁·布卢走进来没有惊讶地跳起来的原因。他那时不知道布卢死了——只是在报纸上读到过死讯。"

兰德向前倾身。"恩斯特·查普尔在哪里？"

"你不想抓他的，戴尔。"

"不想抓他？他是现今活着的最危险的人类！"

"对于谁？"

"对于谁？你疯了吗？"

"我没发疯。他是现今活着的最危险的人类，不过是对于黑社会而言。你瞧，戴尔，只要一名犯罪分子对于可能的逮捕感到紧张不安，他就会派人找厄尼过来，或者去找厄尼。厄尼将他的头脑清洗得比白雪更加洁白无瑕，在此过程中告诉他，他不是个犯罪分子。

"就这样，至少十回中有九回吧，那人会放弃成为犯罪分子。

在十年或二十年之内,芝加哥将不再有黑社会,不会发生任何职业犯罪分子构成的有组织犯罪。你会一直碰上业余犯罪分子,但那相比之下就是细枝末节了。再来点皇家咖啡行吗?"

戴尔·兰德走向小厨房,拿来咖啡。他到此刻已经彻底清醒了,但走起路来依然像个处在幻梦中的男子。

戴尔回来后,乔德说道:"戴尔,既然我如今和厄尼成为伙伴,我俩会把这项事业扩展到全球每一座有较成规模或规模足够大的黑社会的城市。我俩能培训精心挑选出的新成员。我已经看中你的两个手下,也许很快就会从你身边带走他们。但我首先得调查一下他们的底细。我们非常小心地挑选出追随者,大约十二个吧。他们会成为承担这份差事的合适人选。"

"但是,乔德,看看那些将不会受到惩罚的罪行!"兰德抗议道。

贝拉·乔德喝完余下的咖啡,站起身。他说:"哪点更为重要?惩罚罪犯还是终结罪恶?假如你想要从道德家的角度看待这件事,一个人应该因为犯下一桩他甚至都不记得的罪行接受处罚吗?他都不再是个犯罪分子了!"

戴尔·兰德叹息道:"我想你赢了。我会遵守承诺。我想,我永远不会再见到你了吧?"

"大概是的,戴尔。我会期待你接下来要说的话。是的,我会和你喝上一杯辞行酒。就喝纯的,不加咖啡。"戴尔·兰德拿来酒杯。他说:"我们该向厄尼·查普尔敬一杯吧?"

贝拉·乔德微笑起来。他说:"戴尔,咱们把他包括进祝酒词里。但让我们先敬所有努力工作、令自己失业的人类。医生努力工作,奔向人类种族十分健康、不再需要医生的那一天;律师努力工作,奔向诉讼不再必要的那一天;还有警察、侦探和犯罪学家努力工作,奔向不再需要他们的那一天,因为到时不再会有犯罪。"

戴尔·兰德十分严肃地点点头,举起酒杯。两人共饮起来。

这事没有发生

虽然他不可能有办法早早知道,但是从洛伦茨·凯恩驾车碾过骑脚踏车的女孩开始,他就在一条通向覆灭的不归路上了。覆灭本身可能发生在任何地方、任何时间。覆灭恰好发生在九月下旬某晚,一家滑稽脱衣舞戏院的后台。

这是他在一周里第三次观看明星脱衣舞女奎妮·奎因的表演,她的表演确实很值得欣赏。奎妮是个高挑的金发美女,身上仅有三小片放置得颇具策略的缎带,整个人沐浴在蓝色光线下,线条看上去像个身材结实的健美女郎。她刚刚结束今晚的最后一段表演,消失在舞台一侧。同时凯恩打定主意,在他的单身汉公寓里私下欣赏奎妮的表演不仅会比公开观看带来更多快乐,而且无疑会导向更强烈的欢愉。奎妮作为主演,不需要在最后一段表演中现身。眼见这段表演刚开始,现在会是与奎妮聊一聊、获得私下欣赏她表演机会的最佳时刻。

他离开戏院,沿着小巷漫步到后台入口。一张五美元的钞票使他毫无困难地通过了门卫这一关,一分钟后,他就找到了一间梳妆室,敲响那扇装饰了一颗金星的房门。

一个声音响了起来:"有什么事?"

他知道不应该试图隔着一扇紧闭的房门求欢,他也很清楚后台的规则,知道有一个问题会让她以为他与演艺行业有关联,并有想要见她的正当理由。

"你的穿戴得体吗?"他问。

"稍等一下。"她回话道。仅仅过了一分钟,她说:"行了。"

他走进梳妆室,发现她面朝他站着,身上裹着一条亮红色的长睡衣,美丽地衬托出她的湛蓝眼眸和金色长发。他一鞠躬,介绍自己,然后开始解释他打算提出的要求的细节。

他预想她一开始可能会不情不愿,甚至拒绝,并准备好用金钱来说服她,假如有必要的话,甚至能出到四位数,这肯定会超过她在一家这么小的滑稽脱衣舞戏院里的周薪,甚至可能超过她的月收入。然而,她没有平静地聆听,而是突然像个泼妇一般冲着他尖叫,这已经够侮辱人了,但她随后犯了个十分严重的错误——她上前一步,搧了他一巴掌。这一巴掌打得他好痛。

他怒不可遏,后退一步,掏出转轮手枪,开枪射中她的心口。

接着,他离开戏院,搭乘计程车回到自己的公寓。他喝下几杯酒,让昏乱的神经缓和下来后便上床睡觉。午夜刚过一会儿,他正呼呼大睡时,警察上门,以谋杀的罪名逮捕了他。他完全不明白这是怎么回事儿。

莫蒂默·米尔森称得上是城里最出色的刑事律师,就算不能打包票,也多半属实。次日上午,他打完一场高尔夫球回到会所时,发现有一条口信要求他在方便时尽早致电阿曼达·海斯法官。他立刻就给女法官打去电话。

"早安,法官阁下,"他说,"是有情况吗?"

"莫蒂[1]，是有情况。但如果你在上午剩下的时间里有空，能来我的办公室一趟，我们就不用在电话里讨论这事。"

"我会在一小时之内到你那儿。"他告诉法官。他说到做到了。

"再次早安，法官阁下。"他招呼道，"现在请深呼吸，告诉我出了什么情况。"

"假如你愿意，有个案子要给你。简明地说，一名男子在昨晚因谋杀罪被捕。他拒绝在咨询律师之前做任何陈述，而他没有律师。他说他之前从未碰到过任何法律困扰，甚至不认识任何律师。他让警监推荐一位律师，警监把事情推给我，让我推荐一位。"

米尔森叹气道："又一宗免费辩护的案子。呃，我估摸着我差不多是时候再接手一宗了。你要委派我吗？"

"别急，小子，"海斯法官说，"根本不是免费辩护的案子。当事男性不是富翁，但也相当有钱。他是城里一个很多人认识的年轻人，喜欢吃喝玩乐，能负担你希望向他收取的任何费用，只要在合理范围内就行。并不是说你的收费多半会在合理范围内，但如果他接受你做他的代表律师，这就是你和他之间的事了。"

"这位美德的典范——明显他是清白无辜的，受到了诽谤——有没有名字？"

"他有名字，假如你读专栏作家的文章，你会很熟悉他的名字。洛伦茨·凯恩。"

"有印象。显然是无辜的。呃——我没有看晨报。报上声称他杀死了谁？你了解任何详情吗？"

"莫蒂，这会是个棘手的案件。"法官说，"我认为对于他，除了用精神障碍来辩护，没有一丁点机会。受害者是美琪戏院的

---

[1] 莫蒂是莫蒂默的昵称。

脱衣舞女郎,是那儿的明星舞女,叫作奎妮·奎因,这是她的艺名,但更具法律效力的真名无疑会被揭露。在她最后一次表演时,一些人在观众中看见了凯恩,还看见他在随后离开,那时正在上演全场最后一个节目。门卫认出了他,承认自己把他放了进去。门卫见过他,也认识他,警方这才顺藤摸瓜抓住了他。他在几分钟后出去时,再次从门卫那儿经过。与此同时,好几个人听见一声枪响。表演结束几分钟后,奎因小姐的尸体在梳妆室被人发现,她是被人开枪射杀的。"

"嗯嗯,"米尔森说,"很简单,就是他的证词与门卫的证词相左。没什么难的。我能证明门卫不仅经常说谎,而且有着一份比威尔特·张伯伦[1]的胳膊还要长的案底。"

"无疑是那样的,莫蒂。但是在警方去逮捕他时,考虑到他相对有点名气,警方除了带上了以谋杀嫌疑逮捕他的逮捕令,还带上了搜查令。警察在他穿的外套口袋里找到了一把点三二口径的转轮手枪,手枪发射过一发子弹。奎因小姐是被一把点三二口径的转轮手枪射出的一发子弹杀害的。根据警署的弹道专家分析,是同一把转轮手枪。专家用那把转轮手枪发射出一枚子弹样本,用显微镜将它和射杀奎因小姐的子弹做了比较。"

"嗯嗯,嗯嗯,"米尔森说,"你说凯恩没有做出任何陈述,仅仅表示在他向律师咨询之前,他不会做出陈述?"

"是的,除了他在被叫醒和逮捕之后,立刻说了一句相当奇怪的话。两名执行逮捕的警察都听见了,并对于内容取得了一致意见,甚至达到分毫不差的程度。他那时说的是'我的天啊,她

---

[1] 威尔特·张伯伦(Wilt Chamberlain,1936—1999),美国职业篮球运动员,身高 2.16 米,臂展达到 2.34 米。

一定是真实的！'。你估摸着，他这句话可能代表什么？"

"我一点想法都没有，法官阁下。但如果他接受我做他的律师，我一定会询问他。同时，我不知道我是应该感谢你给了我这个接案子的机会，还是该咒骂你抛给了我一只烫手山芋。"

"你喜欢烫手山芋，莫蒂，是吧。尤其是因为你无论打赢还是输掉官司，都会拿到律师费。不过，我会让你省下点时间，别浪费精力提出某些申请。别尝试申请保释或人身保护令。弹道报告一出来，地检署就会不假思索地介入进来。一级谋杀的控告是正式的。检方并不需要更多证据，光靠手头的证据就够了，他们会对你施压，只要你接受他们就会立即开庭审理案件。呃，你需要些什么？"

"什么都不需要。"米尔森说完就离去了。

一名看守把洛伦茨·凯恩带到会面室，留下他与莫蒂默·米尔森独处。米尔森介绍自己的身份后，两个人握了握手。米尔森觉得，凯恩看起来相当镇定，绝对是困惑多过担忧。凯恩年纪接近四十岁，个子高高的，长相有点英俊，虽然在牢房里度过了一夜，全身上下依然整洁得找不出瑕疵。他是那类在任何时间、任何地方都会设法让自己显得整洁的人，甚至当他在刚果以北九百英里远的地方狩猎旅行，他的脚夫中途擅离职守并带走他的所有财物，这么过去一周后，他依然是干干净净的。

"是的，米尔森先生，我十分高兴能让你来当我的代理律师。我早已听过你的大名，读到过你经手的案子。我不知道为何没有直接想到你，而是转而央求别人推荐律师。现在，在你接受我为委托人之前，你想不想听一下我的经历——还是说你现在就会接受委托，无论结果是好是坏？"

"无论结果是好是坏,"米尔森说,"直到——"他随即打住。对一个有很大可能坐上电椅的男人使用"直到死让我们分离"这句说辞,实在难以称得上得体。

但凯恩笑了笑,自己说完了这句话。"没事。"他说,"咱们先坐下。"两人在会面室里桌子两边的两把椅子上坐下。"既然那意味着我们有一段时间会经常见到对方,咱们就叫彼此的名字吧,但不要叫我洛伦茨,叫我拉里。"

"那么请叫我莫蒂。"米尔森说,"现在我想要详细地听一下你的经历,但首先得快速问你两个问题。你是不是——?"

"稍等一下,"凯恩打断律师,"在你的两个问题之前,我先迅速提一个问题。你是否绝对地、完全地确定这个房间没有被窃听,我们的对话完全私密?"

"我能确定。"米尔森说,"现在我的第一个问题是:你有罪吗?执行逮捕的警官宣称在给你戴上手铐之前,你说了一句'我的天啊,她一定是真实的!'。这是否属实?假如属实,你的这句话是什么意思?"

"我那时惊呆了,莫蒂,记不起来了——但我大概说过类似的话,因为那正是我的内心所想。但至于我的这句话是什么意思——我没法迅速作答。假如要让你理解,那么唯一一个方法是从头说起。"

"好吧,从头说起。从容地说。我们不必一次见面就把每件事都解释清楚。我能把庭审拖延上至少三个月——假如有需要,能拖得更久。"

"我能相当快地把事情讲完。事情——不要问我事情是指什么——开始于五个半月前的四月初。尽可能确切地说,就是四月三日,周二凌晨大约两点半。我那时在城市北面的阿曼德村参加完一个派对,正在回家的路上。我——"

"抱歉打断你。我想要在真相披露时确切掌握完整的情况。你当时在开车?一个人吗?"

"我独自驾驶着自己的捷豹汽车。"

"清醒吗?有超速吗?"

"是的,意识清醒。我相当早就离开了派对——派对有点沉闷——感觉自己那时喝得不多。但我发觉自己突然间很饿——我想是我忘记吃晚餐了——就在一家路边餐厅停下。我在等上菜时喝了一杯鸡尾酒,菜端上桌后,我吃完了整整一大块牛排和所有配菜,还喝了好几杯咖啡,但随后就没喝过酒。我敢说,当我离开餐厅时,我比平常更加清醒,假如你知道我是什么意思的话。此后,我驾驶敞篷车开了半小时,穿过夜晚凉爽的空气。总的来说,我敢说我那时比现在更加清醒——我从昨晚午夜前开始就没喝过酒。我——"

"稍等一下。"米尔森说。他从臀部口袋里取出一只银质酒壶,将它推到桌子对面。"禁酒时期的遗物。我偶尔用它扮演雪中送炭的圣伯纳犬,给那些最近入狱而未能安排生活必需品的委托人送酒。"

凯恩说:"哈哈。莫蒂,你可以借着超出职责要求的服务把收费翻倍。"他喝下一大口酒。

"咱们说到哪儿了?"他问,"哦,对了,我完全清醒。超速?只有严格按照标准来说才是超速。我那时沿着瓦因街往南行驶,再过几个街区就到了罗斯托夫——"

"靠近第四十四警署。"

"正是。这个因素也要包括进来。那是限速二十五迈[1]的路段,

---

[1] 表示机动车行驶的时速,每小时行驶几英里就叫几迈。

我的行驶速度大约是四十迈,但是呢,那时是凌晨两点半,路上没有其他车辆。只有俗话说的来自帕萨迪纳的小老太婆[1]才会以不到四十迈的车速开车。"

"那么晚,她可不会在外面。但请继续说。"

"突然之间,从街区中间的一条小巷口,冒出了一名骑脚踏车的女孩,脚踏板踩得飞快,达到了脚踏车的极限,正好从我前面冲过。我使出最大力气踩下刹车,见到女孩的身体从我眼前闪过。女孩尚未成年,大概有十六七岁。她的脑袋上裹着棕色的头巾,红色的发丝从头巾下被风吹出来。她穿着浅绿色的安哥拉羊毛套衫和棕褐色的长裤,别人称这类长裤为骑车女裤。她本来骑着一辆红色脚踏车。"

"你一眼就看到这么多细节?"

"是的。我依然能清楚地想象到画面。而且——我永远不会忘记这一幕——在撞击的那一刻之前,女孩转过头,玳瑁边眼镜后面一对惊恐的眼眸径直看着我。

"在那一刻,我的脚正试图踩下刹车踏板,而该死的捷豹汽车开始打转,完全不受控制,随时可能翻车。但是该死的,无论你的反应有多快——我的反应速度相当不错——假如车子以四十迈的速度行驶,你都几乎无法在几码内让车子减速。我撞到女孩时,速度一定仍然超过三十迈——撞击的力道可大了。

"接着就是撞击碾压,撞击碾压,先是捷豹汽车的前轮碾过,

---

1 来自帕萨迪纳的小老太婆(The Little Old Lady from Pasadena)是20世纪中期在美国加利福尼亚州南部出现的民间故事角色。当时的二手车销售会对潜在买家说,某辆二手车的上一任车主是一位"来自帕萨迪纳的小老太婆",只在星期日开车去教堂,言外之意是该辆车几乎没有磨损。20世纪60年代,道奇汽车还以此虚构角色为主题,推出了一系列广告。

接着是后轮。当然，撞击的对象是女孩，而碾压的对象是脚踏车。汽车又行驶了大约三十英尺后，才晃动着停下。

"我透过风挡能望见前方仅仅一个街区之外的警署亮着光。我下了车，开始奔向警署。我没有回头看。我不想回头看。那么做毫无意义。在那样的撞击之后，女孩肯定死透了。

"我冲进警署，几秒钟后，思绪稍稍连贯了一些，我试图把要告诉警察的内容表达清楚。两名城里最优秀的警察跟着我走，我们向着事故现场往回走。我一开始还迈步奔跑，但两名警察仅仅是快步走，我也就放慢了步子，因为我不想第一个赶到现场。总之，我们到了现场，然后——"

"让我来猜猜，"律师说，"没有女孩，没有脚踏车。"

凯恩缓缓点头。"捷豹汽车歪歪斜斜地停在街上。车头大灯亮着。点火钥匙仍然插着，但引擎已经熄火。汽车后面有大约四十英尺长的刹车痕迹，起始点在小巷与大街交汇的位置往后十二英尺远的地方。

"现场只有这些。没有女孩，没有脚踏车，没有一滴血迹，没有一块金属碎片。汽车车头没有一条划痕或一块凹痕。两名警察以为我疯了，我不怪他们。他们甚至不相信我能把汽车从街上开走。一名警察帮我开车，停在路边，还留下了车钥匙，而不是递回给我。两名警察带我回到警署，讯问了我。

"那晚余下的时间我都待在警署里。我估摸着，我本可以打电话给朋友，让朋友给我找位律师，把我保释出来，但我那时受到了冲击，神情恍惚，想不到这一招。也许我都没有出去的念头，假如我离开警署，也丝毫不知道我想去哪里，不知道我想要做什么。我只想要一个人思考，而在讯问后，我所获得的正是一个独自思考的机会。警察没有把我扔进酒鬼拘留室，我猜想是我的穿着还可以,身上有给人留下深刻印象的身份证件。这两点让警察们相信,无论我是神志正常还是发疯了,我都是一名可靠的、有偿付能力的公民,该受到礼貌的对待,而不是粗暴的欺凌。总之,他们打开一间牢房,把我安置在里面,我心满意足地在那儿独自思考事情。我甚至没有想睡觉。

"次日早上,他们派了一名警方的精神科医生进来与我谈话。到那时,我已经冷静下来,意识到无论真相是什么,总之警方不会对我有任何帮助,我越早离开警署越好。于是,我稍微哄骗了一下精神科医生,开始轻描淡写,而不是如实地叙述我的经历。我略去了事故的音效,比如脚踏车被碾过的嘎吱声,我也略去了撞击和颠簸的感觉,清楚地告诉医生,这可能纯粹是一种突发的、短暂的视幻觉。医生听了一阵后相信了,警察于是放我离开。"

凯恩说到这儿停下了,从银质酒壶里喝了一口酒,问:"听到现在还明白吗?你相不相信?到现在为止有什么问题吗?"

"只有一个问题。"律师说,"你能否确定你和第四十四警署的警察打交道的经历是客观可核实的?换言之,假如这桩案子上庭审理,我们决定用精神障碍来辩护,我能否传唤与你谈过话的警察和警方的精神科医生作为证人?"

凯恩有点狡黠地咧嘴笑道:"对我来说,我和警察打交道的经历和我开车碾过骑脚踏车的女孩一样客观。但你至少能核实前者,看看是否有记录,看看警察是否记得。明白了吗?"

"明白。继续说。"

"于是警察确信我出现了幻觉。但我确信那压根儿不是幻觉。我做了几件事。我让一家修车房把捷豹汽车开上架子,而我检查了车底和车头。没有半点撞人的痕迹。好吧,就汽车而言,这事没有发生。

"接着,我想要知道那晚有没有容貌一致的女孩骑脚踏车外出过,不论她现在是死是活。我在一家私家侦探社花了好几千美元,让他们对那片社区——以及周围的地区——进行地毯式搜查,查清眼下是否存在,或曾经存在过一个符合容貌描述的女孩,不管她有没有一辆红色脚踏车。私家侦探找出了几个可能的红发少女,但我设法亲眼看了看每个少女,全都不是。

"四处打听后,我挑选了一名精神科医生,开始找他看病。据说他是城里最好的,肯定也是收费最贵的。我找他看了两个月,完全是白费工夫。我从始至终没弄明白医生是否知道发生了什么事,他不会说的。你知道这些心理分析师是如何工作的,他们让你讲个不停,分析你自己,最终告诉他们你出了什么问题,接着你拉拉杂杂地说了一会儿,告诉他们你被治愈了,他们同意你的看法,跟你说拜拜。假如你的潜意识知道是什么情况,最终泄露出了真相,那么这招还管用。但我的潜意识啥都不清楚,我完全是在浪费时间,于是我就放弃了。

"但与此同时,我向一些朋友说出了实情,想知道他们的想法。其中一个朋友是大学的哲学教授,谈起了本体论,于是我开始深入阅读本体论,这给了我一条线索。事实上,我想那不只是一条线索,而就是答案。直到昨晚。从昨晚开始,我知道我一定有什么地方弄错了。"

"本体论——"米尔森说,"这个词有点耳熟,但你能为我明确说明一下吗?"

"我给你引用《韦氏大词典》中的释义:'本体论是关于存在或实在的学问,一个探究存在的本性、存在者的本质特性及相互关系等论题的知识分支。'"

凯恩看了眼腕表。"说这些花的时间比我想的要多。我说累了,你无疑听得更累。我们明天再把这些说完？"

"好主意，拉里。"米尔森站起身。

凯恩倾斜银质酒壶，喝下最后一滴酒，把酒壶交还给他。"你会再扮演一回圣伯纳犬吧？"

"我去了第四十四警署。"米尔森说，"你向我描述的事件确有记录，确实无疑。我也和跟你一起回到现场——呃——回到汽车边的两名警察中的一位聊过。你对事故的报告是真实的，这点毫无疑问。"

"我会从上次停下的地方开始讲起，"凯恩说，"本体论，是对于实在本性的研究。我在广泛的阅读中，遇到了源自古希腊人的唯我论概念。唯我论相信，整个宇宙是某人想象的产物——在我的案例中，就是我的想象。我本人是唯一实实在在的实体，所有事物和所有其他人都只存在于我的脑海。"

米尔森皱起眉头。"所以，那名骑脚踏车的女孩打一开始就只是一个幻想中的存在，并在你撞死她的那一刻溯及既往地不再存在？除了你脑中的记忆，没有留下任何她存在过的痕迹？"

"我想到了这种可能性，我决定做件事，心想它会证实或反证这种可能性。具体来说，我要故意实施一次谋杀来看看会发生什么。"

"但——但是，拉里，谋杀每天都在发生，每天都有人遭到杀害，他们可没有溯及既往地消失，也不会不留下半点痕迹。"

"但他们不是被我杀害的。"凯恩认真地说，"假如宇宙是我的想象力的产物，那应该会有所不同。骑脚踏车的女孩是我杀死的第一个人。"

米尔森叹气道："所以你决定通过实施谋杀来检验这一点，

并且真的枪杀了奎妮·奎因。但她为什么没有——？"

"不，不，不。"凯恩打断道，"我先是在大概一个月前实施了另一桩谋杀。目标是一个男人。一个男人——我告诉你他的姓名或任何情况都没有用，因为就目前而言，他从未存在过，就像骑脚踏车的女孩一样。

"但是，我当然不确定事情会那样发展，所以我没有像我对待脱衣舞女郎一样，简单地公开谋杀他。我采取了仔细的预防措施，那么假如他的尸体被人找到，警方也永远不会将我作为杀人凶手逮捕。

"但在我杀了他之后，呃——他从始至终都没存在过，我想我的理论得到了验证。在那之后，我随身带着手枪，心想只要我想，我可以随时不受惩罚地杀掉某人，这不会有任何关系，甚至不会不道德，因为反正我杀掉的任何一个人只存在于我的脑海里。"

"嗯……"米尔森说。

"莫蒂，"凯恩说，"平常我是一个性情十分平和的人。前天晚上是我第一次用枪。当那个该死的脱衣舞女打我时，她打得好重，使出了一记大抡拳。这一拳让我一下子失去了理智，我只是无意识地做出反应，掏出手枪，射杀了她。"

"嗯……"律师说，"结果证明奎妮·奎因是真实存在的，你因为谋杀罪入狱，这不是把你的唯我论彻底摧毁了吗？"

凯恩皱起眉头。"无疑，这件事修正了理论。从我被逮捕起，我一直在深入思考，以下是我思索出的答案。假如奎妮是真实的——显然她是真实的——那么在过去我就不是唯一一个真实的人，现在很可能也是这样。实际上存在真实的人和不真实的人，后者只存在于真实的人的想象中。

"具体有多少，我也说不上来。也许只有一些，也许有几千，甚至是几百万。我的样本——三个人中有一个被证明是真实存在的——太小，没有意义。"

"但是为什么呢？为什么会有那样的二元性呢？"

"我没有一丁点头绪。"凯恩皱眉说，"我有过一些相当狂野的想法，但其中任何一种都仅仅是猜测。这像一个阴谋——但这个阴谋是要对付谁？或是对付什么？不可能所有真实存在的人都参与了阴谋，因为我就没有。"

他不带幽默地咯咯笑起来。"昨晚，我做了一个十分奇妙的梦，一个让人困惑混乱的梦，你没法把梦讲给任何人听，因为它们并不连续，只是一连串印象。这个梦是关于一个阴谋和一份真实人口档案的，上面列出了所有真实存在的人的姓名，那份档案确保了他们的真实存在。这儿有一条为你准备的梦中的双关语——现实其实是由连锁的现实公司运作的，每座城市都有一家，只是人们不知道它们是连锁公司。当然，它们也做房地产生意，以此作为幌子。[1] 哦，该死的，就连尝试讲述也让人一团混乱。

"好吧，莫蒂，就这样了。我的猜测是你会告诉我，我唯一能做的是用精神障碍来为自己辩护——你会是正确的，因为如果我精神健全，我就成了杀人凶手，会被判一级谋杀罪，没有可以减刑的情节。所以呢？"

"所以，"米尔森说，他用一支金色铅笔乱写了一阵，再抬起头，"你看了一阵子的精神科医生，他的名字不叫加尔布雷思吧？"

凯恩摇摇头。

"很好。加尔布雷思医生是我的一个朋友，也是城里最好的司法精神医学家，也许在全国都数一数二。他已经和我在十二件

---

[1] reality（现实）与 realty（房地产）拼写相近，作者因此把它们联系在了一起。

案子上合作过，这些案子我们统统打赢了。在我着手制定辩护方案之前，我想要听一下他的意见。假如我派他过来见你，你愿意和他谈一谈，对他完全坦诚吗？"

"当然行。呃——你愿意让他帮我做一件事吗？"

"大概行。什么事呢？"

"把你的酒壶借给他，让他把它装满酒带过来。你真不知道美酒让这些会面变得多么令人愉快。"

莫蒂默·米尔森桌上的内部通话系统响了起来，他揿下按键，秘书的声音传了过来："先生，加尔布雷思医生来见你。"米尔森让女秘书立刻领医生进来。

"嗨，医生。"米尔森说，"请坐下把所有事都告诉我。"

加尔布雷思坐下后，点着一根香烟才出声。"令我困惑了一阵，"他说，"我一直找不出答案，直到我和他讨论起既往病史。他二十二岁时打马球坠马，被马球杆击中头部，引起了严重的脑震荡，随后出现记忆缺失。他一开始彻底失去了记忆，但他的记忆逐渐恢复到了青春期初期的水平。从那时到受伤发生时之间的记忆则缺失严重。"

"我的天，那正是观念灌输的时期。"

"正是。哦，他有记忆闪回——就像他告诉你的那个梦。他可以恢复——但我担心现在为时已晚。要是我们在他犯下蓄意谋杀之前抓住他该有多好。但现在我们不可能冒险让他的经历被记录在案，即便以精神障碍来辩护也不可以。所以……"

"所以，"米尔森说，"我现在会打电话。然后再去见他。我讨厌那么做，但这事得完成。"

他揿下内部通话系统上的按键。"多萝西，帮我打给米德兰房地产公司的霍奇先生。等你接通后,把电话转到我的专用线路。"

他等待的时候,加尔布雷思告辞离去,片刻后他的一台电话机响起,他拿起话筒。

"是霍奇吗?"他说,"我是米尔森。你的电话安全吗?……好的。代码84。立刻从真实人口档案中移除洛伦茨·凯恩的卡片……是的,必须如此,是紧急操作。我明天再提交报告。"

他从桌子抽屉里拿出一把手枪,搭乘计程车去了法院。他安排与委托人会面,凯恩一穿过门,他就立刻开枪射杀了他,等待毫无用处。一分钟——尸体消失总是需要这么点时间——之后,他上楼到阿曼达·海斯法官的办公室,进行最后的确认。

"嗨,法官阁下。"他说,"有个人最近跟我说起过一个名叫洛伦茨·凯恩的男子,我不记得是谁跟我说的。那人是你吗?"

"我从未听过这个名字,莫蒂。那人不是我。"

"那么一定是别人。谢谢,法官阁下。再会了。"

业余爱好者

"我听到传闻，"桑斯特罗姆说，"大意是说——"他扭头张望，再三确认这间狭小的药房里只有他和药剂师两个人。药剂师是个地精一般的小个子男人，满脸皱纹，身形佝偻，说不准多少年纪，从五十岁到一百岁都有可能。店内只有他们两人，但桑斯特罗姆依然压低嗓门："大意是说，你有一种完全检测不出来的毒药。"

药剂师点点头。他从柜台里出来，锁上店铺的前门，再走向柜台后面的一道门。"我正要喝杯咖啡休息一下，"他说，"来和我一起喝杯咖啡吧。"

桑斯特罗姆跟着药剂师绕过柜台，穿过门道，进入一个里间。房间四周是放满各种瓶子的架子，从地板直抵天花板。药剂师将一只电咖啡渗滤壶的插头插上，找出两只杯子，放到一张桌子上，桌子两边各有一把椅子。他示意桑斯特罗姆坐到一把椅子上，自己坐了另一把。"现在，"他说，"告诉我，你想要杀谁，为何要下手？"

"这有关系吗？"桑斯特罗姆问，"我付钱不就行了——"

药剂师举起手打断他："是的，有关系。我必须确保你值得拥有我能给予你的东西。否则的话——"他耸耸肩。

"好吧,"桑斯特罗姆说,"要杀的人是我的妻子。至于原因——"他开始娓娓道来。他还没说完,咖啡已经煮好了,药剂师短暂地打断他,为两人倒上咖啡。最后,桑斯特罗姆说完了故事。

小个子药剂师点点头。"是的,我偶尔会配制一种完全检测不出来的毒药。配制毒药是免费的。如果我认为值得出手,就不会收取费用。我已经帮助过许多杀人者。"

"很好。"桑斯特罗姆说,"那么请把毒药给我。"

药剂师朝他笑了笑。"我早已经给你了。咖啡煮好时,我已经确定你值得拥有它。正如我说过的,毒药是免费的。但解毒剂是要收钱的。"

桑斯特罗姆的面色变得惨白。然而他已经预料到——不是这种情况,而是欺骗出卖或敲诈勒索的可能。他从口袋里拔出手枪。

小个子药剂师咯咯笑道:"你不敢开枪。你能在这几千个瓶子中找到解毒剂吗?"——他朝着架子挥挥手——"或者,你会不会找到一种更快起效、毒性更强的毒药?假若你认为我在唬人,觉得你其实没有中毒,那么尽管开枪吧。三小时之内,等毒药开始发作,你就会知道答案。"

"解毒剂要多少钱?"桑斯特罗姆咆哮道。

"相当公道的价钱。一千美元。毕竟,人必须过日子。即使他的业余爱好是阻止谋杀,也没有哪条理由说他不应该靠这个挣钱,对吧?"

桑斯特罗姆咆哮一声,放下手枪——但只是放在了近旁,掏出钱包。也许,等到他服下解毒剂后,他依然会使用这把手枪。他清点出十张百元美钞,将钞票放到桌上。

药剂师没有立刻拿起钱。他说:"还有一件事——为确保你的妻子和我的安全,你要写一份供认状,说明你想谋杀妻子的意图——我确信，应该说是你之前的意图。接着你要在这儿等着，等我出去把供认状邮寄给一位凶案科的朋友。他会将供认状留作证据，以防你又决定要杀掉你的妻子，或者想杀了我。

"等到供认状寄出去后，我回到这儿，给你解毒剂，那样我就会很安全。我会给你拿来纸和笔……

"哦，还有一件事——虽然我不会坚决要求你这么做。请帮忙把我有一种完全检测不出来的毒药的消息散布出去，可以吗？桑斯特罗姆先生，世上的事永远都说不准。倘若你有什么仇家的话，也许你救下的正是你自己的性命呢。"

寂静的尖叫

这是早年便有的有关声音的无聊争论。假如在森林深处有一棵树倒下,而那地方没有能听到动静的生物,那么大树的倒下是寂静的吗?一个没有生物能听到动静的地方,存不存在声音?我早已听过大学教授,以及街头清道夫们争论这个问题。

这一回争论这个问题的人,是一个小火车站的站长与一名身着工装裤的健硕男子。那是一个暖夏的黄昏,车站站长办公室面对车站后月台的窗户开着;站长把手肘搁在窗台上。健硕男子倚靠着站长室的红砖墙。两人间的争论像一只发出嗡嗡声的熊蜂,在他们之间来来回回。

我坐在月台的木长椅上,离他俩大约十英尺远。我不是这个城镇的居民,现在在等待一班晚点的列车。车站月台上另有一名男子。他坐在长椅上,就在我旁边,夹在我与那扇窗户之间。男子高大魁梧,面容坚毅,两只手又大又粗糙。他看着像是个农民,身上穿着来镇上时才会穿的衣服。

我对于争论或身旁的男子都没兴趣。我只是在纳闷,那班该死的列车到底要晚点多久。

我身上没带手表,它正在城里头维修。从我所坐的地方也看不见站长室内的时钟。我身旁的高个男子戴着手表，于是我问他现在几点。

他没有回答。

你已经想象到了这个场面，对吧？在场一共四个人，三个人在月台上，车站站长从窗户探出身。站长与健硕男子争论不休，而长椅上坐着那位沉默的男子以及我。

我起身离开长椅，望进站长室敞开着的大门。现在是七点四十分，列车已晚点十二分钟。我叹了口气，点了根烟，决定去管下那两人的争论。此事压根儿与我无关，但我知道答案，而他俩不知道。

"请原谅我插一句话，"我说，"但你们争论的根本不是声音，你们在争论的是语义学。"

我期望他们中能有个人开口问我语义学是什么，可站长的回答大大出乎我的意料。他说："那是指对词汇的研究，对吧？我想，在某种程度上，你是对的。"

"没错，"我继续说，"如果你们在词典里查'声音'这个词，会发现词典里列出了两条释义。一条是'媒介（通常为空气）在一定范围内的振动'，另一条是'这种振动对耳朵的影响'。实际的措辞也许有出入，但意思差不了多少。现在依据其中的一条释义，无论附近有没有听得见的耳朵，声音——振动——都存在；依据另一条释义，振动不是声音，除非存在一只能听见振动的耳朵。因此，你俩都对——答案取决于你们采用'声音'这个词的哪种含义。"

健硕男子说："也许你说得有些道理。"他回头看着站长。"那么咱们算打平吧，乔。我得回家了。拜拜。"

他走下月台，绕过火车站。

我询问站长："有任何关于火车的报告吗？"

"没有。"他说。他的身体向窗外多探出几分，看向右侧，而我随之望见，在大约一个街区之外，有座我之前未曾留意到的教堂尖塔，塔上有时钟。"不过，应该很快就会来了。"

他冲着我咧嘴一笑。"那你是声音方面的专家喽？"

"呃，"我说，"恐怕不是。但我确实碰巧查过这个词。我知道它有哪些含义。"

"嗯嗯。那么，我们就拿第二条释义来说吧，只有在有耳朵听见声音的情况下，声音才算是声音。森林里有一棵树倒下，仅有一名聋人在现场，那样有声音吗？"

"我猜没有，"我说，"如果你把声音想成主观的，如果它必须被谁听到才算声音，那么就是没有声音。"

我碰巧瞥向右侧，见到那名在我刚才询问时间时没有应声的高个男子。他仍然直挺挺地凝视着前方。我稍许压低声音，问车站站长："他是聋子吗？"

"他？比尔·迈尔斯？"站长窃笑道，他的笑声里透着一丝古怪，"先生，没人知道他是不是聋子。我正准备问你这件事。假如那棵树倒下，附近有一个人，但是没人知道他是不是聋子，那样有声音吗？"

站长说话间提高了音量。我迷惑不解地盯着他，寻思他是不是有点疯，抑或只是想出了古怪的漏洞，试图把争论继续下去。

我说："假如没人知道他聋不聋，也就没人晓得有没有声音。"

站长说："先生，你错了。那人自己会知道自己是否听得见声音。兴许树会知道，对吧？兴许其他人也会知道。"

"我不明白你的意思，"我告诉他，"你在试图证明什么？"

"谋杀，先生。你刚才从一名杀人凶手身旁站起身。"

243

我再次盯着站长看，可他看上去一点也不疯。远处隐隐传来火车的汽笛声。我说："我不明白你的意思。"

"坐在长椅上的那个人，"他说，"比尔·迈尔斯。他谋杀了自己的妻子。他把妻子和帮工一起杀掉了。"

站长的说话声相当响。我感到不安，希望远方的那列火车能驶近些。我不晓得这是怎么回事，但我知道自己最好还是到那列火车上。我用眼角余光看了看那名有着花岗岩一般坚毅的面容、长了双大手的高个男子。他依旧在凝视轨道对面，脸庞上的肌肉一动也不动。

车站站长说："我会告诉你这件事，先生。我想告诉大家这件事。他的妻子是我的堂妹，她是个好女人。她嫁给那个卑劣小人之前，名叫曼迪·埃珀特。他对待她十分刻薄卑劣。先生，你知道一个人能多么卑劣地对待一名无助的弱女子吗？

"七年前，她才十七岁，是个容易上当的姑娘，所以嫁给了他。她去年春天过世时是二十四岁。她在他的农场里当帮手，干的活比多数女性一辈子干的都要多。他把她当作马一样使唤，对待她就像对待奴隶一样。而她的宗教信仰不允许她与丈夫离婚，甚至连离开他都不行。明白我的意思了吧，先生？"

我清了清嗓子，但似乎没话可说。站长无须我的催促或评论，继续说："所以，先生，你怎么能责怪她喜欢上了那个正派的小伙，那个清白的、与她岁数相仿的年轻人？她只是爱上了他，仅此而已。我敢以性命来打赌，因为我了解曼迪。哦，他们攀谈了几句，他们注视着彼此——先生，我不会打包票说他们没有偶尔偷吻对方。但是，先生，根本不存在什么杀害他俩的理由。"

我觉得很不自在，希望火车能快点到来，让我摆脱眼下的局面。然而，我得说点什么，站长在等着我发表意见。我说："就算确实有偷情,那些不成文法也都过时了。"

"没错,先生。"我说了该讲的话。"但你知道坐在那边的狗杂种干了什么?他变聋了。"

"咦?"我说。

"他变聋了。他进城来看医生,说他一直耳朵痛,再也听不见声音了,担心自己会变成聋子。医生给他开了点药试试疗效,但你知道他从医生诊所出来后去了哪里吗?"

我没有做猜测。

"治安官办公室。"他说,"他告诉治安官,他想要报告情况,他妻子与帮工两个人不见了,明白了吧?他真聪明,对吧?他发誓要控告,说假如找到两人,他会起诉。但是,他难以听清治安官提出的任何问题。最后治安官厌倦了大声嚷嚷,把问题写在了纸上。真聪明。明白我的意思吗?"

"不完全明白,"我说,"他的妻子没有离家出走吗?"

"他谋杀了她,还有帮工。更确切地说,他那时正在谋杀两人。整个过程一定花费了约莫两周时间。一个月后,发现了两人的尸体。"

站长眼睛里喷着怒火,面色因愤怒而黑沉沉的。

"尸体在烟熏室里,"他说,"一间新建造的混凝土烟熏室,尚未使用过。门外挂了锁。他在两人的尸体被发现后说,大约一个月前的某一天,他穿过农家场院,留意到挂锁没有锁好,只是被挂在了门锁环上,甚至没穿过搭扣。"

"明白吗?为了防止挂锁遗失或被偷走,他将挂锁穿过门的搭扣,再合上挂锁。"

"我的老天爷啊,"我说,"那两人在里面?他们是被活活饿死的?"

"假如你既没有水也没有食物,口渴会更快要你的命。呃,

245

不用说，两人千方百计地想要出来。那名帮工用一片撬松下来的混凝土使劲刮擦那扇门，还差一半就能弄穿。那是一扇厚实的门。我估摸着，他们一定也多次重重地敲打过那扇门。先生，仅有一名耳聋的男子住在那扇门附近，一天要从门旁经过二十次，那样有声音吗？"

站长再次毫无幽默感地窃笑起来，说："你要乘坐的火车很快就会抵达。你听见的汽笛声就来自它。它在水塔旁停车，十分钟内就会抵达本站。"站长继续说，他没有改变音调，只是嗓音又一次变响："那是种可怕的死法。就算他杀害两人是对的，也只有婊子养的黑心杂种才干得出那样的勾当。你认同吧？"

我说："但你确信他是——"

"聋子？确实，他是个聋子。你就不能想象他站在那扇被挂锁锁上的房门前，用他聋了的耳朵倾听里面传出的砸门声，以及叫喊声？

"确实，他是个聋子。所以我才能冲着他说这些事，对着他的耳朵大声说。假如我是错的，反正他也听不见。但是，他能听见我说的话。他到这儿来就是要听我会说些什么。"

我必须问清楚："为何呢？假如你是对的，他为何要这么做？"

"我在帮助他，这就是原因。我在帮助他的黑心肠下定决心，在那间烟熏室屋顶的格栅上挂条绳索，再吊死在上面。然而，他还没有胆量那么做。于是，他每次来镇上，都会在月台上坐一会儿作为休息。我告诉他，他是个狗娘养的杀人凶手。"

他往轨道上吐了口唾沫，说："我们中有一些人了解事情的真相。不包括治安官，他不会相信我们，要证明此事又太过困难。"

身后刺耳的脚步声使我转过身。有着一双大手和花岗岩般坚毅脸庞的高个男子此刻站起身。他没有朝我们这边看，迈步向阶梯走去。

站长说:"他会上吊自杀,很快就会了。他不会由于其他原因而到这儿来,只为那样干坐着,对吧?先生,你说呢?"

"除非,"我说,"他是个聋子。"

"当然。他可能是个聋子。明白我的意思了吗?假如有棵树倒下,现场唯一能听到动静的人也许是聋子,也许不是,那么这算不算是寂静无声呢?哎,我得去准备邮件袋了。"

我转过身,看着高个男子离开车站。他慢慢地走着,宽阔的肩部看上去有点驼。

一个街区外的那座尖塔上的时钟开始鸣响,七点钟了。

高个男子提起手腕,看了看手表。

我微微打起寒战。当然,这可能是巧合,但依然有一股寒意沿着我的脊椎往下窜。

火车进站,我登上了列车。

老鼠

当来自某个星球的太空飞船在地球着陆时,比尔·惠勒碰巧从他位于第八十三街和中央公园西路交叉口的单身公寓五楼望向窗外。

飞船从天空中轻轻飘落,停在中央公园内西蒙·玻利瓦尔纪念像和步行道之间的开阔草地上,离比尔·惠勒家的窗户几乎只有一百码远。

比尔·惠勒本来在抚摸趴在窗台上的暹罗猫的柔软皮毛,此时停下了手,好奇地问:"那是什么,小美?"但暹罗猫没有应答。不过,当比尔停止抚摸它后,它也停止了呜呜叫。这只母猫一定已经感觉到,比尔有些不一样——也许是因为比尔突然僵硬的手指,或者可能是因为猫咪能预知未来,察觉到情绪变化。总之,它翻了个身,改成仰躺,十分哀怨地叫了一声"喵"。但比尔这一次没有回应它。他心无旁骛地注视着街对面公园里发生的不可思议之事。

飞船的外形犹如雪茄,大约七英尺长,最粗的地方直径为两英尺。以尺寸来说,它也许是一只大号的模型飞艇玩具,但比尔从未想过它也许是个玩具或模型,甚至在他第一眼看到飞船时也是如此。那时飞船在大约五十英尺高的空中，刚好对着他的窗户。

飞船有些地方透着陌异感，即便最漫不经心地看上一眼也会有这种感觉。你不可能说得出它是什么玩意儿。无论它是外星飞船还是地球上的东西，反正没有肉眼可见的支承手段，没有机翼、螺旋桨、火箭排气管或其他任何装置——它是由金属制成的，显然比空气更沉。

然而，它像羽毛一样飘落，到达草地上方大约仅仅一英尺高的位置。飞船停在那儿，从一端（飞船的两端几乎一个模样，无法判断它是船头还是船尾）突然闪出一团火，险些亮瞎人眼。伴随着闪现的火焰，响起一种嘶嘶声，比尔·惠勒手掌下的猫咪灵活地翻过身，四足踩在窗台上，望向窗外。它轻声叫了一下，背上和后脖颈的毛都竖了起来，尾巴也炸了毛，现在足足有两英寸粗。

比尔没有触碰猫咪——要是你了解猫咪，就不会在猫咪那样子的时候摸它。他对猫说："安静，小美。没事的。只是一艘来自火星的太空飞船要征服地球。那不是一只老鼠。"

在某种程度上，他的前一个判断是对的。在某种程度上，他的第二个判断是错的。但咱们不要早早地透露下文。

在飞船的排气管或不管什么装置发出一声巨响后，飞船落下最后的十二英寸，迟缓地落到草地上。飞船没有移动。现在草地上出现了一块被烤焦的扇形区域，从飞船一端向外扩散至大约三十英尺远处。

接下来，除了人们从四面八方跑过来，什么事都没有发生。警察也跑了过来，共有三名，阻挡人们过于靠近外星物体。根据警察的想法，过于靠近好像就意味着相距小于十英尺。比尔·惠勒认为，这很愚蠢。假如那玩意儿爆炸或发生任何变故，大概会杀死附近街区的每一个人。

但飞船没有爆炸。它仅仅是停在那儿,什么事都没发生。除了惊吓到比尔和猫咪的那团火焰,什么事都没发生。猫咪此刻似乎厌烦起来,在窗台上重新躺下,竖起的毛也都塌下了。

比尔再次心不在焉地抚摸起猫咪顺滑的浅黄褐色皮毛。"小美,今天是个不同寻常的日子。外面那东西一定是从地球之外飞来的,不然我就是蜘蛛的外甥。我要下去看一眼。"

他乘电梯下楼,走到前门,尝试开门却打不开。他只能透过玻璃门看见人们的后背,这些人紧紧堵住了大门。他踮起脚,伸长脖子,视线越过离得最近的路人,望见一个个脑袋组成的密集方阵,从这儿一直延伸到公园里。

他回到电梯里。电梯操作员说:"听起来前面像是发生了令人激动的事。是有游行队伍经过,还是别的什么?"

"确实有事发生,"比尔说,"从火星或其他地方飞来的太空飞船刚在中央公园着陆。你听见的是外面民众欢迎飞船的动静。"

"老天,"操作员说,"飞船在做什么?"

"什么都没做。"

操作员咧嘴一笑:"你真会开玩笑,惠勒先生。你养的那只猫怎么样?"

"挺好。"比尔说,"你家的怎么样?"

"脾气变得更坏了。昨晚我喝了几杯后回到家,她朝我扔了一本书,数落了我半个晚上,就因为我花了三块半。你养了最好的猫。"

"我确实是这么认为的。"比尔说。

等到他回到窗边时,发现楼下真是人山人海。中央公园西路上挤满了人,每个方向上的人群都有半个街区那么长,中央公园里尽是人,延伸到远处。唯一的空地就是绕着太空飞船的那一圈,现在它的半径范围扩大到大约二十英尺,不再仅有三名警察,而是有许多警察维持秩序。

比尔·惠勒把暹罗猫轻轻移动到窗台一边,自己也坐下来。他说:"小美,我们有一个包厢席位。我应该一早就想到这一点,而不是跑到下面去。"

底下的警察遭遇了艰难的时刻,但增援力量正在赶来,是一车又一车的警力。他们一路挤到那一圈里面,再帮助扩大那一圈的范围。显然,有些人已经做出了判断,那一圈封锁线越大,会被杀死的人就越少。一些穿卡其色制服的军人也已经进入圈内。

"警官,"比尔告诉猫咪,"高阶警官。我从这儿看不清肩章,但那一位至少有三颗星——光从他走路的模样就能知道。"

警察最终把那一圈封锁线向外推至人行道上。圈内有许多警察。五六个人——有些身着警服,有些穿便服——开始小心翼翼地对飞船做记录。首先是拍照,再测量尺寸,然后一名提着大手提箱的男子小心地刮擦金属,进行着某种试验。

"小美,这是一位冶金学家。"比尔·惠勒对根本没在看的暹罗猫解释道,"我要用十磅肝跟你打赌,如果你输掉就要喵一声。他发现飞船用的合金是他以前从未见过的材料,合金里有种他鉴定不出的东西。"

"你真应该看看外面,小美,而不是昏昏沉沉地躺在这儿。今天是个特别的日子,小美。也许是人类的末日——或者新纪元——的开端。我真希望他们动作快点,赶快把飞船打开。"

现在,军用卡车驶入了那一圈封锁线。五六架大飞机在上空盘旋,制造出许多噪音。比尔疑惑地抬起头望着飞机。

"我敢打赌,那些是携带了弹药的轰炸机。不知道它们想做什么,除非是要轰炸中央公园。假如从那艘飞船里跑出手持射线

251

枪的小绿人，开始屠杀人群，那么轰炸机就能除掉活着的一切。"

然而，从圆筒形的飞船里没有跑出小绿人。研究飞船的那些人显然没能找到飞船的出入口。他们现在将飞船翻转，露出下侧，但下侧和上侧一模一样。以他们的所知，下侧之前就是上侧。

接着比尔·惠勒骂起脏话。军用卡车正在卸货，从里面搬出一顶大帐篷的各个部件，穿卡其色制服的人在敲木桩并展开帆布。

"他们净做那样的事，小美。"比尔怨恨地抱怨道，"假如他们把飞船拖走，那就够糟糕的了，但他们把飞船留在原地进行研究，却依然要阻挡我们的视线——"

帐篷竖了起来。比尔·惠勒望着帐篷顶，但上面没有发生任何变化，他看不见帐篷内正在进行的事。军用卡车来来去去，高阶警官和老百姓也是如此。

过了一会儿，电话铃声响起。比尔最后一次深情地抚摸猫咪的皮毛，走过去接电话。

"比尔·惠勒吗？"电话另一头的人问道，"我是凯利将军。有人给了我你的名字，说你是一位能干的生物学研究者，在你的领域内是顶尖人才。这是否属实？"

"呃，"比尔说，"我是一位生物学研究者。让我自称是本领域内的顶尖人才就太不谦虚了。有什么事？"

"一艘太空飞船刚刚在中央公园着陆。"

"真叫人吃惊。"比尔说。

"我从现场打来电话。这儿已经弄了电话，我们正在召集专家。我们想让你和其他生物学家来检查一下在太空飞船内找到的东西。哈佛大学的格里姆在纽约市，马上会赶到这儿，纽约大学的温斯洛已经在这儿了。这里是第八十三街的对面。你到这儿来需要多久？"

"假如我有降落伞的话，大约十秒钟就够。我一直从窗口观察你们。"他报出住址和公寓房间号，"假如你能派出两个穿制服的壮汉护送我通过人群，那么会比我自己尝试来得更快。行吗？"

"好的。我立刻派人过去。原地等着吧。"

"好的，"比尔说，"你在圆筒形飞船内发现了什么？"

对方犹豫了一下，随后说："等你到了再说。"

"我有些仪器，"比尔说，"切割的设备、化学物质、试剂。我想知道该带什么东西。飞船里的是一个小绿人吗？"

"不，"对方说，再次犹豫了一下后说，"乍一看像只老鼠。一只死老鼠。"

"谢谢。"比尔说。他放下话筒，回到窗边，注视着暹罗猫，仿佛指责一般。"小美，"他追问道，"是有人在戏弄我，还是——"

他望着街对面的现场，困惑地皱起眉毛。两名警察快步走出帐篷，径直朝他居住的公寓楼入口走来。他们开始努力穿过人群。

"小美，快用喷灯给我吹一吹，"比尔说，"这竟然是真的。"他走向橱柜，抓起一只旅行包，快步走到储藏柜旁，开始往旅行包里装入仪器和瓶瓶罐罐。等到公寓门被叩响时，他已经准备好了。

他说："小美，留在家里。我得去见一个人，讨论一只老鼠的事。"他和在门外等候的两名警察会合，被护送着穿过人群，进入那圈封锁线内，走进了帐篷。

有一群人围在圆筒形飞船的四周。比尔越过别人的肩膀望了一眼，看到圆筒形飞船几乎被分为两半。飞船内部是中空的，垫着一种像精细皮革的材料，但更加柔软。跪在飞船一端的一名男子正在说话。

"——没有任何启动装置的痕迹，事实上是根本没有任何机械装置。没有一根线缆，没有一粒或一滴燃料。只有一个中空的圆柱体，内部有衬垫。各位先生，它不可能以任何我们想得到的方式，靠自身动力来行进。然而，它从异星来到了地球。格雷夫森德说，材料肯定来自地球以外。各位先生，我被难住了。"

另一个声音说："我有个想法，少校。"说话的正是比尔·惠勒紧贴着的那只肩膀的主人，比尔吃惊地认出了这个声音和这个男人。他就是美国总统。比尔不再贴着他了。

"我不是科学家，"总统说，"这仅仅是一种可能。记得那个排气管发出的那声巨响吗？那也许是什么装置或推进剂的自毁或耗散。不管是谁，不管是什么东西把这艘奇怪的飞船派往或送往地球，它们也许不想让我们查出是什么驱动了飞船。因此，飞船着陆后就会将飞船上的装置全部销毁。罗伯茨上校，你查看过那片被烤焦的土地。有任何也许能证实这一猜测的发现吗？"

"当然有，长官。"另一个声音说，"有金属、二氧化硅和一些碳的痕迹，仿佛曾经被极高温蒸发过，再凝结和均匀地扩散。找不到一块能捡起来的东西，但仪器表明了上述结论。还有一件事——"

比尔意识到有人在跟他说话。"你是比尔·惠勒，对吧？"

比尔转过身。"温斯洛教授！"他说，"我见过你的照片，先生，而且我已经读过你在《学报》上的论文。能见到你，我倍感光荣——"

"别说空话了，"温斯洛教授说，"看一看这个。"他抓住比尔·惠勒的手臂，领他到帐篷角落的一张桌子旁。

"看上去绝对像一只死老鼠，"温斯洛说，"但它不是。完全不是老鼠。我尚未解剖它，等你和格里姆过来。但我已经测量过体温，将毛发放在显微镜下观察过，还研究了它的肌肉系统。它——哎，你自己来看吧。"

比尔·惠勒查看起来。它看起来确实像只老鼠,一只非常小的老鼠,直到仔细查看后,你才会看见细小的差异,前提是你得是一位生物学家。

格里姆到达现场,然后他们小心翼翼、十分严肃地进行了解剖。它与地球上的老鼠之间的区别不再是细小的差异,而是变成了巨大的差别。首先,它的骨骼似乎并不是骨质的,而且并非白色,而是呈现明黄色。消化系统与地球老鼠的差异不是太大。它还存在一个循环系统,内部有一种白色的奶状液体,但找不到任何类似心脏的东西;相反,有一些节沿着较大的管状器官间隔规律地排布着。

"这些是中途站,"格里姆说,"没有中央泵。你可以认为它拥有许多颗小心脏,而不是一颗大心脏。我会说这个系统很高效。这种构造的生物不可能出现心脏病。来,让我把一些白色液体放到载玻片上。"

有人靠向比尔的肩膀,将令人不自在的重量压到他身上。他转过头,准备让那人滚远点,却看见那人是美国总统。"令人印象深刻吧?"总统轻声问道。

"怎么说来着。"比尔说,一秒后,他补上一句"长官",然后总统咯咯笑起来。总统问:"你们说,它是死了好久,还是在飞船抵达之时才死的?"

温斯洛回答了这个问题:"总统先生,这纯粹靠猜,因为我们不知道这玩意儿的化学构成,也不知道它的正常体温是多少。但二十分钟前我到这儿时,用温度计测量过它的直肠温度,是95.3华氏度,一分钟前测量的温度是90.6华氏度[1]。以这种热损

---

[1] 95.3华氏度约合35.2摄氏度,90.6华氏度约合32.6摄氏度。

失速度来看,它不可能死了很久。"

"你们觉得它是智慧生物吗?"

"我无法确定,长官。这只生物太奇异了。但我的猜测是它肯定不是智慧生物。和它在地球上的类似生物老鼠相比,不会聪明到哪儿去。它们的大脑尺寸和脑回路情况相当近似。"

"你们认为它不可能设计出这艘飞船?"

"我敢用一百万比一来打赌,绝无可能,长官。"

飞船着陆时已经是下午两三点。当比尔·惠勒朝家走去时,几乎已是午夜。但他不是从街对面,而是从纽约大学的实验室回家——解剖和显微镜检查的工作在那儿继续进行。

他头昏眼花地步行回家,内疚地记起暹罗猫尚未被喂食,于是以最快的速度匆匆走完最后一个街区。

猫咪责备地看着他,快速地"喵喵,喵喵——"叫着,使得他一个字都插不进去,直到它吃起从冰箱里拿出来的动物肝脏,他才能插嘴说话。

"对不起,小美。"他说,"对不起,我不能给你带来那只老鼠,但就算我提出请求,他们也不会让我带走老鼠,我也没有问,因为它大概会让你消化不良。"

他仍然十分激动,那晚彻夜难眠。等到天色够亮时,他匆匆离家去买晨报,想看看有没有任何新发现或新情况。

什么都没有。报纸上报道的内容比他早已知道的情况来得少。但这是一篇重磅报道,报纸对此十分重视。

之后的三天,他大部分的时间都花在纽约大学的实验室里,帮助做进一步的化验和检查,直到没有任何可以尝试的新实验,也没有剩下什么材料可供尝试。接着,政府接管了剩下的东西,比尔·惠勒再次被排除在外。

再接下来的三天,他待在家中,收听广播、收看电视上的所有新闻报道,订阅纽约市发行的每一种英文报纸。但相关报道逐渐消失。没有发生进一步的事件,没有取得进一步的发现,假如有任何新想法,它们也未被披露给公众。

第六天,爆出了一则更重磅的新闻:美国总统遭到暗杀。人们立刻忘记了太空飞船。

两天后,英国首相被一名西班牙裔杀害,之后的那天,莫斯科中央政治局内的一名小职员突然失控,枪杀了一个位高权重的官员。

第二天,纽约市内的许多窗户破裂,宾夕法尼亚州某县的大部分土地快速隆起又缓缓下落。方圆数百英里内的民众再也无须被告知那儿有——或者说曾经有过——一处原子弹仓库。那个县的人口稀疏,死者不是太多,仅仅几千人而已。

同样在那天下午,证券交易所的主席割喉自杀,股灾随之开始。没人过多关注第二天发生在成功湖[1]的暴乱,因为一支来路不明的潜艇舰队突然击沉了新奥尔良港的几乎所有船舶。

那天晚上,比尔·惠勒在自己的公寓门口来回踱步。他间或驻足在窗边,抚摸名叫小美的暹罗猫,再望一眼外面灯火通明、武装哨兵层层把守的中央公园,他们正在那儿为高射炮掩体浇灌混凝土。

他的神色憔悴。

他说:"小美,我们从这扇窗户看见了整件事的开头。也许是我疯了,但我依然觉得,是那艘太空飞船开的头。天晓得是怎么回事。也许我应该把那只老鼠喂给你。没有来自某人或某个东

---

[1] 1946年至1951年,联合国临时总部设在纽约长岛上的成功湖。

西的帮助，事情不可能这样急转直下。"

他缓缓摇头，说："小美，咱们来设想一下。比方说，除了一只死老鼠，还有什么东西搭乘那艘飞船来到了地球上。它可能是什么东西？它可能做出什么事，可能在做什么事？

"咱们假设那只老鼠是一只实验动物，类似实验用的豚鼠。它被送入飞船，挺过了太空旅程，但在到达这儿时死掉了。为什么？我有一种古怪的预感，小美。"

他在一把椅子上坐下，向后靠着椅背，抬头凝视天花板。他说："假设来自某处的高等智慧制造出那艘飞船，随它一同到达地球。假设它并非那只老鼠——咱们就叫它老鼠吧。那么，因为那只老鼠是飞船内唯一存在的实体，那么那个高等智慧、那个入侵者就并非实体。它是一种脱离它在原来的地方所拥有的躯体也能存活的存在。咱们假设它在任何一具躯体内都能存活，它将自己的躯体留在老家的一个安全场所，寄生在一个可消耗的躯体内，坐飞船来到这儿，一抵达就抛弃了那具躯体。那就解释了死老鼠和它在飞船着陆时死去的事实。

"在那一刻，那个智慧存在跃入这里某人的躯体内——大概是飞船着陆时第一批冲向飞船的某个人。它存活在那人的躯体内——在百老汇大街上的一家宾馆或者鲍厄里街上的一家小客栈，或者随便什么地方——假扮成一名人类。这挺说得通，对吧，小美？"

他站起身，再次开始踱步。

"它有能力控制其他人的头脑，开始让世界——地球——变得对火星人、金星人或者不管什么来路的外星人来说足够安全。它在经过几天的研究后，发现世界处在自毁的边缘，只需要助推一下。于是，它可能就轻轻推了一下。"

"它可以进入一个疯子的头脑,让他刺杀美国总统,并被当场逮住。它可以让一个苏联人枪杀头号人物。它可以让一名西班牙裔枪杀英国首相。它可以在联合国发动一场血腥的暴乱,可以让一名军队卫兵引爆一处原子弹仓库。它可以——天啊,小美,它可以在一周内把这个世界推入一场终极大战。它事实上已经做到了。"

他走向窗口,抚摸暹罗猫光滑的皮毛,同时冲着底下耀眼的探照灯照射着的正在建造的高射炮掩体蹙起眉头。

"它已经做到了,即便我的猜测是对的,我也不可能阻止它,因为我找不到它。而且,现在没人会相信我。它会把世界打造成对火星人来说的安全之所。当战争结束,许多那样的小飞船——或大飞船——就能在这儿着陆,轻而易举地接管剩下的一切。"

他用微微颤抖的双手点着一根香烟,说:"我越是琢磨,越是——"

他再次在椅子里坐下,说:"小美,我得尝试一下。尽管这个想法很古怪,我还是得告诉当局,不管他们相不相信。我碰见的那位少校是个聪明人。凯利将军也是。我——"

他走向电话机,又再度坐下。"我会给他俩打电话,但咱们先更细致地思考一下。看看我能不能给出任何明智的建议,他们要怎么才能着手找到那个——存在——"

他呻吟道:"小美,这不可能。它甚至不必扮成人类。它可能借用动物的躯壳,任何生物都可能。它可能是你。它大概会借用附近最接近它的心智的任何一类头脑。假如它和猫科动物有远亲关系,那么你会是离得最近的猫。"

他坐起身,盯着猫咪,说:"我要发疯了,小美。我记起在那艘飞船炸毁机械装置、失去动力之后,你是如何跳起来扭动身体的。听着,小美,你近来睡觉的时间是平常的两倍。你的头脑是不是——"

"例如,这就是昨天我没法弄醒你,再给你喂食的原因。小美,猫总是很容易醒的。猫咪都是这样。"

比尔·惠勒神情恍惚,起身离开椅子。他说:"猫咪,我是不是疯了,还是——"

暹罗猫用困倦的眼睛无精打采地看着他。它清楚地说:"忘掉这件事。"

比尔·惠勒处在半坐半起身的状态,神情有一瞬间更加恍惚了。他摇动脑袋,仿佛是要清空脑海。

他说:"我在说些什么,小美?我因为睡眠不足晕乎乎的。"

他走向窗户,郁闷地望着外面,抚摸猫咪的皮毛,直到它呼噜呼噜地叫起来。

他说:"饿了吗,小美?想吃些肝?"

猫咪从窗台上跃下,热情地用身体蹭起他的腿。

它叫了声:"喵喵。"

最后的火星人

这个夜晚像任何一个夜晚一样平平无奇，但比大多数夜晚都来得乏味。我报道完一场无聊的宴会，回到本地新闻部。宴会上的食物平庸至极，尽管我并未花费半分钱，但仍然感觉像上了当。我仅仅为了好玩，用华丽的文字写了一篇很长的宴会报道，大约有十或十二英寸。当然，文字编辑会把稿件删改成一两段毫无激情的简讯。

斯莱珀坐在椅子上，双脚搁在桌子上，夸示自己什么都不用做。约翰尼·黑尔在给打字机装新色带。剩下的同事在外面执行例行的采访任务。

本地新闻版的主编卡根走出他的办公室，朝我们走过来。"你们中有谁认识巴尼·韦尔奇？"他问我们。

一个愚蠢的问题。巴尼经营的巴尼酒吧就在《论坛报》报社的街对面。每个《论坛报》记者都认识巴尼，而且交情好到能向他借钱。于是，我们全都点了头。

"他刚刚打电话来，"卡根说，"他那儿有个家伙宣称自己来自火星。"

"喝醉了还是发疯了，哪种？"斯莱珀想要打听。

"巴尼不知道,但他说假如我们想要过去与那人聊一聊,也许能写出一篇滑稽的故事。既然酒吧就在街对面,你们三个家伙反正都干坐着,哪个跑一趟吧。但酒水钱不许记在报销账单上。"

斯莱珀说了声"我去",但卡根的目光已经落到我身上。"你有空吗,比尔?"他问,"假如写得成东西的话,这会是一篇有趣的报道,而你写起这种奇人异事总是得心应手。"

"好的,"我咕哝道,"我会去的。"

"也许只是一个醉汉在搞笑。但假如那人真的神智错乱,打电话叫警察过来,除非你觉得你能写出一篇滑稽报道。假如警察逮捕了那人,你就有些写严肃报道的素材了。"

斯莱珀说:"卡根,你为了得到一篇报道,会让你祖母被捕入狱。我能和比尔一起去吗?我就在一旁观察,绝不参与。"

"不行,你和约翰尼待在这儿。我们不会把整个本地新闻部搬到街对面的巴尼酒吧。"卡根回到自己的办公室。

我打下一个"30",结束了宴会报道[1],把稿件用气动管道送出去,然后拿起帽子和大衣。斯莱珀说:"替我喝一杯酒,比尔。但不要喝太多,否则就没法得心应手了。"

我说了声"一定",就起身走向楼梯,下了楼。

我走进巴尼酒吧,环顾四周。除了在一张桌子旁玩金罗美纸牌游戏的两名印刷工,酒吧内没有来自《论坛报》的人。在酒吧最里面,除了巴尼本人,另外仅有一名男子。男子高高瘦瘦,面色灰黄,独自坐在一个卡座里,闷闷不乐地注视着一只几乎空了的啤酒杯。

我想,我首先得弄清巴尼想怎么做,于是我走向吧台,放下

---

[1] 美国新闻工作者习惯使用"-30-"等记号来表示稿件结束。

一张钞票。"给我来一杯酒。"我告诉巴尼,"要纯的,另外倒杯水放旁边。那边高高瘦瘦的阴郁男子就是你打电话向卡根提及的火星人?"

巴尼点了点头,给我倒了酒。

"我该怎么做?"我问他,"他知不知道有个记者会来采访他?还是说,我光给他买杯酒,说服他就行?他有多疯狂?"

"这就得由你来告诉我了。他说,他两小时前刚刚从火星到这儿,试图弄明白情况。他说,他是最后一个存活的火星人。他不知道你是个记者,但他准备好与你交谈了。我都安排好了。"

"怎么办到的?"

"我告诉他,我有个朋友比任何一个普通人都来得聪明,能给他一些好建议,告诉他该怎么办。我没有告诉男人任何名字,因为我不知道卡根会派谁过来。但那人准备好向你倾诉了。"

"知道他的名字吗?"

巴尼面容歪扭。"他说自己叫扬根·达尔。听我说,不要让他在这儿做出暴力或异常行为。我不想惹麻烦。"

我喝下一注烈酒,再呷了一口水,说:"好的,巴尼。倒两杯啤酒过来,我会端啤酒到那边去。"

巴尼打出两杯啤酒,去掉了泡沫。他把六十美分记入收银机,给我找零。我端着啤酒走向卡座。

"达尔先生吗?"我说,"我叫比尔·埃弗里特。巴尼告诉我,你有个问题,而我也许能帮你一把。"

他抬头看着我。"你是他打电话叫来的人?坐下吧,埃弗里特。十分感谢给我啤酒。"

我坐进卡座,与他面对面。男子啜饮完上一杯啤酒剩下的最后一点,紧张的双手握住我刚买给他的那杯啤酒。

263

"我想,你会觉得我疯了,"他说,"也许你是对的,然而——我自己也不明白。我猜想,酒保认为我疯了。听着,你是个医生吗?"

"不完全是。"我告诉他,"称我为心理咨询师吧。"

"你认不认为我精神失常?"

我说道:"大多数精神失常的人不会承认他们可能精神失常。但我还没听过你的故事。"

他喝下一大口啤酒,再次放下酒杯,但双手依然紧紧握住杯子,可能是为了防止双手颤抖。

他说:"我是一个火星人,最后一个火星人。其他所有火星人都死了。两小时前,我刚见到他们的尸首。"

"两小时前你在火星上?你是怎么到这儿的?"

"我不知道。这才是恐怖的地方。我不知道。我只知道其他人都死了,他们的尸体开始腐烂。可怕极了。我们原本有一亿人之多,如今我是最后一个。"

"一亿人。这是火星上的总人口?"

"差不多。也许还要多一些,但那确实是人口总数。他们如今全都死了,除了我。我查看了三座城市,三座最大的城市。我那时在斯卡尔市,当我发现那儿的所有人都死了,我乘坐一架塔尔甘——没有人来阻止我——飞去温达内尔市。我以前从未驾驶过塔尔甘,但操作起来很简单。温达内尔市的每个人也都死了。我给塔尔甘加了燃料,继续飞行。我飞得很低,观察地面,没有一个人活下来。我飞到最大的城市赞达市,那儿有超过三百万的人口。那儿的所有人都死了,尸体开始腐烂。场面很恐怖,我告诉你,很恐怖。我克服不了此事带来的震惊。"

"我能想象。"我说。

"你无法想象。当然,火星本来就是一个濒死的星球。你得明白,我们顶多还能再繁衍十二代。两百年前,我们的人口有三十亿——大多数人都处在饥饿中。沙漠的风带来一种叫克里尔症的疾病,我们的科学家无法治愈这种疾病。两百年里,它导致我们的人口减少到原先的三十分之一,减少的势头依然在继续。"

"那么,你们的人民是因为这种克里尔症而死去的吗?"

"不。当一名火星人死于克里尔症,尸体会萎缩。我见到的尸体没有萎缩。"他打了个寒战,喝掉余下的啤酒。我发觉我一直忽视了自己的那杯酒,于是喝光了它。我朝巴尼举起两根手指,巴尼一直看着我们这边,神情忧虑。

我面前的这个火星人继续讲述:"我们试图发展太空旅行技术,但研发不出来。我们认为,假如我们去到地球或其他星球,我们中的一些人也许能避开克里尔症。我们尝试过,但失败了。我们甚至飞不到火卫二或火卫一上。"

"你们没有发展出太空旅行?那么你如何——"

"我不知道。我不知道。我告诉你,这把我逼得抓狂。我不知道我是如何来到这里的。我是扬根·达尔,一个火星人。而我此刻在这儿,在这具躯壳里面。这把我逼得抓狂,我告诉你。"

巴尼端着啤酒过来,他的面色充满忧虑。于是我等到他走到听不见我俩对话的地方后,开口问:"在这具躯壳里面?你的意思是——"

"当然。我所在的这具躯壳不是我的。你不会以为火星人的模样会和地球人一样吧?我有三英尺高,体重大约等于地球上的二十磅。我有四条胳膊,每只手有六根手指。我所在的这具躯壳——它吓到了我。我弄不懂这具躯壳,就像我不知道我如何来到这儿一样。"

"或者,你怎么碰巧会说英语?你能解释这一点吗?"

"呃——某种程度上可以。这具躯壳的名字叫霍华德·威尔科克斯,是一名簿记员。它和这个种族的一名女性结了婚,在一个叫亨伯特电灯公司的地方工作。我已经获得它所有的记忆,能做它所能做的一切事,我知道它所知的一切。从这个意义上来说,我就是霍华德·威尔科克斯。我的口袋里有能证明身份的证件。但这完全说不通,因为我是扬根·达尔,我是一名火星人。我甚至拥有这具躯壳的口味。我喜欢啤酒。假如我想起这具躯壳的妻子,我——呃,我爱她。"

我盯着他看,掏出香烟,把烟盒递给他。"抽烟吗?"

"这具躯壳——霍华德·威尔科克斯——不抽烟。不过,谢谢了。让我给咱俩再买一轮啤酒。这些口袋里有钞票。"

我给巴尼打了个信号。

"这事是何时发生的?你说是在仅仅两小时前?在那之前,你有没有怀疑过你是火星人?"

"怀疑?我就是个火星人。现在是什么时间?"

我看了眼巴尼的时钟。"晚上九点多一点。"

"那么比我本来想的时间要久一些。三个半小时。傍晚五点半时,我发现自己在这具躯壳里,因为那时它正在下班回家的路上,我从它的记忆中知道,它是在半小时前,也就是五点钟下班的。"

"你——它——回到家了吗?"

"没有,我太过困惑了。这不是我的家。我是个火星人。你不明白吗?呃,假如你不明白,我不怪你,因为我也不明白。但我走啊走。我——我是说霍华德·威尔科克斯——变得口渴,然后他——我——"他就此打住,再次从头说起,"这具躯壳变得口渴,我在此处停下,想喝点东西。喝过两三杯啤酒后,我心想那边的酒保也许能给我一些建议，于是开始与他攀谈。"

我向前倾身越过桌面。"听着，霍华德，"我说，"你本该回家吃晚餐。你在让妻子为你担忧，除非你打通电话给她。打过了吗？"

"我——当然没有打。我不是霍华德·威尔科克斯。"但一种新的担忧浮现在他脸上。

"你最好打电话给她，"我说，"你打通电话会失去什么吗？无论你是扬根·达尔还是霍华德·威尔科克斯，都有一个女人坐在家中，为你或他担惊受怕。有点良心，去给她打一通电话。你知道号码吗？"

"当然。这是我自己——我的意思是，这是霍华德·威尔科克斯的——"

"别再在语法上自找麻烦了，去打那通电话。不用为编造故事而操心，你的思绪过于混乱。只消告诉她，你回到家时会解释一切，但眼下你没出啥事。"

他站起身，像个恍惚的男人，走向电话亭。

我走到吧台边，一口喝下一小杯纯酒。

巴尼说："他是不是——呃——"

"我还不清楚。"我说，"这件事有些我依然搞不懂的地方。"我走回到卡座里。

他咧着嘴露出淡淡的笑容，说："她听上去好生气。假如我——假如霍华德·威尔科克斯回到家，他编造出的故事最好无懈可击。"他喝了一大口啤酒，"反正要强过扬根·达尔的故事。"他到此刻变得更有人情味了。

但随后他再次恢复老样子，注视着我。"我也许应该从头开始告诉你这件事是如何发生的。我被关在火星上的一个房间里。在斯卡尔市里。我不知道他们为何将我关在那儿，但他们那么做了。我被反锁在房内。好长一段时间过去了,他们没有给我拿来食物,我变得饥肠辘辘,从地上撬出了一块石头,开始用石块破坏房门。我饿得要命。我花费了三天——火星上的三天大约等于地球上的六天——穿过房门,蹒跚地走来走去,找到了所在建筑中储存食物的地方。那儿没有半个人影,于是我就吃起来。然后——"

"继续,"我说,"我听着呢。"

"我走出建筑,所有人都死了,尸体躺在外面的街道上,开始腐烂。"他用双手遮住眼睛,"我查看了几座房子和其他建筑物。我不知道自己为什么寻找,也不知道自己在寻找什么,但没有人死在室内。每个人的尸体都躺在室外,没有一具尸体萎缩,所以杀死他们的不是克里尔症。

"然后,就像我告诉过你的,我偷了塔尔甘飞行器——我想,其实不算偷,因为全部人都死光了,我没法从某人手上偷走它——驾驶它飞了一圈,寻找还活着的人。乡下是同样的情景——所有人都死了,尸体躺在房屋附近的室外。温达内尔市和赞达市是同样的情景。

"我有没有告诉你,赞达市是最大的城市,是火星的首都?在赞达市中心有一个开阔的室外运动场,它比地球上的一平方英里大得多。赞达市的所有人都躺在那儿,或者看起来是所有人。三百万具尸体都躺在一起,像是聚集在那儿的开阔场地上受死一般。就像他们知道要死了一般。其他每个地方的每个人好像都死在室外,但在这儿,他们全都躺在一起,整整三百万具尸体。

"我从城市上空飞过时,从空中看到这一幕。运动场中央的平台上有些东西。我驾驶塔尔甘下降,悬浮在上方——它有点像你们的直升机,我忘了提及这一点——我悬浮在平台上方,看到上面的东西——某种用铜制成的柱子。铜在火星上的地位就像黄金在地球上一般。柱子上有一组按钮，镶嵌着珍贵的宝石。一名披着蓝色袍子的火星人尸体躺在柱子脚下，刚好在按钮的下方，好像他揿下按钮后死去一般。其他所有人都已经随着他一起死了。火星上的所有人都死了，只有我除外。

"我将塔尔甘降落到平台上，走下飞行器，揿下按钮。我也想要死去，其他人都死了，我也想要一同赴死。然而我没有死去。转眼我到了地球上，坐在一辆有轨电车里，我是在下班回家的路上，我叫——"

我给巴尼打了个信号。

"听我说，霍华德，"我说，"我俩再喝上一杯啤酒，接着你最好回到你妻子身边。你会被她狠狠责骂一顿，你逗留得越久，被骂得就越厉害。假如你机灵的话，会带上一些糖果或鲜花，在回家的路上想出一套真正像样的说辞，而不是你刚刚告诉我的故事。"

他说："呃——"

我说："呃什么呃。你叫霍华德·威尔科克斯，你最好回家到你妻子身边。我会告诉你，也许发生了什么事。我们对人类心智所知甚少，它会遭遇到许多奇怪的事。中世纪的人相信中邪，也许他们遇到了一些怪事。你想知道我认为你发生了什么吗？"

"什么？看在老天的分上，假如你能给我任何解释——除了告诉我，是我发疯了——"

"霍华德，我认为假如你任由自己继续想下去，你能把自己逼得精神失常。你就假定存在某种正常的解释，然后忘掉这件事吧。我可以猜一下，可能发生了什么事。"

巴尼端着啤酒过来，等到巴尼回到吧台后面我才出声说："霍华德,可能有一个叫扬根·达尔的人——我是指一个火星人——于今天下午在火星上死去。也许他真的是最后一个火星人。也许不知怎么的,在他死亡的那一刻,他的心智与你的心智混合在了一起。我并非说这就是实际发生的事,但这猜测并非不可信。霍华德,假定实际情况就是这样,再驱走这种想法,表现得好像你就是霍华德·威尔科克斯一样。假如你有所怀疑,就照照镜子。回家和你的妻子商量一下,明天早上去上班,忘掉这件事。你不认为这是最好的主意吗?"

"呃,也许你是对的。我的感官证据——"

"接受现实。除非你有更有力的证据。"

我俩喝完啤酒,我搀扶他上了一辆计程车。我提醒他中途停车购买糖果或鲜花,想出些合理可信的托辞,而不是琢磨他刚才告诉我的东西。

我回到《论坛报》的大楼,走进卡根的办公室,关上了身后的房门。

我说:"行了,卡根。我把他搞定了。"

"发生了什么事?"

"他是个火星人。他是火星上剩下的最后一个火星人。只是他不知道我们已经来到了这儿。他以为我们都死了。"

"但是怎么——他怎么可能被忽略了?他怎么可能不知情?"

我说:"他是个白痴,住在斯卡尔市的一家精神病院里,有人疏忽大意,把他留在了病房里,同时我们揿下按钮,被传送到这儿。他那时不在室外,所以没有接触到心智端口射线,也就是那种携带我们的灵魂穿越太空的射线。他逃出病房,在赞达市发现了举行仪式的平台,亲自揿下按钮。那儿一定还剩下足够的电力,将他在我们之后传送过来。"

卡根轻轻吹起口哨。"你告诉了他真相吗？他是否够聪明，能够守口如瓶？"

我摇摇头。"我对于这两个问题的答案都是否定的。我猜测，他的智商大约是十五。但那智商跟普通地球人的差不多，所以他在这儿活得下去。我说服他相信，他确实就是他的灵魂碰巧进入的那名地球人。"

"幸亏他走进了巴尼的酒吧。我马上打电话给巴尼，让他知道事情解决了。我很惊讶，巴尼打电话给我们之前没有给他的酒水下药。"

我说："巴尼是我们中的一员，他不会让那人离开酒吧的。他会把男子拖住，直到我们到达酒吧。"

"但你放他离开了。你确信这么做安全吗？你难道不应该——"

"他会没事的。"我说，"我会承担职责，密切关注他，直到我们接管地球。我想，之后我们将不得不再次把他送进精神病院。但我很高兴，我没有被迫杀掉他。毕竟，无论他是不是个白痴，他都是我们中的一员。他大概会很高兴得知自己不是最后一个火星人，那么他不会介意自己不得不回到精神病院这回事的。"

我回到本地新闻部，坐到我的桌子后面。斯莱珀不在，大概是被派到某个地方执行某个任务去了。约翰尼·黑尔从他正在阅读的杂志上抬起头。"得到报道素材了？"他问。

"没，"我说，"就是一个带来了不少欢乐的醉鬼。我真惊讶，巴尼会为这种人打来电话。"

271

镜之厅

有一瞬间,你以为这在灿烂下午过了一半的时候突然降临的黑暗是暂时的失明。

你心想,这一定是失明。把你晒得黝黑的太阳怎么可能一下子熄灭,让你留在十足的黑暗中?

接着,身体的神经告诉你,你眼下站立着,然而在仅仅一秒钟之前,你还舒服地坐在——几乎是斜倚在——一把帆布椅上。你在一个朋友位于贝弗利山庄的宅子的露台上,正在和你的未婚妻芭芭拉聊天。你注视着身穿泳装的芭芭拉,她金褐色的肌肤在灿烂的日光下显得美极了。

你穿着泳裤。此刻你没有感觉到身上的泳裤。松紧腰带施加在腰部的细微压力不复存在。你用双手摸了摸自己的臀部。你全身赤裸,还站立着。

无论你遭遇了什么事,那都不只突然变黑或突然失明。

你举起双手,在面前摸索。双手摸到了一个光滑平坦的表面——一面墙壁。你伸展双手,每只手摸到了一处墙角。你徐徐转身。第二面墙壁,第三面墙壁,接着摸到一扇门。你是在一个边长大约四英尺的柜子里。

你的手摸索到柜门的把手。你转动一下,推开柜门。

现在有光了。这扇门打开后,通向一个有光的房间……一个你从未见过的房间。

房间不大,但配的家具挺像样的——不过这些家具属于一种对你而言很陌生的风格。谨慎令你小心翼翼地进一步打开门。但房间里空无一人。

你踏进房间,转身看着身后的柜子,它现在被房间里的光线照亮。它算是个柜子,但又不是柜子。它的大小与外形像个柜子,但里面什么都没有,一只钩子也没有,没有挂衣服的杆子,没有架子。它就是一个空空如也、四壁光秃秃、四英尺长四英尺宽的空间。

你关上柜门,站在原地环顾房间。房间大约十二英尺宽,十六英尺长。有一扇门,但门紧闭着。房间没有窗户,有五件家具。你认出其中差不多四件家具。一件像是一张很实用的书桌,一件显然是椅子……一张看起来很舒适的椅子。还有方桌,桌面分成多层,而不是仅仅一层。另一件家具是一张床或长榻。上面躺着一样微微发亮的东西,你走过去,捡起发亮的东西,查看起来。是一件衣服。

你光着身子,于是穿上了衣服。拖鞋有部分藏在床(或长榻)底下,你把双脚滑入拖鞋里。拖鞋很合脚,感觉既温暖又舒适,你脚上穿过的任何鞋子从没带来过这种感受。感觉宛如羔绒,但更柔软。

你现在穿上了衣服。你看着房门——房间里除了柜门(你从柜门进入这间房)之外的唯一一道门。你走向房门,在你试着转动门把手之前,你看见门把手上面贴着打字机打出的小告示,上面写着:

这扇门装有时间锁,设定在一小时后开启。由于你不久后就会明白的原因,你最好不要在那之前离开这间房。书桌上有一封给你的信。请读一下。

小告示上没有签名。你看了看书桌,看到上面躺着一只信封。你尚未走过去从书桌上拿起那只信封,阅读那封必定在信封内的信。

为何不?因为你被吓坏了。

你看到了这个房间的其他细节。房内的光亮来自你没能发现的光源。光亮不知是来自哪儿。反正不是间接照明——天花板和墙壁根本没有反射光线。

在你来自的地方没有那样的照明。你来自的地方,这是什么意思?

你合上眼睛。你告诉自己:我是诺曼·黑斯廷斯。我是南加利福尼亚大学的数学副教授。我今年二十五岁,今年是1954年。

你睁开眼,再次打量四周。

1954年的洛杉矶——或者你所知的其他任何地方——不使用那种风格的家具。角落里的那玩意儿——你甚至猜不到它是什么东西。所以,这也许就像你的祖父在你这个岁数看到一台电视机一样。

你低头看着自己,看着你发现在等着你的这件闪亮的衣服。你用大拇指和食指感觉它的质地。

它和你以前触摸过的任何东西都不一样。

我是诺曼·黑斯廷斯。今年是1954年。

冷不丁的,你一定是立刻明白了过来。

你走向书桌，拿起躺在上面的信封。你的姓名"诺曼·黑斯廷斯"打在信封外面。

你撕开信封时，双手微微颤抖。你有没有责怪它们？

里面有好几页打字机打出的信笺。开头写着"亲爱的诺曼"。你迅速翻到末尾寻找签名。没有签名。

你翻回到开头，开始读信。

"不用害怕。没什么要害怕的，但有需要解释的事。在时间锁开启那扇门之前，你必须理解一些情况。你必须接受和遵从一些命令。

"你早已猜到，你处在未来——对你而言，这看起来像是未来。衣服和房间一定已经告诉了你这一点。我是那么计划的，这样冲击就不会过于突然，你会在几分钟内意识到这一点，而不是在这封信中读到——那样的话，你大概不会相信你读到的东西。

"你到现在已经明白过来，你刚才从中迈出的那只'柜子'是一台时间机器。你从它一脚跨入了2004年的世界。现在的日期是4月7日，距离你最后记得的时间刚好相隔五十年。

"你无法返回过去。

"我对你做了这件事，你也许因此而记恨我，我不知道。这得由你来决定，但是这不重要。重要的是——而且不单单对你而言——你必须做出的另一个决定。我没有做那个决定的能力。

"谁在给你写这封信？我现在还不会告诉你。等到你读完这封信时，即便它没有签名（因为我知道你首先会寻找签名），我也无须告诉你我是谁了。你会知道的。

"我今年七十五岁。我一直在研究'时间'，到2004年已经有三十个年头。我已经完成有史以来的第一台时间机器——尽管它已经建造完成，但到现在为止，它的建造都是我的秘密。

275

"你刚刚参与了第一个主要实验。决定是否应该用时间机器做更多实验,是否应该把时间机器给予全世界,是否该将它摧毁并永远不再使用,这将会是你的职责。"

第一页结束。你抬起头看了片刻,犹豫要不要翻到下一页。你早已怀疑将会发生的事。

你翻到下一页。

"一周前,我造出第一台时间机器。我的计算已经告诉我,机器会奏效,但没有告诉我它会如何奏效。我曾期望它能真正地把一个物体毫无变化、完整无缺地送回过去——时间机器仅仅在沿着时间流倒退时才奏效,无法进入未来。

"我的第一个实验向我展示了我的错误。我把一个金属方块放进时间机器——它是你刚才走出的柜子的缩小版——再设定让机器回到十年前。我拨动开关,打开门,本来期望看到方块消失,但相反,我发现它已经化作齑粉。

"我放进另一个金属方块,将它送到两年前。第二个方块毫无变化地回来了,除了变得更新更亮。

"那给了我答案。我一直期望方块回到过去,它们也确实回到了过去,但不是像我期望的那样。那些金属方块是在大约三年前制造的。我将第一个方块送到十年前,而那是在它以制成品形态存在之前。十年前,它还是矿石而已。时间机器让它回到了矿砂状态。

"你有没有明白,我们之前的时间旅行理论为何是错的?我们的期望是能够这样,比如在2004年走进时间机器,设定让它回到五十年前,然后走出机器就进入1954年……然而时间机器不是那样运作的。时间机器并非在时间流中运动。只有时间机器内的东西受到影响,而且影响仅仅涉及东西自身,与宇宙的其余部分无关。

"我将一只六周大的豚鼠送回到五周前,结果它出来时变成了豚鼠宝宝,从而证实了上述理论。

"我不需要在此概述我所有的实验。你会在书桌中找到一份实验记录,可以稍后再研究。

"你现在明白你遭遇了什么吗,诺曼?"

你开始明白了。而且你开始流汗。

写下你此刻阅读的这封信的这个"我"就是你自己,2004年七十五岁时的你。你是那名七十五岁的老人,你的身体回到了五十年前的样子,五十年生活的所有记忆被抹除干净。

你发明了时间机器。

在你对自己使用时间机器之前,你做了这些安排来帮助你适应。你给自己写了你此刻阅读的这封信。

但是如果对你来说,那五十年岁月消失了,那么你所有的朋友,那些你爱的人怎么样了?你的父母呢?你将会——那时将会——娶的姑娘怎么样了?

你继续读信:

"是的,你会想要知道发生了什么事。母亲在1963年过世,父亲在1968年过世。你在1956年娶了芭芭拉。我很抱歉地告诉你,她在仅仅三年后就死于一次坠机事故。你们有一个儿子。他仍然在世。他叫沃尔特,现在四十六岁,在堪萨斯城当会计师。"

泪水在你的眼眶里打转,你有半晌再也读不下去。芭芭拉撒手人寰了——死了整整四十五年。在你的主观时间中,仅仅几分钟前,你还坐在她的身旁,坐在贝弗利山庄宅子露台的明媚阳光之下……

你强迫自己再次读信。

"但说回到这个发现。你开始理解它的一些含义。你会需要时间来思考,来理解所有含义。

"时间机器不容许我们之前所想的那种时间旅行,但它给予我们某种长生不朽。也就是我已经暂时地赋予我俩的这种不朽。

"这很好吗?失去人一生中五十年的记忆,只为让肉体回到相对年轻时的状态,这是否值得?我能找出答案的唯一办法是亲自尝试,一等我写完这封信,做好其他准备,我就去尝试。

"你会知道答案。

"但在你决定之前,记住另外还有一个问题,一个比心理问题更为重要的问题。我是指人口过剩。

"假如将我们的发现交给全世界,假如所有年迈或垂死之人都能让自己再度年轻,那么地球人口每过一代人几乎就会翻番。世界也不会愿意以强制性生育控制作为解决办法,就连我们这个相对开明的国家都接受不了。

"将时间机器交给全世界,按照2004年世界的情况,在一代人之内,地球上就会出现饥荒、苦痛和战争。或许文明会彻底崩溃。

"是的,我们已经到达过其他行星,但它们不适合太空殖民。群星也许是我们的答案,但在抵达它们之前我们有漫漫长路要走。当未来某天我们到达时,宇宙中必定存在的数十亿颗宜居行星将会是我们的答案……我们的生存空间。但在那之前,答案是什么呢?

"毁灭时间机器?但想想它能拯救的不计其数的生命,它能避免的苦痛。想想它对于一个因为癌症而垂死的男子会意味着什么。想一想……"

想一想。你读完信,把它放到桌面上。

你想到芭芭拉过世了四十五个年头。你想到你和她结婚三年的事实，而那三年都丧失了。

五十年都丧失了。你咒骂你变成的这个七十五岁的老人，对你干出这件事的老人……让你来做这个决定的老人。

你心中苦涩，知道必须做出什么决定。你认为他也知道，并意识到他可能确实把做决定的机会留到了你手上。该死的，他应该早已知道。

时间机器太有价值，不该被摧毁；可又太过危险，不能交给世界。

另一个答案显而易见，却令人痛苦。

你必须成为这个发现的保管人，将它当作秘密保守，直到能安全地把它交给全世界，直到人类扩张到其他星系，有新的行星供人类聚居；或者就算没有到达其他星系，也已经达到了文明状态，那时的人类能够依据意外死亡或自愿死亡的数量来定额分配生育机会，借此避免人口过剩。

假如过了五十年，这些事一件也没有成真（它们可能这么快成真吗？），那么七十五岁时的你会再写一封这种信件。你会再经历一次实验，与你现在经历的实验相似。当然，你会做出同样的决定。

为何不呢？你会再次成为同样的人。

一次又一次重复，只为保守这个秘密，直到人类准备好接受它。

多久之后你会再次坐在一张这样的书桌后面，思考你此刻想着的事，感受到你此刻感受的悲伤？

房门响起咔嗒声，你知道时间锁已经开启，你现在能自由地离开这个房间，自由地为你自己开始一段新的人生，代替你早已经历并失去的那段人生。

但你现在一点也不着急，没有径直穿过那扇房门。

你坐在那儿，漫无目标地注视前方，以你脑海中的眼睛望到一组面对面放置的镜子，就像老式理发店里的那种镜子。它们一遍又一遍地反射相同的物体，越来越小，越来越远。

图书在版编目（CIP）数据

宇宙无事发生：弗雷德里克·布朗短篇杰作选 /（美）弗雷德里克·布朗著；姚人杰译. -- 北京：北京联合出版公司，2024.6
ISBN 978-7-5596-7427-2

Ⅰ.①宇… Ⅱ.①弗…②姚… Ⅲ.①短篇小说—小说集—美国—现代 Ⅳ.①I712.45

中国国家版本馆 CIP 数据核字（2024）第 092266 号

宇宙无事发生：弗雷德里克·布朗短篇杰作选

作　　者：[美]弗雷德里克·布朗
译　　者：姚人杰
出 品 人：赵红仕
策划机构：明　室
策划编辑：刘麦琪　李佳晟
特约编辑：刘麦琪　李佳晟
责任编辑：徐　鹏
装帧设计：曾艺豪@大撇步

北京联合出版公司出版
（北京市西城区德外大街 83 号楼 9 层　100088）
北京联合天畅文化传播公司发行
北京市十月印刷有限公司印刷　新华书店经销
字数 215 千字　880 毫米 ×1230 毫米　1/32　9.25 印张
2024 年 6 月第 1 版　2024 年 6 月第 1 次印刷
ISBN 978-7-5596-7427-2
定价：56.00 元

版权所有，侵权必究
未经书面许可，不得以任何方式转载、复制、翻印本书部分或全部内容。
本书若有质量问题，请与本公司图书销售中心联系调换。
电话：(010) 64258472-800